东北流亡文学史料与研究丛书·史料卷

《新文学史料》东北流亡文学史料研究汇编

郭娟 编

北方联合出版传媒(集团)股份有限公司
春风文艺出版社
·沈阳·

主　编　张福贵
史料卷主编　李霄明

图书在版编目（CIP）数据

……化流亡文学史料研究汇编/郭娟
《新文学史料》东……出版社，2020.5（2024.1重印）
编 . —沈阳：春风文艺……研究丛书）
（东北流亡文学史料与……5798 – 8
ISBN 978 – 7 – 5313 –

Ⅲ . ①中国文学 — 现代文学史

Ⅰ . ①新… Ⅱ . ①郭……
— 史料 — 研究 Ⅳ . ①I209.C……

……字（2020）第 071477 号
中国版本图书馆CIP数据核……

北方联合出版传媒（集团）股份有限公司
春风文艺出版社出版发行
沈阳市和平区十一纬路25号　邮编：110003
河北浩润印刷有限公司印刷

责任编辑：姚宏越　刘　维	责任校对：于文慧	
封面设计：马寄萍	幅面尺寸：155mm × 230mm	
字　　数：216千字	印　　张：15	
版　　次：2020年5月第1版	印　　次：2024年1月第2次	
书　　号：ISBN 978-7-5313-5798-8		
定　　价：49.80元		

目　录

忆 木 天

钟敬文

　　1926 年 8 月，大概是初到广州的第二天，就借一位朋友的引带，到创造社出版部的分部去看了看。那是在一条短僻的街里的小楼上，房间很小，书刊却排列得很整齐。四壁上贴着一些用信笺和粗纸作的字画。有几幅是人物的漫画像，画的有成仿吾、郭沫若、穆木天，还有王独清的一张照片。木天的那幅最有意思，画的是他那高度近视眼看报的情形，上面还题有两句赞："北国之人，一团闷气"。后来，我到他和郑伯奇、王独清住的文明路中山大学的大钟楼去过。那是座西式楼房，叫它大钟楼，其实当时既办公，也住人，现在是鲁迅纪念馆。那时鲁迅先生刚来不久，就住在二楼。

　　在那里，我第一次见到木天本人。他比我略大几岁，不会说社交场合的寒暄话，显得很严肃，确给人"一团闷气"的感觉。其实，在熟人之间木天是很爱说笑话的，往往还会因此而得罪人，谈起文艺创作或理论问题，也是滔滔不绝的。当时我们交往不多，他不久就到北方去了。

　　20 世纪 30 年代，木天从东北老家去到上海，在左联搞诗歌组，做了大量工作。他的一些诗歌评论，如论郭沫若、王独清、徐志摩的那几篇，很有分量，曾给我很深的印象。木天写评论是运用马列主义文艺理论的，他有文学功底，能具体分析，所以不教条，不流于肤浅。而且，他自己是搞创作的，能理解作者，理解作品。是深入进去了，再出来评论，所以深刻。不像有些人，不走进去，站在门口就评起来了——倒像是法官，只管按法律条文，对号入座，量罪判刑。好的作品是有创造的，是法律条文中所没有的，怎么能按条文判呢？搞文学研究、文学评论的人最好是有创作经验的人，其次是要有品位、有欣赏能力，然后才是评论。也就是说，首先要深入进去，然后再做评论。

在中国诗歌会和抗战初期，木天搞诗歌大众化，我很理解，那是时代的需要。解放战争时期，我在香港时，搞过方言文学，是按南方局的意见做的。因为，当时广东和广西的一些老百姓不懂普通话，搞宣传，要有效果，就要用方言，当时是正确的。第一次文代会之前，曾起草过一个关于全国各地进步文艺开展情况的报告，我负责写开展方言文学方面的情况，但这一部分后来没用。中央对这个问题做过批示，大意是：全国解放了，要推广普通话，不要搞方言文学了。这叫彼一时此一时也——要从时代的需要考虑。

皖南事变后，在大城市里，一切有利于抗战和民主的工作都难于开展，很多朋友都转到比较偏远的地区去搞教学。我和木天先后到中山大学任教。是在1940年年底，中山大学由云南澄江搬回粤北坪石。校部就在坪石县城里。我和秋帆在文学院任教，院部在铁岭。我家就在铁岭旁边一个叫莲塘的小村子里。木天和彭慧在师范学院，院址在管埠，他们家就在村路旁的一座土屋里。土屋矮小而潮湿，木板床下面铺着白石灰，一张破木桌上摞着两堆书，凳子只有两个。一个大木箱，既可装东西，也可以坐人。

当时在中大师院中文系任教的还有陆侃如、冯沅君夫妇和吴世昌。木天、彭慧和他们在一起，彼此处得很不错。秋帆在师院兼课，每周都要跑30里路到管埠去一趟，我有时也去。木天、彭慧有时带着女儿立立来我家，还到离莲塘不远的金鸡岭去看洪深。那时，国民党的反动势力虽然已侵入这个在群山中的学府，但进步势力仍相当地存在着。记得1941年郭沫若五十大寿时，为了给左翼文化壮声势、扩大影响，大家给郭老祝寿。我和木天、彭慧几个，共8位在文艺界有影响的中山大学教授（可能有洪深、陆侃如、冯沅君、吴世昌、陈麒祥）联名写了给郭老的贺信。此事曾引起中大校方的注意。当时在中大任教的左翼人士还有王亚南、梅龚彬、石兆棠等。起初，大家还能聚在一起，谈谈形势，谈谈想法。但后来情况越来越糟糕，于是都陆续离去了。

木天、彭慧离开中大后，去到桂林。1944年日军为了打通粤汉铁路，第三次攻打长沙，终于得手，沿铁路，一直打到贵州。沿线老百姓遭了大殃。我和中山大学的一部分人员逃到广东最西部的连县，在山沟里蹲了大半年。木天、彭慧是和桂林师院的师生一起，在广西和贵州的山岭之间逃来逃去。那真是一段艰苦的年月！

再见到木天是在新中国成立后了。我从1950年起就在北师大任教，是民间文学教研室主任。1952年彭慧先来到北师大，后来木天也从东北师大调来了，任外国文学教研室主任。木天教书极认真，对学生要求也严。新中国成立前和新中国成立初期，他们两人还经常主动要求教习作，认为此课既能培养创作人才，还可了解学生思想状况。这是个很好的想法，许多人未能想到这一点。木天给学生批改卷子仔细极了，从中看到有不健康的思想情绪，还找来谈话，鼓励他们进步。他老想着帮助别人进步，后来倒成为别人批判帮助的对象了。

木天的毛病就是太认真了，认死理。往往，虽然他的意见是对的，但他不考虑大的形势，不考虑效果，不注意方式，结果就不好了。德国人说，性格就是命运。木天的命运是和他的性格有关的。但是，也不全然。我的性格比木天平和多了，反右初期还算是左派，后来，照样戴上了帽子。

反右之前，北师大中文系的教学班子是相当强的。运动中，几乎是连锅端了。在那之后，大家都"闭门思过"。我家和木天住在一栋楼里，却不交往。1962年以后，大家都摘了帽子。虽还是"摘帽右派"，不便与外界交往，但处境还是宽松些了。从这时起，直到"文革"开始，我们两家来往比较密切。特别是秋帆和彭慧，俩人十分谈得来。当时仍不让木天登堂教课。由于外文好，日文、法文、俄文都行，他就整天忙着翻译，给系里的教学提供资料。彭慧主动要求提前退休，为的写那本长篇小说《不尽长江滚滚来》。往往写累了，想休息时，就跑到我家来，坐着聊一会儿。

"文革"开始的一段时间，秋帆和彭慧有时还一起劳动，一起敲石头。后来，我和秋帆被"勒令"搬到学生宿舍楼去住。木天被关进了"牛棚"，彭慧也被赶到师大校园西北角的一座小平房住下。从此没再见过他们。1970年木天被放出"牛棚"。那时，彭慧已不在了，立立在外地的干校。北师大给了木天一间房，独自住着。1971年秋天，我的儿子少华还在新华书店碰到过他。他还是老习惯，喜欢逛书店。木天见到少华很高兴，接着就十分认真地谈起了一本关于辩证法的译本中存在的翻译上的错误……

此后不久，就听说木天病逝了，是倒在他自己的房间里，几天之后才被发现的。

木天如果能活到"文革"以后，他还能做很多工作！

1999年8月16日于西山工人疗养所

载于2001年第1期

"海北楼"印象

余新惠

　　我的藏书中有若干较为珍惜的书，全是作家亲笔题签本，萧军赠送的《八月的乡村》就是其中之一。书的空白扉页上清晰地留着"新惠同志存　作者萧军（印章）敬题　一九八〇，十二月廿六日"的行书墨迹。每当看到这题签，脑海里便浮现出北京什刹海银锭桥畔那所灰黑颓败的小木楼……

　　那是个雪后初霁的冬日，依然是寒风凛冽。中午时分，匆匆地赶到什刹海，快步走过有名的"烤肉季"，我又一次站在银锭桥上，迎接我的已不是3个月前"秋水共长天一色"那番景象了。什刹海银装素裹，阳光分外的好，冰封的湖面上三三两两地点缀着滑冰的人影，隐约传来阵阵儿童的嬉笑声。

　　后海北沿鸦儿胡同，广化寺旁的一所年久失修的小木楼，那就是被萧军自诩为"海北楼"的处所。楼上便是萧军的家，重返文坛后的萧军虽然已有了另一处供他静心写作的新环境，但每周四五六，依旧要回到这里迎客会友。

　　我提着一网兜又红又大的四川红橘，轻轻地踏上那嘎嘎作响的木楼梯，一拐弯就来到了萧军居室兼书房的门口。门开着，却空无一人，正诧异间，只见萧军的老伴王德芬从拐角的厨房处走过来。因为几个月前，见面交谈过大半天并招待我用过一顿便饭，这次又是有约在先，所以一下子就互相认出来了。迎我进屋坐下不久，就将正在厨房用餐的萧军喊了过来。我仔细地打量着这位年逾古稀的文坛老将：方盘子脸，平头，齐唇的短须，须发均已花白。宽阔的脸膛虽已有不少老人斑，但依然红光满面挺有精神。因为陪几位老友喝了点酒，他的兴致很好，由于早就看过我详细的写作计划，所以对我的来访甚表欢迎。

"萧老，您并非我想象中的东北大汉那样高大呀！"我毫无遮拦地脱口而出。

他一听呵呵地笑了开来，风趣地说："大约有点使你失望吧，别人都说我是个'出土文物'哇！"

言归正传，他谈起他的身世及与萧红一起拜识鲁迅的过程，从年轻时追求光明、探索真理，走向文学道路开始，直至在鲁迅的关怀扶持下踏进20世纪30年代的文坛，其后两次奔赴延安的经历。

当我问起1966年8月23日在国子监院子中那场历时4小时，差一点致他于死命的毒打时，他只是轻描淡写地回忆了一下，然后低吟了一句毛主席的诗："牢骚太盛防肠断。"关于他的传记，他说至今仍无人写过，他自己时断时续地写了一些，如今也只写到10岁左右。他告诉我年轻时喜弹吉他，也喜舞剑，原有一把日本剑，"文革"中给公安局搜去，至今未见下落，现在墙壁上挂着的这把剑是后又添置的。

谈起萧红，他说他完成的《萧红书简辑存注释录》即将出版，并为我吟起了她那首有名的诗句："这边树叶绿了。那边清溪唱着：……姑娘啊！春天到了。去年在北平，正是吃着青杏的时候；今年我的命运，比青杏还酸！……"从他那如男中音般的沉吟中，萧军似乎又回到了他的青春时代，我蓦地感到：萧军与其说是一位小说家，倒不如说他更是一位诗人。我抬头向东墙上望去：墙中贴着一幅鲁迅在上海故居书桌边站着的画像，画像下录写着一首鲁迅"曾惊秋肃临天下……"的律诗，画像左右的两首律诗则是萧军所作，题为《鲁迅先师逝世四十周年有感·二律》：

（右）四十年前此日情，

　　　床头哭拜忆形容。

　　　嶙嶙瘦骨余一束，

　　　凛凛须眉死若生！

　　　百战文场悲荷戟，

　　　栖迟虎穴怒弯弓。

　　　传薪卫道庸何易？

　　　喋血狼山步步踪！

（左）无求无惧寸心忝，

　　　岁月迢遥四十年。

　　　镂骨恩情一若昔，

　　　临渊思训体犹寒！

　　　啮金有口随销铄，

　　　折戟沉沙战未阑。

　　　待得黄泉拜见日，

　　　敢将赤胆奉尊前。

七十岁小弟子　萧军敬书

一九七六，十月十九日

　　鲁迅是萧军平生放声痛哭过的唯一的人！这诗不仅记述了当时的情景，还描述了萧军几十年所走的道路和历史的过程，深切地表达了他对鲁迅先生刻骨铭心的知遇之恩的感激之情。

　　他告诉我他喜作旧体诗，50多年来所作留存有800余首，已于1978年整理完毕拟出版，初定名为《五十年故诗遗存录》。话题转到他的作品上，他说：作于1929年5月的短篇小说《儒》是他的处女作，23岁时作于沈阳，刊在《盛世时报》的副刊上。用的是文言，文笔不算好。取材于自己学生时代亲历的真人真事。文章发表后，同学们都在猜，但不知是谁写的。

这时，他突然想起了什么，站起来走向窗边，从放在窗台上的一包已启封的新书中取出一本说："人民文学出版社给寄来了一包书，是新印的《八月的乡村》，正好可以给你一本。"随即在那张宽大的书桌边坐下，打开砚台，磨了一阵墨，随手握起一支狼毫笔，挥笔在书的空白扉页上题上一段字，又从抽屉里拣出一枚石章，往青花瓷装的八宝印泥中按了几下，然后小心地在"作者敬题"的留白处轻轻地盖上印。

因为墨迹未干，他又陪我天南海北地聊了起来。我说："这些红橘是我昨天一早才从重庆果园的橘树上亲手选摘下来的，略表心意而已，望萧老笑纳。"萧军告诉我："我曾于1939年到过重庆，对重庆的红橘颇有印象，也很感兴趣。已经多年没有品味了。能在北京的严冬中见到这又红又大又新鲜的四川红橘，真是难得呀！"说着掰开一个尝了几瓣，连声赞道："好！好！"这时墨迹已干，他随手拿了一个《羊城晚报》寄书给他的旧信封，将书装进后递给我。

告辞时，萧军执意送我走下楼梯……走出海北楼，我沿着原路走向什刹海，站在银锭桥上回首远眺，心里充满了暖意……

岁月如流，屈指算来，萧军离开我们已有10余年了，6月22日又是他的忌日。往事如烟，每当忆及海北楼中的那番情景，耳畔便回响起他那爽朗的笑语，谆谆教诲，如雷贯耳。关于萧军，我仅有一篇《蜗蜗居小记》的散文，见刊于10多年前的《重庆日报》上，而我的长篇写作计划因故束之高阁，至今仍没有全部完成，真是问心有愧！今唯做此小文纪念，以充一瓣心香耳！

载于2001年第4期

端木蕻良在遵义

陈耀寰

    1944年夏秋，日本帝国主义在中国大陆战场上发动了湘桂战役，妄图打通从华中到中南半岛的铁路交通线。国民党军队无法抵抗敌人的强大攻势，溃不成军。5个月来，敌军自长沙打到广西宜山，占领了湘桂铁路沿线的我国大片国土，并直逼贵州南部，陷都匀，薄独山，使国民党统治的西南"大后方"告急，难民流徙，道为之塞，社会惊惧，舆论哗然。当时，由桂林疏散到贵阳的一批进步文化人，成立了由熊佛西为首的"文化垦殖团"（简称"文垦团"），在贵阳戒严又通令疏散后，亦流亡到黔北遵义。参加"文垦团"的主要成员，有端木蕻良、许幸之、白克、张光宇、张正宇、陈迩冬、俞佳章等人。

    "文垦团"到达遵义后，受到了当时由杭州几经迁徙而到达黔北的浙江大学校长竺可桢和学生自治会以及进步学生的热诚欢迎。《竺可桢日记》曾有所记述。如1945年1月1日，竺老记有"……（下午）三点出至遵义县中晤杨希震及熊佛西。熊已迁往（遵义县）白沙井廿二号，杨已回巩。昨晚文化垦殖团举行文艺晚会，余以昨晚有教职员同乐会故未能往。今日去时，遇许幸之与俞佳章"。同年1月5日，竺可桢于"晚六点约（宴）文化垦殖团熊佛西、端木蕻良、许幸之、张正宇、张光宇、陈迩冬、白克、俞佳章，张君川、（郭）给周、（黄）尊生作陪（注：张、郭、黄均为浙大文学院教授）。八点半散"。5月5日，还记有"晚六点半浙大学生现代文艺社等三团体请熊佛西、端木蕻良、张君川、田德望等为诗人节纪念诗人朗诵，端木并讲屈原生平及楚人的历史。……此会系张君川等所组织。……张君川之活动所以遭人注目，前以此故"（张君川是端木先生在北平清华大学读书时熟悉的同学，张对浙大进步学生的文艺活动热心支持，组织了"现代文学班"并出版了《现代文学》壁报。因此，这些活动为国民党反动派所不容，并将其列入"黑名单"受到监视）。

我检阅自己的1945年日记，在上半年也记载有与端木蕻良在遵义情况的10多处；因当时记得比较简略，有个别地方在括弧内做了一点说明。现分别摘述如下：

1月6日　星期六

我去参加现代文学班（注：《竺可桢日记》误为"现代文艺社"）的讨论会。方敬先生讲《文学创作技巧》；端木蕻良先生讲《〈科尔沁旗草原〉的创作经过》。我是4年前看过《科尔沁旗草原》的，听起来特别有兴趣。

1月15日　星期一

今天，来接浙大学生战地服务团的汽车没有赶到，走不了了。除了我把自己的行李整理好外，还把浙大战地服务团文艺组的经费预算做好了。

下午，我因参加了战服团，曾到文化垦殖团驻地去告辞，还特地去看望了端木先生。他病了，躺在床上。

（当时，浙大学生战地服务团全团约59人，于1月20日下午3时离开遵义，当晚宿刀靶水圩场的中心小学，次日傍晚抵贵阳市。1月22日下午到达青岩的国民党十三军驻地。因受国民党军队的严密封锁，战地服务工作无法开展；只能在青岩附近农村做些慰劳军烈属工作，在城镇演了几次话剧，并协助地方上清理镇长贪污公款的账目，等等。战地服务团的大部分团员于3月7日返回遵义、湄潭；有约10名团员则从惠水，随十三军开赴湖南前线。）

3月13日　星期二

我同几位同学到遵义河边的草地上晒太阳。看一群小马在那里蹦蹦跳跳……春天来了。我们计划出一个综合性壁报，取名《呼吸》——我们都要呼吸呀！

往访端木蕻良先生，不遇。

3月16日　星期五

去访端木蕻良先生。已是（上午）10点半了，他还没起床呢！他说，近来夜里要编报（注：为贵阳出版的《大刚报》编文艺副刊），经常熬夜到凌晨4时才就寝。我告诉他我在战地服务团的工作和生活情况；但他总问我"前线"是什么样，弄得我也挺不好意思再提"青岩前线"了。他还说，他没有写什么东西，甚至足迹不出遵义的城圈圈。

3月21日　星期三

我和（刘）赛书到外文系教授张君川先生那里去。她选上张老师指导做《果戈理》的论文。我也顺便去了地质教授叶良辅先生那里一趟，把我的毕业论文中关于云南红河流域的地质材料带回来。我挑选了中央地质研究所出版的8本地质调查报告。

听张君川老师说，端木蕻良他们很受"文垦团"惠全安的气。端木甚至曾说："惠全安天天都鞭打我、逼我。别人说，被鞭打了会更坚强起来，做点工作；我可不行，我知道，我被鞭打了，是要死的……"

后来，我们还听说端木住在"内地会"很不痛快，几乎和惠全安没有话好说。我忽然想起岑凤荣（浙大同学，比我低一班）的那间房子，便建议端木先生搬过去住。张老师认为端木准会去的。（注：惠全安是端木东北同乡、好友，日记中端木说"逼他、鞭打他"是形容词，主要看不惯端木晚不睡、早不起的散漫劲，20世纪80年代惠全安骑自行车旅游全中国时，曾到端木家晤谈甚欢，受到热情款待，端木曾著文介绍他老年周游全国的英雄行为。）

吃过中饭，我便到内地会去找了端木先生，并同他一起到遵义老城的西门沟去看房子。他又提起他的病，他的脸色，说是睡眠很不好。我想起张君川老师说过，端木的外表看不出他内心的脆弱，他不能"独立"生活。讲起搬家后要到馆子里包饭，端木说："到外面包饭，要出去吃，也麻烦哪。"

岑凤荣外出了。我们等了他一会儿。房子也没有看成。

3月25日　星期日

下午，和端木先生、严（刘祜）、粤（安毅夫）去坐茶馆（严、安都是当时浙大的进步同学，也是浙大战服团成员）。端木谈起中国文艺界在抗日战争期间的成就。他认为诗的收获最大。不过，他说，目前，中国的新诗作家因生活经验不够丰富，还不能写出长的（史）诗来，只能写点短的抒情诗。他认为艾青、彭燕郊和卞之琳的诗写得比较好；田间的诗是跃动式的，可他刻苦用功，很有希望。谈到戏剧，端木认为在演出（技巧）上比抗战前有了很大的进步。至于小说，他认为短篇小说，最好要有点故事情节，才能把握（吸引）读者；长篇的东西比较容易写，但长篇的形式，却很少作家去认真研究。他说，福楼拜尔（今通译"福楼拜"）的小说结构很严谨，反而不能让作家施展他的才能。最好的（长篇）形式，是以人物为中心，就像果戈理《死魂灵》中的契契诃夫（今通译为"乞乞科夫"）、塞万提斯的唐·吉柯德（今通译为"堂吉诃德"）、鲁迅的阿Q和《西游记》中的孙悟空、唐僧、猪八戒等，它们都是以人做圆心，随人物的社会活动来做背景。今天，契契诃夫可以在这里出现，明天他又跑到别的地方去了。比如，作家要个说书的场面，就可以把人物带到说书场去；当然也可以把人物带去坐茶馆。这样，处理情节就很灵活了，也能较好地把握读者的情绪，使他们同小说的主人公生活在一个圈子里。端木说，这样，可以让阿Q抗战，也可以去打游击。只有这样以人物为中心的长篇形式，才能包容作者的天才。端木的议论，是我们从《死魂灵》中的退伍上尉谈起的。

接着，我们还谈到（长篇）小说的章节分法。端木认为列夫·托尔斯泰的小说，一般人觉得写得很细致；其实，他不及陀思妥耶夫斯基的写法好。陀思妥耶夫斯基是用狗啃骨头的办法，来来回回地啃，从这头啃到那一头，把所有的滋味都啃出来为止。这种写作方法，很值得学习。

我们陪着端木先生回到内地会，又听熊佛西先生兴奋地讲起他到湄潭时，被浙大同学包围起来，要他讲民主问题……有时熊老竟喜形于色，手舞足蹈。

4月3日　星期二

午饭后，严（刘祜）来找我一同去散步。我们又去看望了端木。端木以为我们去商量搬房子的事。我们也觉得今天天气好些，能搬去岑凤荣那里也好。可是，岑凤荣偏偏把话听岔了，并且将房子让给别人住了；还收了另一位同学的钱用了……我很难过，也不好意思再跟端木先生说，便请岑凤荣自己去解决这个矛盾。岑走了，我不禁喟然长叹。岑也实在穷得没钱花了吧?!

4月16日　星期一

我同刘赓书一起去看望张（君川）先生。张先生刚起床，他谈起"黑名单"问题。说他晚上是不敢单独外出的。

端木已搬了家。就在张先生住地背后、以前梅光迪先生（浙大文学院院长）住过的地方。我们都很喜欢端木的新居，他那阳台可以俯览遵义城，院子里还栽种了不少万年青和茶花。

等端木起床后，刚吃过早饭，他便谈到"鬼扣脖子"的故事。将近11点了，我们四人才一起外出郊游。

我和赓书都在端木先生那里扯了谎，说吃过了早饭来的。其实，那时真有点肚子饿了，便去买了半斤颇负盛名的遵义蛋糕。我们出了北门，又先买了个油炸团子吃。

一路上，我们都以"讲故事"取乐。端木听完了张君川先生讲的故事后说："这故事不美！"张君川先生则申辩："这是著名的故事。"

"但是，它并不美呀！"端木讷讷地说。接着，他自己便讲了"公主夫人"的故事。我一边听，一边想，它很可以改写成一个短篇，用"公主"的幻想来烘托，可以写得更生动有趣……

没多久，我们便走到了遵义北郊的观音阁。只见那里的小河边有些人在钓鱼。

回来时，我们要过小河的跳磴，再转到水洋阁。张君川先生吓得出了一身冷汗。刚跨过几个跳磴，他便干脆脱了鞋子、卷起了裤管，涉水过河了；不过他还是浸湿了裤腿！而端木则动作敏捷利落。

在水洋阁吃蛋糕时，端木又兴致勃勃地讲了一个"美丽的死"的故事。

我们沿途还采了不少的映山红和马兰花。

回到城里，我们到"一条龙饭馆"吃了中饭。

5月5日　星期六

今天是"诗人节"，本来晚上想去参加现代文学班组织的"诗歌朗诵晚会"，因为安粤来聊天，而且晚上路又不好走，便和赓书在附近买了点东西吃。回来时遇大雨。写了点东西。

听说，在"诗人节"的晚会上，端木先生做了《屈原生平及楚人历史》的报告，我没去听，真有点遗憾！

5月11日　星期五

明天起，熊佛西先生在社会服务处举办画展。他要我帮助制作一幅广告。对这些穷困的老作家，我能不给他们帮点忙吗？我去街上买了几张红纸，再到赓书家里，自己画，自己剪贴，足足花了3个小时，把带来的一块布也弄好了。打过了"午炮"（当时的遵义，每到正午12点，要打炮报时），便将贴好了的"画展广告"送给了杜念召（浙大现代文学班的负责人之一）转给熊老。

6月17日　星期日

今天，我把借来的学习笔记送还了别人。顺路去看望了裘克安先生（浙大外文系助教）。已是上午9点了，他刚刚起身；法文教授黄尊生正在洗脸。

我同裘先生一起到小馆子去吃了点心，又一起往访端木。不意端木门口贴了一张"窗外莺声催梦回"的字条。不过，我们不管三七二十一，还是叫醒了他。

我们同端木先生谈论了文艺，也讲到木刻艺术。最后，我请端木介绍我去重庆的美国新闻处找木刻家陈烟桥。端木说，美国新闻处的工作不大容易，也没多大的把握。（我曾自学木刻，曾于1940年参加李桦在长沙办的木刻函授班，并于1942年被选为"全国木刻研究会"理事。）

因为天热，下午仍到裘先生那里看《鲁迅书简》，便没再去石家堡的端木住处。回来时，带了裘先生抄的何其芳的诗。据说，这是他发现的第三个手抄本了，可见何其芳的诗句已在人们心里发光和燃烧着……

6月22日　星期五

我和赓书到端木先生那里去。在他走廊里闲聊了星球之类的幻想文学作品……

6月29日　星期五

下午，我去办了毕业离校手续；也不再请叶良辅老师做我申请助学贷金的担保人了。

我去拜访了端木先生。他谈了对我写的短篇小说《一株草》（这是刻画一个有着背叛封建主义思想束缚的中学女生菱菱的故事。她在抗日战争爆发后不久，为了同情广大乡村妇女所受的歧视和压迫，办了一个"妇女识字班"的经过。因此，她备受指责，碰了不少的钉子，并不断坚持与挣扎下去）的意见。认为作者的写作技巧相当熟练，还说："你是很可以写点文章的。使用的语言，大都比较符合主人公的身份，比如农村妇女李七嫂的话，虽是用广东客家方言写的，读者还是可以看得懂的（《一株草》）；就是材料还差一些。"后来，他还同我谈到小说结构等问题。

6月30日　星期六

下午，我去了端木先生那里。他托我把《读〈安娜·卡列尼

《娜〉》的手稿带去重庆，还给我写好了3封介绍信；其中一封是给重庆《大公报》记者曾敏之的，一封是给美国新闻处陈烟桥的。

（我是7月5日离开遵义去重庆的。）

7月12日　星期四

上午，快11点了，我把端木蕻良先生的手稿《读〈安娜·卡列尼娜〉》送交了建国书店的禹纲舜先生。

7月25日　星期三

上午，8时半，我持端木先生的介绍信，去《大公报》访问了曾敏之先生。他谈到在重庆搞新闻工作仍无采访和写作的自由。似乎一桩很小的事，往往也同政治纠葛着；而且人们对报纸的历史背景是特别看重的，这又增加了记者工作的困难。每天胡混过去了，想自学一点东西也不可能。他劝我还是进中国航空公司好，但他答应给我去进行一下《商务日报》的差事。自己本来对《商务日报》的立场不能苟同，何必还让敏之去进行呢？不过，我衷心感激远在遵义的端木先生；是他给我介绍了一位热心人。（当时，大学毕业后得自己或托人去找工作，十分奔波周折；而我希望能搞新闻工作，结果并未如愿。）

往事悠悠，时不我待。想起端木蕻良在遵义的那些日子，距今已67年了；而端木先生于1996年10月在北京溘然长逝，倏忽又过了6年。

在粉碎"四人帮"之后不久，经过木刻家荒烟的关系，我们同端木兄恢复了联系，并不时有所来往。记得20世纪80年代初，我曾向他索要一幅手迹留念时，他慨然允诺，写了如下的一首词和跋，虽然他在遵义只有一年光景，但对当年的遵义，仍是情怀耿耿，不禁使人感慨万千：

楼头夏雨雨初晴，柳外云消一虹明，黄鹂已闻两三声。

念平生，隔树隔花通友情。

接着，他又写道：

　　耀寰同志相稔于遵义浙大，亦与张君川同为老友。今日
骤雨才晴，爰得小词采奉；念及遵义黄鹂啾鸣，北京则为少
见，姑以所闻鸟声充之。

有一次，端木还跟我谈到，当年他在遵义，对浙大竺可桢校长的
"求是"办学精神，以及其纯朴务实的学风，均甚敬佩。并说，竺校
长曾邀他出任浙大文学院教授；但9月间，抗日战争结束，"人心思
归"，都不想待在西南一隅了，因此，他未应浙大之聘。

载于2005年第3期

晚辈的追思

——纪念骆宾基九十诞辰

邵小琴

  2006年12月4日上午，中国现代文学馆的大厅里正在举行"邵荃麟百年诞辰纪念会"，100多人把会场挤得满满的。会议已经开始了，一位瘦小的老妈妈，穿着一件蓝色的旧呢大衣，才静悄悄地进入会场。已经没有空位子了，她环顾了庄严隆重的会场和主席台上摆满的鲜花，最后把目光停留在主席台后屏幕上邵荃麟的大照片上，久久地凝视着，她没有关心会场上在讲什么，全部心思都集中在邵荃麟这张清癯的面孔上，仿佛有许多心里话要对这个人诉说。老妈妈既兴奋又疲惫，她不能再坚持站下去了，于是裹紧了头巾又无声无息地离开了文学馆，登上了南去的公共汽车。

  她是谁？为什么来？

  她就是已故著名作家骆宾基的夫人邹民才，已年近八旬。她刚出院，女儿张小新告诉她今天要召开邵荃麟百年诞辰纪念会，并劝她不要参加了，但她说这个会一定要去。女儿出发后，她也出了门。从前门到芍药居，要穿过整个北京城。老人是倒了两趟公交车，费了很多时间，才摸到文学馆的。后来我从小新那里知道了这件事，非常感动，决定去拜访小新妈妈。我更想知道她为什么如此执着地要去参加这次会。

  我到了前门西大街，正好小新难得在家，于是我请她们母女到附近吃饭。小新妈妈不吃肉，就要了苦瓜、油菜之类，边吃边谈。我先向阿姨致谢，然后表示了没能在会上见到她的遗憾。不料，小新妈妈却非常平静地说："我总算到了会，见到了荃麟同志，了了我的一桩心愿。"

阿姨究竟有什么心愿要了呢？

小新妈妈轻声地、不紧不慢地提起"文革"初期的一段往事："一天我陪着眼角被造反派打伤的骆先生（平常阿姨总是这样称呼骆宾基叔叔）去医院看眼睛。走到东华门大街，突然碰到了荃麟同志，我迎面走上去，告诉他骆先生在后头，你爸爸急忙小声对我说：'别跟我说话，我现在是批斗对象，离我远点！'他生怕连累我们，很快走开了。你爸爸真是个大好人哪！到这时候他想的还是怎样保护别人。"

小新又给我讲述了下面一段催人泪下的话："那是1967年'文革'开始不久的日子，据说在单位批文艺黑线的一次会上，我爸爸听不下去了，站起来说：'邵荃麟是活着的焦裕禄！'全场人都惊呆了。后来造反派把他叫到办公室，要他揭发邵荃麟、冯雪峰。但是爸爸坚持说：'我从（20世纪）30年代就认识他们了，他们都是革命的好同志。'造反派拿来江青讲话，要他大声读出来，可是他只看不读。'你念哪！'回答是：'我看了。'造反派又问：'你现在怎么个看法？'爸爸还是平静地回答：'她是领导，她有她的看法。我一直在邵荃麟、冯雪峰领导下，他们给我的教育是正面的，按我的认识，他们就是革命的好领导。'父亲回来后非常严肃地对我说：'如果我随便乱说的话，我不成叛徒了吗？看样子，我这关肯定是过不去了。还是我跟你妈妈离婚，你和弟弟跟着妈妈过，也好解决分配问题。'但是爸爸这种想法遭到了全家反对。"后来小新和她弟弟的学习和工作分配的确受到了影响。

阿姨回忆起那段苦日子："那时许多从团河农场'学习'回来的人都恢复了工资，安排了工作，因为骆先生坚持不改变对邵荃麟、冯雪峰的看法，一直没有工作，每月只有为数极少的生活费，家里不得不靠变卖东西过日子。当时有人好心劝他下个台阶，他毅然拒绝，说：‘这台阶太高了。’”他宁愿全家吃苦，也不向戴着“无产阶级”桂冠的权势低头，去违心地损害自己的同志。

我被骆叔叔这种高尚的气节所深深感动。这时我全明白了，小新妈妈正是带着这种感情，才抱病不辞辛苦替骆叔叔，也为自己，赶来参加我父亲邵荃麟的纪念会的。

骆叔叔和我父亲这一代人的同志情谊是在几十年的革命生涯中锤炼出来的。他们最早相识是在20世纪30年代末，骆叔叔从上海带着开展浙东抗敌宣传的任务来到金华，最先在柴场巷见到的就是我的父母邵荃麟和葛琴。他们当时正以“国际新闻社”的公开名义在金华主持党的文化统战工作。在那里他陆续又见到了冯雪峰、聂绀弩、彭燕郊、辛劳、万湜思等革命同志。在高尔基逝世3周年的晚上，他们还秘密举行了只有几个人参加的小小纪念会，会上雪峰伯伯做了长篇的精彩发言。后来骆叔叔在绍兴办报，请我父母去演讲，适逢日寇进攻，情况非常紧急。我母亲1940年写的回忆中也曾留下这样一段记载："直到敌人离绍兴县城十八华里的地方，一位当地机关上的朋友才来敲我们的门，丢下两句话他走了。"这个在风雪之夜冒着生命危险送情报的人就是骆宾基。

吃饭时小新还告诉我一件以前不知道的事情。1949年开国大典之后，她父亲怀着满腔热情，迫不及待地只身从香港跑回新中国，一到北京，见到街上穿制服的人恨不得都去拥抱。但立即发现，新中国成立之初一切还未定型，什么组织、什么人也找不到。正在走投无路时，突然在街上碰到了我妈妈葛琴，告诉了他我父亲在政务院文委工作的地址。骆叔叔立即赶到东西头条后来成为文化部机关的地方，找到我父亲。没想到我父亲在弄清来龙去脉后，却责怪他为什么不通过组织关系过来。骆叔叔回答："你不就是组织吗？"弄得我父亲哭笑不得。批评归批评，还是帮他接上了组织关系，他才去了人民日报社工作。

我五六岁时，就在重庆认识了骆叔叔。那时我们家住在文协宿舍，那是西南联大为救济疏散到大后方的文化人搭建的一处茅草房。

同院的有彭燕郊一家和骆宾基，在草苫的院门前还留下了几家人的珍贵合影。后来，我又跟着父母参加了骆叔叔和邹阿姨的婚礼，那天主婚的是茅盾伯伯。

"文革"之后，我多次到骆叔叔家中看望他。他送了我一套他的巨著《金文新考》，对我讲了他在干校不能写作转而研究金文的经历和许多研究心得。虽然我一窍不通，还是做了一名忠实听众。

骆叔叔让我最感动的一件事发生在1976年夏天。那时在监禁中被迫害、偏瘫失语的母亲，已经在周总理的干预下，被我们接回家治病了。7月28日凌晨4点突然发生了唐山大地震，这时我正在唐山出差，因为接到去新疆的紧急通知，鬼使神差地半夜3点从唐山赶回了北京。地震发生的这一刻，熟睡的母亲和幼小的侄儿还没反应过来就被我先后抱出了房间，待在院子里。天刚蒙蒙亮，下起了淅淅沥沥的小雨，余震还不时发生，全北京的居民还沉浸在惶恐不安中。我坐在母亲身旁，眼睛死死盯住房檐，生怕再有震动。就在这一刻，骆叔叔打着雨伞出现在我们面前，他来看望我妈妈是否安全了。我母亲眼中闪着泪花，用唯一能动的左手紧紧抓住这位老友。我赶快替母亲连连道谢。那时骆叔叔家住地安门，不借助任何交通工具，一个年已六旬的老人，从地安门到大雅宝胡同要走一个钟头。那就是说，地震发生没多久，他就置自己一家老小的安危于不顾，先来照顾我母亲了。要知道那时我母亲头上戴的"叛徒、走资派"帽子还没摘，许多亲朋好友都还不敢和我们往来。当我怀着感激的心情问候他家的安全时，他却轻描淡写。

1994年6月骆叔叔突发心脏病，抢救不及，逝世于北京急救中心，小新姐弟当时都不在北京，我正赶上在病榻旁为骆叔叔穿衣、送别，那一刻是我终生难忘的。在我心中，骆宾基叔叔不只是一位著名作家，更是一个道德高尚、有个性、有血气的人。今年3月是他老人家九十诞辰，我深深地怀念他。

载于2007年第2期

父亲给予我们的

萧 耘

　　我手边保存有父亲写给我们的28封信和题诗，其余的，在"文革"后再也没有见到过它们。仅仅这些，我们也觉得自己很是富有了，人不能"贪心"。以此，奉献给作家萧军的读者，纪念他老人家百年诞辰。

——题记

60年前的一封"信中信"

　　小耘：你不要闹妈妈，爸爸现在哈尔滨，再过一个多月我就接你们来了，到这里爸爸给你买最好吃的糖，最好看的花衣服，领你们去公园看猴子，到江边去看船，好好听妈妈话，不要在地上滚，听见了没有？

　　小歌：你不可和小鸣打架，好好领他上学，因为你是姐姐，做姐姐的应该好好喜欢弟弟，听见了没有？

　　小鸣：你不要尽睡懒觉，到学校不要太淘气，别和人家打架，别人不打你你不可以打别人，也不可和三胖打架，再待一个多月爸爸就接你们来哈尔滨。听见了没有？

你们的爸爸

1947.3.24

上面这封信，是父亲给母亲回信的"副产品"，因为父亲太知道母亲根本就"领导"不了我们这几个调皮鬼。不过父亲也完全相信，只要他有信给我们，我们就能"老实"些日子，母亲也就会"轻松"些日子。

听母亲说，从小我就和她"不对付"，只要父亲不在家，我就会借故发脾气"闹"；不高兴，就在地上"滚"；会因为想念父亲而伤心得哭哭咧咧而与她"纠缠不休"……所以，她很不"欣赏"我。每次给父亲写信，必要告我的状！

在我的记忆里，只要父亲在家，孩子们就会"疯"得在大床上不停地翻来滚去，欢天喜地，大呼小叫快乐得不行！特别是在父亲带回来大红苹果的时候。

母亲喜欢弹钢琴，每当到了她"雷打不动"该练琴的时间，她就把我锁在门外，任我如何呼唤她，甚至长时间地哭喊，她依然是弹奏着小奏鸣曲，而决不会开门的！哥哥姐姐都上学去了，于是，我就养成了一个人"到处流浪"的习惯，孤独而无助的样子，早出晚归。

宿舍院子里的大大小小人们几乎和我全熟识了，甚至食堂里的大师傅们，在每顿饭过后，也总要给我这小胖丫头留下一大块"饭锅巴"解解嘴馋，以表示对我的关爱。而母亲呢，她给父亲写信说，近来，她常常是一整天也见不到我，不知道我去了哪里?! ——这些，是几十年后，80多岁的母亲在她养病住院期间，和我闲聊时说起来的。她说今天想起来，真的感觉很对不住孩子们，那时候她是那么年轻……而我呢，只有两岁多！母亲看上去很内疚的样子。但是我却没有感到母亲对我有什么愧疚，因为我根本就不记得这些事情，如果母亲不说起的话。

从这封偶然间留存下来的信件里，关于我们，60年前母亲每次"汇报"给父亲的"动向"和内容，想想都觉得怪有趣。

虫沙劫历忆斑斑

耘儿：

今天是星期天，我的身体如常，勿念。

待二月五日你和你母亲发工资时，可先把滨和燕的回家路费寄去。待二月九日（星期天）你来拿工资时，可为我带来五包烟叶（这里买不到），四级、五级全可以，不要太好的。

你给我做的背心非常实用，穿起来既温暖又柔软，我是很为满意的。为了感谢你对我的照顾，偶尔成了一首诗寄你。

无特殊事情，不必常来看我了，我知道你工作很忙，骑车天冷，坐车费钱，均不上算，我在这里一切均好，如有时间我每星期当给你们一封信。

今年春节全家照相的"惯例"恐怕不能实现了，你们可以照一份为我寄来。祝全家好！

萧军

1969.1.19

寄耘儿并叙

1969年1月5日（星期日）耘儿来，携亲手所制棉背心一件畀余，并言所制粗劣，余心感极而悲，成诗一章以记。时正隆冬"二九"风怒雪飞时也。

暖背暖心亦暖胸，

一针一线总关情！

刘庄遥记生儿夜，（1944年春"腊八日"，余移家延安乡下刘庄居住，耘儿降生，系余亲自接产者）

驿路频听唤父声。（1945年冬由延安去张家口，路中她在驮轿中频频唤我）

幼爱矜庄无二过，（幼时颇自爱，有过说过即不再犯）

长怀智勇继家风，（其智勇处颇近余四姑母，而耘儿也为四姑母抚育大者）

此生有汝复何憾？（七儿女中余较多爱于她）

热泪偷沾午夜醒。（午夜思之不觉泪盈）

关于这件棉背心，这是当年我和王建中笨手笨脚合作缝制的，有生以来的第一件成衣。可想而知会有多么的不合乎"规范"。但父亲却说："穿起来既温暖又柔软……"而且竟使他"午夜思之不觉泪盈"！如果这多年来，没有父亲这充满信任与关爱的"温暖"与"柔软"留驻在心田，我和建中在偌许多磨难中，真的都不知道自己会（能）坚持多久?!

耘儿：

这小组只余四人：赵、张、方、我。我是重点之一，一时期恐难回来，这是最后决战，也必须坚持下去，任何后果，应非所计。不要担心我！

父字

1969.3.28

我的罪名、罪行和罪证

1966年8月23日下午在文化局，由当时的"筹委会"指使了一队红卫兵对我施行了一次武斗之后，当场即在我的脖子上挂起了一面"老牌反党分子萧军"的牌子——这就是我的"罪名",也就以这"罪名"一直被专政到今天。

关于我的"罪行",当时是并未具体公布的。

关于我的"罪证",当时也并未具体宣布的。

因此,我当时也就没认识到我是"罪"犯哪条。

8月26日我的家被文化局等单位先后抄没了。

在我的家被抄没了之后,过了一个相当时日,才有人把从我家中抄查出来的一部分诗稿,作为我的"罪证"之一用大字报的形式公布了出来;后来又经过了一段时期,又有人从刘芝明批判我的一书中把某些片段(属于我的文章引文)抄录出来,也作为"罪证"之一用大字报的形式公布了出来。在我未被"挂牌"以前,也曾有人把在《文艺报》上属于我的一篇被批评过的《论同志的"爱"与"耐"》文章转抄过来,这也应算我的"罪证"之一。除此以外,在文化局的两年多的过程中,我记不起还有什么揭发我的"罪行"、"罪证"的材料(可能还会有的)。

以上这些材料除开从我家中直接抄查出来的诗稿可以算为"第一手"材料之外,其余的应该说全是属于第二或第三手材料。

来到了"劳大"之后,经过了七八次小会和一次大会对于我的批斗,才使我初步地知道了自己的"罪行"和"罪证"大致有了多少以及全属于什么性质的和它们的来源:

一、关于《论同志的"爱"与"耐"》——这来源应属于1957年第×期的《文艺报》。

二、关于我的诗稿——来源于1966年8月25日我家被抄没之后。

三、关于《新年献辞》和《文化报》上的引文等,——

可能来源于刘芝明《萧军思想批判》一书中，或其他人文章的引用。

四、关于我的一部分日记，——也应属来源于我家被抄没之后（这是到"劳大"以后新提出来的补充材料）。

五、关于我在延安给党中央提的"改党名"的意见书（这也是到"劳大"后新补充的材料之一），它也是属于我家被抄没之后，可能不久以前才在我的一份粘贴信底稿的簿子上寻检出来的。

六、关于我的三部小说：《八月的乡村》《过去的年代》《五月的矿山》，这是我写给工宣队"全面检查"中自己提出来请求他们审查的书目。

以上六项——到今天为限——是我能够记忆的、属于我的"罪行"和"罪证"。不久的将来也许还会有新的什么材料被揭发、检举、补充出来，这是我无法知道的事，在我此时似也不必过多地推测它们出现的可能或不可能。总之，凡属是关于我的"罪行"或"罪证"，不管它们先出或后出，经过查核无误确属是我的，我对它们一例负责。

时至今日，对于文化局"筹委会"所加给我的"罪名"，革命群众作为"罪行"与"罪证"先后提出来的属于我的文章、日记等类应该如何认识呢？这些"罪行"与"罪证"和我的"罪名"相结合的关系、程序又将怎样认识呢？由于我对于毛泽东思想没能学好，更谈不到活学活用；对各项政策知道和理解得不全面、不深刻；各项最高指示也记忆得不完全，也只能根据自己的主观、水准、粗浅的……认识来认识，正确与否将是另外问题。

第一，关于我的"罪名"，过去我没承认过，现在无法承认，将来也难于承认。理由是：我主观上没有过这样的企图，客观上也没有过这行为。我不知道这"老牌反党分子"具体的概念和内容是什么？

第二，关于我的"罪行"和"罪证"：

①关于《论同志的"爱"与"耐"》这篇文章的成因与发表过程、动机如何？在我的"全面检查"中已经说过了一些，在给革命群众一份检查材料中也说了一些，这里不再重复了。据说它当时曾被敌人转载过了（我没见到），显然是对他们有利，对革命不利，客观上也就是帮助了敌人，我应该负担这一罪责。

②关于我的诗稿，尽管它并未发表，我没什么社会、政治责任可负，但是它反映了我的不健康的思想、不健康的感情以及对某些现象的不满是事实。这对于了解、批判我当时的思想和感情状况，是可以作为一种素材来使用的。至于一定要把它算为我对社会、对政治犯下的"滔天罪行"我也没办法。但是却不能承担"宣传"它的责任。这责任应由"揭发者"来负担方为合理些。

③关于《文化报》和《生活报》论争的问题，它发生于二十年前（1948年），我于195×年曾给党中央写过一份材料，题目是《批评与自我批评》，对于自己在这论争中应负的什么责任已经做过自我批评，可去中央档案处查证（我手边无这些材料，无法用三言五语说得明白）。至于刘芝明对我的片面"批判"，在后面"附录"中将要提到，这里不来重复。

④关于我的日记：

当我若干年前写下这些"日记"时，并没想到给第二个人——连我妻子也在内——看，更没想到后来会被抄家而今天竟被作为"罪证"之一向广大群众来公布。如果那时我会预想到今天的后果，也许就不会写日记了。即使写，也将是另外一种写法——去真存伪。不过既然公布了，也就公布了吧，这在我也没什么"遗憾"之感。

对于别人我无法知道，我只知道自己是并不那般"纯洁"和"崇高"的，什么坏的、恶的、丑的、下贱的、卑鄙的、错误的、狂妄的、杂乱的……思想和感情全出现过、扰乱过自己。当时我要忠实地把它们写下来，来研究它们，分析它们，对比地解剖自己的灵魂（这是有益的），从而也试验着解剖别人的灵魂。因为我是从事文学业务的，这一工作就更为必不可少。如果你不能够深深地以至残酷地解剖自己、挖掘自己，客观地对待自己，你也就难于理解别人。当然，"别人"并不会和你一般一样，但在一种共同的社会基础上，类似的条件下生活着的人们，总会有某些"共性"的东西使你类比地得到一定程度的理解和收获。当然，除掉"共性"以外也还要有其他种种非"共性"的东西。……

如今这日记中偶尔记下来的某些不好的、坏的思想、语句，以及记录的片段，既然也成了我的"反党罪证"，我也无话可说。"仁者见仁，智者见智"，要在我日记中查找"罪证"的人，当然也只能见到"罪证"了，更何况是"罪证俱在"，其他何论哉！一个人的脸上或身上什么地方尽管有一颗或几颗麻子如果被发现了，就叫他作"张麻子"或"李麻子"也是可以的，也不能算为"冤枉"。日记是我写的，当然只能对它负责。

⑤关于我给党中央提的那《意见书》，如果对于我不适用"言者无罪"这一条最高指示，我也只好甘负罪责。

⑥关于我的三部小说，如果也算为我反党的"罪证"，或者什么人要全部否定它们，这也尽有他们的自由和权利。

一、综起以上所举出的这六项"罪行"和"罪证"，是否就属于我这"老牌反党分子"罪名的全部或一部的内容呢？我不知道。如前面所举，一直到今天我也还不能够理解到我这"老牌反党分子"罪名概念的具体内容和实质应该是什么，以及它的范畴极限在哪里，以什么为标志。

二、"思"与"行"，"错误"和"犯罪"是否还应该有个相对的区分？或者完全可以不必区分？

三、若按照资产阶级一般的法律程序来说，除非"现行犯"可以立即逮捕，之后再充实凭证而外，普通犯罪，总是先搜罗凭证而后才定罪名。而我在文化局却是先定下了罪名而后才进行抄家，进行搜寻证据来陆续充实罪名。我们当然不能按照资产阶级法律的程序、方式来办事，但我不知道对于我这是按照什么法律程序、方式来进行的，因此我也就难于承认这一罪名。

四、我深深知道自己写的这份材料，既不像总结性的"自我检查"，更不像虔诚的"自我认罪"，而且还提出了许多疑问和迹近于自我的辩解。但就我目前的思想、感情和对于自己问题认识的限度，也只能"实事求是"地这样写，写到这个样子。再好一点，再多一点，再"深刻"一点……也不可能了。

五、我愿意做一个如毛主席所说的那样"老实人"，"敢讲真话的人"。当然，我自己认为的"真话"不一定对人民事业会有什么利，但我倒也并不太计较或担心自己有什么亏可吃，所以这份材料也还是如此这般地写了。

1969.3.26

这封"信"，是在我们探望父亲时（沙河"农业劳动大学"）拿到的。它被藏在了父亲的棉鞋里，虎视眈眈的看押者们竟没有翻查出来！纸张极为绵软，父亲用极小的字抄写，整整3页，密密麻麻……

父亲所以冒着有可能被查处，再次遭到批斗、严惩……的危险，将这一"交代材料"交给我们，我理解：

第一，是让我们了解他的处境、决心和态度；

第二，明确他的"问题"性质，做到心中有数；

第三，坚定我们的信心和勇气，能和他一道坚持将这"最后决战"搏到底！

父亲是极爱家庭、爱孩子们且责任心尤为浓重的一家之主，亲人的同心同德，无限的信任，此时此刻将是他战胜一切磨难的定力！！事实证明，我们做到了，父亲也做到了……

赵——赵鼎新，原北京市文化局局长；

张——张梦庚，原北京市文化局副局长；

方——方华，原北京市文化局干部，延安时期的老同志，戏剧家阿甲（符律衡）的妻子。

耘儿：

昨天（星期六——29日）晚间才接到你的信，组织上负责人全回家了，因此申请借钱的事无办法了。星期一我准备提出申请，结果如何，再通知你。

事情已经发生了，就不必责备她了，这是无益的，只能提醒她此后不要再"粗心大意"就是。寒假时如放假时，还是让他们回来住几天为好。

你能够去"五七干校"参加学习和锻炼，这当然很好，我是如此希望的。

据情况，我目前还无"下放"的可能，即使下放，也没什么可准备的，我这里什么也不缺，不必担心。

"牙净"这里已买到了，不必再买。再此后来人时不必给我带吃食，我这里吃食很好，不必浪费，家中经济情况我是清楚的，不必过度关心我！……祝好下次来人时带一床被子来，我现这床被里糟破了。

萧军

1969.12.1

1968年冬天，随着上山下乡的潮流，妹妹弟弟到"永贵儿大叔"所管辖的地盘——山西省——去插队落户了。青春期的男男女女半大孩子们，第一次远离了父母，生活困苦，营养不足，"学大寨，赶大寨"劳动强度又大，亦看不到自己的前途与希望，精神非常苦闷……妹妹要结婚了。

结婚，是人生的大事。而此时的父亲母亲都被关押着……"家长"的责任自然就承担在我的肩上。再难，再仓促，也得购买些新人所必需的用品及糖果带回山西去把"事儿"给办了；父亲还希望他们能够回京住几天呢！十几岁的孩子们，劳苦了一年，没晴没阴、苦熬苦挣的，年终结算不但一分钱没有，竟还欠下了生产队里2毛8分钱！

有一年，他们实在是想家想得不行，扒了火车，岂料被乘警逮个正着，不但被中途押下了车，还被关进了一间无人去的黑咕隆咚的仓库里把他们给"遗忘"了……数九寒天，同行的七八个孩子险些被冻死！父亲很为担心，叮嘱我："还是让他们回来住几天为好。"本来就难以维持全家人生活开支的我，只能向组织上申请借钱：父亲的月生活费是110元钱，然而革委会却只以每人每月6元钱计！剩下的钱，全被他们给扣住了！尽管我点点滴滴都在精打细算，节省又节省，依然时时为难，"巧妇难为无米之炊"呀，我并不愿为了"借钱"使得父亲为难，但，又有什么办法?！万幸的是父亲他能体谅我的处境……

萧耘：

七点三十分我们在大礼堂看电影，约到九点钟才能散场。你们如来时可在我们门前台阶处等一等。

一、在绳子上我搭了一件衣服，冷时可披一披。

二、预备破毛巾一条为轰蚊子之用。

三、小凳两条。

萧军

七月十三日

此时的父亲，已从沙河"劳大"迁回市内二里沟北京市委党校，继续被关押审查。

7月13日，当我们下班之后赶去探望父亲时，他们却去看电影了。看此情况，这些被审查的"黑帮"的待遇，较比从前，似"宽松"了许多！我们的心，也就随着踏实了许多。

父亲留言说"约到九点钟才能散场"，而我们返回家的路程还很远，骑车"猛蹬"也够呛！等，还是不等？见到了父亲的这张字条，好像每一个字都在挽留我们，于是，我们就坐在了父亲留下的那两条小板凳上了……

父亲曾玩笑地评介他自己："我是张飞绣美人——粗中有细呀！"

爸：

我们赶来了，您已经看电影去了。我把相机、云南包、签名簿及您换下来的衣服拿走了。留下五个苹果和一包鸡肉、两个松花蛋（还有姐姐叫我们带来的两条裤衩）及五封信三本杂志，请查收。

鸡肉今晚别忘了吃，不然会坏的。

小耘、建中

11/11晚7:20

爸爸：

给您买了一条加肥的布裤子（不容易遇到）您试一下，

也许不合适，如可以就替换着穿吧！

鸣儿

十一·十一

11月11日晚我和建中下班之后，曾去看望过父亲，哥哥先于我们来过了，也先于我们归程了，我们没有遇到他。

在父亲为我们备用的红色八格中国式信纸上，我们分别为父亲写下了留言。尽管大家当时经济状况都极为窘迫，政治压力也很大，但是无论如何，也要为父亲做点什么，哪怕就是一个苹果、一条裤子、一包熟肉……我们知道，对父亲的关切，是我们唯一能够给予这位老人的"定力"，他爱我们，他需要我们！

耘儿：

七月二日正去看晚会的途中收到小滨的信，这使我心情很怆恻！这可能是人近老年对于儿女之情日加浓重的表现。

我们的种稻战斗到七月一日的这天总算告一段落了，但是浇水、修堤、修渠的任务还在继续，值班的工作也要继续。……

本来今天（三日）我可以按例回家了，但这里需要人值班管田，我和另外几个人要留下，等到其余的人们假满回来，我们再回去。大约到七月七日下午可能回来。家中如无人，可把钥匙交于邻家（对屋老太太）。

我身体情况照常良好，勿念。

祝

全家好！

建中均此

萧军

1971.7.3

此时父亲又被移到"团河农场"。这里一直是劳改犯人的地方。64岁的老人，仍要在水田里进行非常辛苦的"种稻战斗"！浇水、修堤、修渠也都是壮劳力的苦差事！赶大车、杀猪、一次挑水几十担、打夯、运土、泥瓦小工、修筑防空洞……统统都干到。父亲从没诉过苦，更没惜过力。

有一次，他竟跳下一口一人多深的水井去抢修突然崩裂的水管，这时候已是深秋了，浑身湿淋淋的，秋风一吹，就是年轻人也怕是寒颤颤的了。事后，在劳动总结会上，组织上表扬了他"有进步……"他却说："我还那样，没进步。"

我曾问过父亲，您为什么会这样回答呢？他笑了笑说："如果你说自己有进步，有的人就会千方百计地找你的错处，如果你说没进步，我落后，还会有人和你争落后吗？哈哈哈哈，这就叫以退为进……"

耘：

　　我先到张梦庚叔叔家，而后去荀家，由那里就回东坝河了。

　　你给刘景平叔叔写信时，可把治骨刺那个药方抄去，他的老伴双膝长骨刺了。上次他来时我曾向他提过你手中有这个方子。

父字

7.14下午3时

刘景平、张梦庚同志及"四大名旦"之一荀慧生先生，在"文化大革命"之中，都曾是"老牌反党分子"萧军的"牛友""棚友"，特殊的年月使他们结下了生死的战斗友谊。当他们全被"解放"之后（可惜荀先生没能熬到这一天），不但彼此常来常往，他们的家属、子女也成了朋友。

我给父亲当"小工"

　　此时的荀家，就只有荀夫人张伟君和女儿荀令莱母女相依为命了，仍住在宣武区自家的那处小四合院里。

　　对于中国的"四大名旦"（梅兰芳、程砚秋、尚小云、荀慧生）四大流派的表演艺术，父亲曾很想写成一本书，进而再写一部《中国京剧史》……

　　荀先生自幼被卖学艺，虽没受过正规的学堂教育，却以难能可贵的毅力，常年坚持写下了数十册《艺事日记》，真实而生动地记录了一代名旦的演艺生涯。尤其他塑造的金玉奴、尤三姐、杜十娘、红娘……更是个个都"成名"！无可超越。于是，萧军决意先为荀先生写一部"传记"，题名为《菊海云烟录》，荀先生说一段，他就写一段，并准备在报纸上连载……

　　天有不测风云，突如其来的灾难，使受尽了屈辱的荀先生殁于"文革"期间！1980年方获得政治平反的父亲已是古稀老人了。于是，父亲给荀夫人写了一封信：

使荀派表演艺术得以发扬光大，藉资参照，应该勇敢地担起这副担子来吧！

祝

努力！

萧军　上

一九八〇，十二月十日

父亲给我留言去荀家"送稿子"，就是指的这没写完的《菊海云烟录》——"文革"中狂风暴雨般的大抄家，父亲的所有手稿、资料、图片、图书、文物……统统遭了劫难，它们竟意外地被残留了下来，不能不说是不幸之中的万幸啊！这也许是荀先生唯一的一部艺术传记的开篇吧……

待人处世，任劳易任怨则难！

耘儿存

萧军

一九八一，二月四日春节前一日

于前三门二楼二门304号荀家

这天，我陪父亲去看望荀夫人，此时她正居住在女儿荀令莱家。第二天就要过年了，令莱请萧伯伯为她写一幅字，顺便我也就"沾了光"得到了父亲的题字。

平日里，求字的读者和朋友很多，父亲又总是爱用整张的大纸、大笔挥毫……自然要比写小一些的字费力得多，看到父亲常常是书写得红头涨脸的很是辛苦，自然就不好再为自己索字了，今天的意外所得，还真的要感谢令莱。

一剑横空气若虹　玄黄血雨地天腥

八荒四极闲开眼　鬼雾妖氛取次清

建中
　　　同志属
萧耘

　　　　　　　　　　　　　　　　萧军

　　　　　　　　　　　　一九八一，八月九日

　　　　　　　　　　　　　　赴美日之前

　　重返文坛的萧老日益忙碌起来，赴美国参加纪念鲁迅先生百年诞辰活动的前夕，还在赶还欠下的"信债""文债""字幅债"……虽然很辛苦，却也是欠债越少越兴奋，而这一兴奋，就为我和建中写下了一幅四尺整纸的"大作品"，一看到这幅字，父亲当年那挥毫走笔的样子，便历历在目。

　　1982年，在太原，父亲兴致很高，不但为纯朴而真诚、热情的煤矿朋友们书写下了多幅字，连我夫妻也"史无前例"地得到了父亲的数幅馈赠，而且幅幅写得格外潇洒与流畅，堪为珍品。

灯昏午夜剑炉红　谁识当年共命情
月冷星疏平野阔　双双孤影战秋风
　　录《吴越春秋史话》干将与镆铘诗以应

耘儿
　　　同志属
建中

　　　　　　　　　　　　　　　　萧军

　　　　　　　　　一九八二，六月十五日于太原

铁骨杈丫托地坚　风风雨雨一年年
秋来结籽红于锦　何与闲花斗媚妍

　　　　　录故诗《老枣树》以应

萧耘同志属

萧军

一九八二，六月十五日于太原

绝壑危峰百丈悬　猿啼虎啸共盘桓
悟来身胆双修后　一剑千夫未许前

录《吴越春秋史话》越女诗以应

萧耘同志属

萧军

一九八二，六月十五日于太原

不扣不鸣一老钟　秃柯古寺自凌空
沧桑风雨行经惯　应是无声胜有声

录《老枣树》

这首诗应当是《老钟》，父亲一时笔误，错为《老枣树》，所以，他没有署名。

耘：

请把《跋涉》"前言"即抄一份给《书讯》陆潜同志。

父字

1982.6.23

附《青海湖》及报纸各一份。

友人陆潜同志来信说："……我不慎将您和萧红第一本书的序遗失，我恳切期望您和老王能托谁再抄寄一份。我仍然期待着，并望得到您的谅解……"

这"第一本书"，就是萧军与萧红的小说、散文合集《跋涉》，

1933年自费出版于哈尔滨。

"老王"——是指我的母亲王德芬夫人。

"能托谁"？——自然是"托"萧耘。父亲深知他这个女儿对于不认真办事的人是没有好态度的，尤其是对于丢失稿件，更是"义愤填膺"！于是父亲就将给"耘"的信写在了陆潜同志道歉信的背后，如此，我这做女儿的也没有了"脾气"，又抄清一份，即刻寄了出去……

　耘：

　　你可以把此次去新加坡目的和过程和孙同志谈一谈，但要避免"华侨"这一称呼。

　　《华声报》是对海外华侨的报纸，孙同志和裘沙同志熟识，由他介绍前来。

　　　　　　　　　　　　　　　　　　　　父字

　　　　　　　　　　　　　　　　　　　　二月四日

1983年年初，我随同父亲去新加坡参加"首届华文文艺营"活动，后来《华声报》连载了我撰写的《新加坡散记》一文，父亲还专门写了百余字的"前记"。

裘沙——画家，鲁迅研究专家。

　耘：

　　听说你在病中，要抓紧治疗，不要耽误了，否则后果要严重，一切应向前看，不能迟疑不决。

　　本月十六日张超他们开会，你如能去时可于十五日回来。听高瑛电话新加坡要有人来，你可用电话和高联系一下。

　　附去大明信一件，作协信一件。

　　回鸦儿胡同时，可把我的全部日记带来，最近延安有人来，要我写些延安情况。

祝

　建中好！

父字

四月十二日

　张超——原煤炭工业部副部长，矿工出身。他与我的父亲相识于20世纪80年代，友情甚笃。

　20世纪30年代中期，萧军写过一篇以煤矿工人为主人公的小说——《四条腿的人》，曾引起评论界的关注；20世纪50年代初，又写过一部歌颂煤矿工人的长篇小说《五月的矿山》，竟遭到了不公正的批判！列为"毒草"，批倒，批臭，批绝了版……张超同志对于这位"煤矿工人的知音人"，始终持有着一种朴素的尊敬与友情，只要是煤矿上有重大的文化文艺活动，他是必定要请萧老做嘉宾的。《五月的矿山》荣膺煤炭部首届"乌金奖"。

　高瑛——是诗人艾青的妻子。1983年年初，我们（艾青、萧军、萧乾及他的妻子文洁若）曾一同访问新加坡。同为东北人，性格、爱好、脾气……都很有说得来的忘年交情结，所以她便很热心地把"新加坡要有人来"的信息告诉了我。

　夏大明——是父亲的老友，上海锦江饭店创始人董竹君女士的公子。他虽然年长我们不少，却非常愿意与我们这些"年轻人"成为朋友。

　父亲常在团结湖（我和建中的住家）及后海鸦儿胡同（萧耘的娘家）之间来来往往，所以他老人家需要的各样物品，也就只好带来带去……后来终于是与父母搬到了一起，父亲去世之后，我就成了最后一个离开家门的人。

　爸：

　　我想申请参加"延安文艺研究会"。

　　我属于有志研究的那一类人。虽然我目前没有研究出什

041

么结果来，但以后会有。不知您的意见如何？

入会要写"申请"，并且要有一名会员介绍。我想请周艾若老师来介绍我入会，因为别位人士，我都不熟悉。

我是延安生人，关心延安的事，也属应当吧？

别人会不会因为我年轻而以"资历不够"拒绝？做点事总比不做强吧？况且您在延安也确做过了不少的事……

望赐教，洗耳恭听。

耘儿

84.8.30

耘儿：

我同意你这一设想和要求。

萧军

一九八四，八月卅一日

记得我曾随父亲去参加过一两次由苗培时等延安老干部主持的"研究会"的活动，与会者也很认真地商议了一些事项……如今这个"延安文艺研究会"怎样了呢？我常常会想起这些位我所尊敬的"老延安"来。

周艾若——原黑龙江大学教授。他虽是周扬的公子，与萧老却持有一种欲罢不能的真情。

萧耘同志：

来时请把《吴越春秋》剧本复写稿带一全份来。此致敬礼！

萧军 敬上

八四年十二月二日

《吴越春秋》是父亲根据他的长篇历史小说《吴越春秋史话》编

写的京剧剧本。他始终认为京剧要想流传下去，必须在剧本上创新，尤其是历史剧，光靠吃"老祖宗"是没有出路的！不肯下功夫认真研究历史，而采取那种"长袍改马褂，马褂改坎肩儿"似的"改良主义"，只会越改越不是东西……

父亲从小就喜欢"扒戏台"，看"蹭戏"，对于京剧尤其兴趣浓厚。20世纪40年代在延安，他们夫妻二人还彩装演出过《宝莲灯》，获得好评，过了一把"票"戏的瘾！20世纪50年代初，由他组建的抚顺矿京剧团，100多名演职员干劲十足地排演了他自己新编的历史剧《武王伐纣》连台本戏，一演就是几十天，场场爆满！抚顺矿大约有三分之二的人，都看过"萧军写的戏"，真的是轰动一时。由于他非常欣赏《打渔杀家》里的那位勇于抗争的老渔夫——萧恩——索性就把自己的姓也改为了"萧"，致使我的爷爷"耿耿于怀"——他的孙子居然不姓刘，而随着萧军姓了"萧"！于是，我们小的时候，有个时期，为了照顾到爷爷的这"不满"，我们上了学的孩子，便统统被父亲更名为"刘萧歌""刘萧鸣""刘萧耘"……了。

耘：

《第三代》如有，可让大勇带三份来。

父

八五，四，廿五

《第三代》——是父亲写的长篇小说，1983年由黑龙江人民出版社印刷了上下册的新版本。

萧大勇——是哥哥的次子。有一时期，哥哥一家曾与我们同住在团结湖一处单元。

耘：

人函大曹冰欣同志送来一份我的讲稿校样，我记得转给你了，请查查看。给曹写封回信。

敬礼！

萧军
八五，十一月十二日

在当年社会办学的高潮中，"北京人文函授大学"全国学员众多。父亲对于有益于国民教育的事，从来都是热心的。曾应邀为来自全国各地的500多位"暑期进京班"学员做过一次非常精彩的讲演。曹老师索要的这份讲稿，当是此篇。为了完成被贻误了的"大学梦"，当时我们家的子弟，有好几位也在"函大"就读。

耘：

稿读过了，没什么意见。（稿寄鲁研室）

海婴同志来电话（十二月十四日），似催此稿，（电话非我接的）果如此，你可给海婴电话，商量如何处理。

"电话"如能登记，押金我可以掏。

父字
八五，十二月廿日

爸：

大忠告诉您，要装电话，十二月廿六日开始申报明年的指标。萧鸣说要开一份全国政协的证明；市作协的没有用了。请抓紧。

说明是自费装。

耘儿
85.12.20 即复

"稿"，大约是写给西北大学"鲁研室"的一篇长文章。

萧大忠——萧军之长孙。

当时申请私人安装电话刚刚"解冻"，但也是困难重重，不但有诸种条条框框的限制，即便是按照要求开具"全"了证明，也还是要等啊等……安装费用也很是不菲。

耘儿：

　　一、他不懂电视剧；

　　二、他生理条件已不允许他再读长文章，他已七十八岁了。

　　三、他和电视界无联系，请您直接和他们联系吧。

　　很对不起你，使您失望。

父字

这封信是由家人带给我的，可能是有些急迫吧，"父字"之后竟没写当天的日子。

一位较有名气的青年作家，想改编萧老的一部长篇小说为电视连续剧，希望老人家能看看他写的这个剧本。此时的父亲年事已高，收到的诸多来信，大都是由我或母亲作复了。于是，父亲便扼要地为我写了这几条复信的"要点"。尽管父亲从不愿让人失望，他总说"帮助一个人，鼓励一个人，比打击一个人对社会更有益"，但此时此刻的他必要实话实说，免得使人抱有幻想而更加失望。

耘：

　　病好了没有，不要耽误。此信你酌量回他一封，要及时。

父字
八六，一月三日

一位大学中文系教师，他想请萧老提供一些有关《八月的乡村》和萧红的《生死场》创作过程中发生的有趣而生动的故事；鲁迅先生当年对于这两位青年作家指导的具体细节……总之，他正在编写一部以广大青年读者为对象的"文学史话"，希望得到帮助，父亲指示我回复。他所以在"及时"下边标了重点号，是担心我因病而误事。

耘：

您的病体如何？

目前有几件事想请您完成：

一、把我的全部日记拿来，我想从头看一遍。

二、把萧红每份书信（连同信封）每份誊印五份，备用。

三、把在"鲁博"金剑啸为我的画像用彩色照相印一份，备用。

四、在聂华苓处"蛇像"是否已去信催洗？

何时能完成请告知我。

建中名片如未印或已印，木刀如刻好，可一并带下。

祝

好！

附：

信一封。

贺年片。

萧军

一九八六，一月十七日

说来真是惭愧，多年超负荷的运转，原本很健康的我，突然间身体垮了下来！抄一份稿子都感到很吃力，很疲惫，突然间昏倒在洗手间的事也时有发生，心脏、精神、心情都感到十分的不适，更别企图骑着自行车像往常那样在北京城再"疯跑"！一心只想静静地休息，休息，再休息……对于一件又一件堆积起来的活儿，真的是感到了力不从心，再也难于做到"即刻"了。怕父亲为我担心，我没有把这真实的境况告诉给他，这就引起了父亲的不解，所以他一再问到了我的病情，并用了少见的"您"来称呼女儿。然而事情不能等人，由于我的"歇工"，母亲的工作量一下子加大起来，"招架"得她颇有怨言……

金剑啸——中共地下党员，诗人、画家，萧军青年时代在哈尔滨的好友。他为萧军画的一幅油画像，收藏于北京鲁迅博物馆，那是许广平先生为我们保存下来的。金剑啸烈士牺牲的时候只有26岁，被日本人所杀害！

"蛇像"——1983年在新加坡参加首届"国际华文文艺营"活动时，作家聂华苓曾非常热心地带走我和父亲在新加坡与蟒蛇在一起的彩色合影，她要在美国为我们父女放大几张！这在当时是很稀罕的事。父亲很喜欢这照片，所以叮嘱我写信再催问一下聂华苓。不料，随后父亲生病住院，几次报了病危，而聂华苓的丈夫安格尔也在旅行途中突发疾患而离世……这张照片的事，就可提可不提了……

"木刀如刻好"——指的是父亲访日带回的一把日式木制劈刀，他在刀身上写有"跋铭"，嘱建中镌刻。

耘：

车公庄廿一号国际书店（黄美沙）来电话：

一、《邬其山》已到，希派人去拿。

二、关于欠他们的钱（三千六百元）又来催了，实际如何，请你和作家协会研究解决。祝好

父

一九八六，二月廿一日

1985年，应日本内山书店经理内山篱（内山完造先生的侄儿）之

邀，有关部门决定由中国国际书店负责组团，前往东京参加"内山完造100周年诞辰""内山书店创立50周年""内山书店新大楼竣工"纪念活动。

中国作家，对方只邀请了萧军一位。之前，内山篱先生曾亲赴萧军先生寓所拜访了老人家……

《邬其山》（内山）——是内山书店当时发行的一本小册子，上面刊登有萧老专为此次活动写下的文章——《一衣带水海天深》。

　　耘：

　　　　文件读后，即交回给从叔叔。

萧

一九八六，四月十八日

这是指文化部下达的：1984年关于转发《书籍稿酬试行规定》的通知，1985年关于颁布《图书、期刊版权保护试行条例实施细则》和《图书约稿合同》《图书出版合同》的通知。

父亲对国家版权法的制定极为关心，在全国政协委员的提案里，萧军也是最早要求尽快制定国家版权法的提案人员之一，而他的著作确曾一次又一次地遭到了各级出版社的侵权……

"从叔叔"——作家从维熙，他当时也居住在团结湖一带，与我家近邻。他对萧老敬重、钦佩有加，视为长辈，常与老人家坦诚地山南海北地聊谈，有些什么"内部精神"，也很愿意来家探讨探讨……萧老去世之后，他写下一篇很感人的回忆文章送给我们：《人生绝唱——萧军留下的绞水歌》。

　　耘儿
　　建中：
　　　　四封信均收到，我以为你们拜客……等事全做得对。

最近黑龙江出版社袁殿池来，据说东北地区要开办一次书、刊展览会，由哈、吉、辽：龙江、吉林、春风三家出版社主办，书刊要近两万册，要我给写一字条，我写了"书到用时方恨少"一幅给了他。八月一日开展，约我去，我谢辞了。这使我联想，宋力军同志可否去化一次"缘"，如能化得千百册，对图书馆不无小补，不妨试试看，所谓"张口三分利，不给也够本"，我估计会有些效果的，因为你们是张口第一家。可以商量，研究一番。

附一封来信，给你。

新加坡陈闻察来过了，问到你，他已退休了，闲来旅行。

祝

奇志好！

萧

一九八六，七月十九日

宋力军——原锦县图书馆馆长兼萧军资料馆（前身为萧军资料室）馆长。在当地政府的领导下，她对于建立萧军资料室，立下了汗马功劳。图书馆经费开支有限，而这位年轻有为的馆长又想得到更多的好图书，于是，萧老给她支着儿，让她抓住机遇快去"化缘"……

朱奇志——是大妹妹萧滨的女儿。

陈闻察先生——曾任新加坡体育界官员，因热心于中国的拳术种种，与萧老很谈得来。我们父女在新加坡的时候，得到过他们诸位非常周到而亲切的关照。

耘儿：

两函均收阅，从字里行间得悉此中"问题"尚不少，待发展再看，我有意见如下：

一、关于印卡片事，可以不再提它，不管从客观影响和个体能力，全不适宜。

二、"资料室"开幕，我主张一个人也不邀请，这样一来既节省了不必要的经费开支，也可免去人的"闲话"。只印一些"聘书"和一纸简要开幕说明就够了，因为它不需要大张旗鼓，扩大宣传。

三、窗帘可以暂时不必挂它，必要时可以弄些代用品即可，总之要省钱朴素，多注重"内容"为好。

四、有些东西暂不需要拉去，将来再说。

五、资料室不必非和图书馆一齐开幕不可，因为两种性质不同。

六、凡事应从容些，不必太急。

七、开幕时我不一定来。

你或别人有什么意见，或来信，或待你回来再说。

祝

好

建中
力军　均此

萧军 上

一九八六，八月十八日

耘儿：

经过我再三思索，我以为这次你所办的事，很违背我的意志。在京时我得知你们"木已成舟"，我不愿打击你们的情绪，所以不再说什么，并且促成你们志愿，使你们凡事"圆满结束"。

如今我把我的意见说出来，你必须要好好思考，并且执行：

一、我问过你，接到我的信是否给韩书记看过，你说来不及了，而且一切事情已"决定"了，等等，现在你必须把我前次给你的原信交给他看。

二、我们来锦县参加的"家人"，一切路费，食宿费……全由我们"自理"，不需要锦县供给。

三、印相片的钱，我们既答应摊一半，我出一千元，余钱可由历年你们积下的钱偿还，而后再由你们分摊？这样可使你们不负担过重了。

凡事总要从正、反多方面考虑，而后决定免得后悔。你办事热情是好的，但缺乏"群众观点"，欠考虑。

这些事你和韩书记明言，我在大会上发言，要具体说明，你父亲是无所畏惧的。

祝

好！

萧军

一九八六，八月廿五夜

建立"萧军资料室"的过程中，家里家外心态各异，又一时难以沟通，致使父亲几乎产生误解！一道又一道的"军令"下达，使我们处在了非常为难的地步，险些误了父亲的正事！

后来经过我们连夜写下的一封又一封信的及时发出，详细地解说和报告；其间，我还特意赶回京城，向父亲"面奏"种种，父亲终于"明白"了过来，宣布："将在外君命有所不受"——萧耘、建中可以根据具体情况全权自行处理，任何人不得干预！

1986年9月18日萧军资料室终于与锦县图书馆一道开幕了，父亲携家人与故乡人、亲朋老友……济济一堂，鼓乐喧天，鞭炮震响，小城轰动了！孩子们为革命老前辈敬献了自己种的鲜花，萧老及来宾进行了激动人心的讲话，研究者们对展品的丰富、展厅的布局、史料的珍贵……极为赞叹，一切都很完满。父亲笑容满面地说："耘儿，这下子你满意了吧？一切都是按照你们的规划做的!"

"吓，萧老：请闹清楚——这是萧军资料室的开幕式，我们只要不违背您的意志，不受冤屈，就高呼万万岁啦!!"

耘：

　　影印一份给人民文学出版社，问他们对此书再版的观点和立场以及态度。

萧

一九八七，九月廿五日

父亲让我影印的，是一封读者来信，信中写道：

　　……前不久逛书店，偶见新出的《中国新文学史初稿》的四页"批判"，颇感不平，写了一篇小文章给《四川政协报》，该报载出后，发行全国的《文摘周报》（9月18日出版，346期，四川日报社出）立即转载了此文。不知萧老看过那两卷《中国新文学史初稿》否？

《中国新文学史初稿》（上、下卷），刘绶松著。1956年由作家出版社初版，1979年和1984年由北京人民文学出版社修订重印。

这本书是属于国家高教部委托出版的高校文科教材，所以它的销售量是很可观的，十几万册之多! 受众之广自然无可计算，国内外影响也可谓深远……

在该书的第五篇：第三次国内革命战争时期的文学（1945—1949）的第一章专有一节（第三节）"萧军思想批判"里，洋洋洒洒用去了满满4页对萧军进行批判……本书虽几经"修订"，却对萧军的"定论"始终钳口不改。

1980年，中共中央组织部责成北京市委组织部、宣传部就萧军同志32年的"冤案"，做出了明确的政治结论——其中对于1948年东北局《关于萧军问题的决定》，认为萧军"诽谤人民政府，诬蔑土地改革，反对人民解放战争，挑拨中苏关系"这种结语缺乏事实根据，应予改正。1958年2月《文艺报》"再批判"的《编者按语》中，说萧军在延安与某些人"勾结在一起，从事反党活动"，这种提法，与当时的实际情况不符。"文化大革命"中将萧军同志作为"老牌反党分子"关押、批斗是错误的，应该平反。1967年阶级异己分子姚文元在《评反革命两面派周扬》的黑文中，定萧军是"反党分子"，这种诬陷不实之词应予推倒。其后，某些出版物中沿用萧军是"反党分子"的错误提法，不足为据……

　　然而，就在萧军同志这一"政治结论"做出7年之后的1987年，人民文学出版社竟又印刷万余套书，继续发行！当然就引起了读者的义愤，也就使得父亲要我去问："问他们对此书再版的观点和立场以及态度。"我们去了，也问了，而且北京作家协会向上级汇报了，组织上也"过问"了。

　　1988年6月1日，人民文学出版社特派了4位同志，代表出版社到海军总院去看望了重病中的萧老，并郑重地向他老人家道了歉——由于工作疏忽，出现了差错，引起了萧老的不愉快，请老人家原谅；这本书已经停印了，刘教授也早已去世，下次再版，一定会修正的……

　　6月22日萧老逝世。

　　当你想对一个人表示你的歉意或爱意的时候，千万不要迟疑！这就是在父亲萧军生命的最后的日子里，人民文学出版社给予我的启示——我心存感激。

2007年4月5日清明于通州

载于2007年第3期

文坛师友录

牛　汉　口述

何启治　李晋西　采写

编者按：年过八旬的牛汉先生与文坛的纠结是漫长而深刻的。这不仅由于一方面他是著名诗人、散文家，一方面他是主编过《中国》与本刊——新时期两份重要刊物的编辑家，而这两重身份以外，他还是著名的"胡风分子"；更重要的原因是他真诚严正地生活着、创作着。一直以来，我们期盼他写《牛汉回忆录》，现在终于有了结果——本篇即是他关于几十位中国著名作家的回忆，敬请关注。

一、萧军在颠沛流离的艰难环境中完好地保护了
萧红的信件，我很佩服

编《新文学史料》前，我跟萧军就认识。我被捕前，1954年他有一个长篇，交给我当责编。我曾经去找他，请他写一本跟个人经历有关的书。1955年，《过去的年代》还没有成书，我就被捕了。我们社的龙世辉帮我看的校样。后来我出来后，龙世辉把书送给我了，还说，我是这本书的责编，应该把书给我。龙世辉在"文革"中一直叫我老牛。

萧军是老前辈，组稿是我去的，在1978年夏天。后来调到近代史

所，而当时在《文艺报》的黄沫奉调参加《新文学史料》的筹备。他和我同去，但他不认识萧军。萧军住在后海那边，破房子。当时我还没有平反，但我心里确信萧军会记得我，并且不会把我们拒之门外。向他约稿就是我的倡议。这位赫赫有名的文坛的强者，在人世间默默无闻已有几十年之久了。我相信他是经得住久久深埋、具有顽强生命力的人。他的体魄仍然是虎背熊腰、面孔红润、目光锐利，几乎看不出有因久久埋没而出现的苦相或麻木的神态。也许因我与他有过些老交情以及相近的命运，他热诚地接待了我们，答应写稿。"史料"要发萧军与萧红的信，萧军很高兴，很快就加了注释按期交给了我。萧军在颠沛流离的艰难环境中完好地保护了萧红的信件，我很佩服。

从《新文学史料》第二期起连载了萧军和萧红的信件以及萧军撰写的详细注释。

以后我多次独自走访萧军，已不全是向他组稿，有时完全是个人之间的访谈。每当我踏上萧军家灰暗的严重磨损的木楼梯，脚下带出咯吱咯吱的悲抑声，总是小心翼翼，心里禁不住涌动着温泉般的情思，觉得那污渍斑斑相当陡的楼梯，似乎能通往一个永远读不完的幽深而悲壮的故事。果然，有一次他用欢快的声调告诉我胡风在成都的通信处，说："牛汉，应当写信去，坦坦荡荡，有什么好怕的？《新文学史料》应当给他寄去看看。"后来我给胡风寄去了"史料"。

我编"史料"的时候，一直想让他写回忆录，特别是写延安那一段，但他不写。我请艾青，但艾青也不写。我还开玩笑说，你不好交代。

我对萧军说萧红的文笔比你的文字有感染力。"吓！"萧军大叫表示不服。

有一次，我又跟萧军谈起端木蕻良。萧军很反感。我说你不要生气，你有你的性格，但是我们作为晚辈，是读者，都要有所了解。1938年，萧军、萧红在西安分手，萧军想到战场上去写，萧红不愿意到延安。她头脑很清楚，对政治，有自己的选择。她到了武汉，继续自己的创作。记得《七月》杂志谈到过每个人的选择，萧红不仅有高昂的东西，也有极富个性的创作。萧红强调个人的自由，她清醒、坚定。

还有一次，给萧军送稿费，然后聊天。到吃饭的时候，萧军留我，全家人就是一锅面，没有肉，有打卤。没有钱，他的工资很少，他在北京市的跟武术有关的一个小单位，够吃而已。萧军去世时，存折上只有几千块钱。

萧军个性很开朗，但经历那么多苦难，肯定有伤害，只是他不愿给别人看到。萧军说话很大声，笑声也很大，可能精神上有点问题，精神状态不正常。有时候，他感觉不好的时候，就到山里边疗养。有一次，他对着我，拍着胸口，说心脏不好。他自己知道，他也不跟孩子说，跟我说。

有一阵，他住团结湖附近，住女儿的房子，常到团结湖公园练剑。我住东中街，离他那儿很近，下了班去看他，他带我去过两次。他穿得马虎，穿布鞋，背着剑，剑有套子。他会拳术。我不知道他练的什么剑，他会硬功，可能是少林剑。

有一次，我陪着他走到公园门口，然后去上班了。他像普通的北京老人一样，没有什么社会活动，也很少参加社会活动。

有一天早晨，雷加打电话给我，说："萧军最近情况不大好，你该去看看他。"他告诉我萧军住在阜成门外三环路边的海军总医院高干病房。

放下电话，我赶紧动身（我住在朝阳门外），好不容易才找到了海军总医院，已快到中午了。我不晓得萧军住第几病房，问楼下值班室的人，回答说："萧军这几天病情不好，不见客人。"

我恳切地对他说："我是萧军的老朋友，住在朝阳门外十里堡，来一次不容易，我看他一眼就走。"

这时，有一个干部模样的人正站在楼门口，听到我们的对话，对我打量一番说："你上去试试看，他女儿正陪着他。"我立即上楼去（不是三楼，就是四楼），轻轻地敲了几下病房的门。门开了一点缝，我看见了面容忧戚的萧耘。她压低了声音对我说:"牛叔叔,我爸近几天不大好。今天很难受,上午刚刚输液,你能不能改天再来?"萧耘仍然把着门,"医生说怕交叉感染,最好少见客。"我对她说,我是走了两个钟头才找到这里的。萧耘看到我满头大汗,很难过,说:"你进来吧,不要说话。"

那天天气晴朗,满窗火焰般的阳光,但病房里却静得发冷。也许是由于病房的那种没有生命感的白色,使我的心灵引起了一阵寒战。我压着脚步走进去。看见一张病床,白色的被单,平塌塌的,几乎看不到下面有人的形体。只看到露在被头外的一点短短的苍发,心里一阵辛酸。虎背熊腰庞然大物的萧军(他的个头儿我看不过一米七上下,但由于他骨骼壮实,神态充满活力,总感到有一种谁也把他撼动不了的巨大的身量),竟然一下子从人生的地平线上陷落了。山峰正在消失,变成茫茫平原,但绝不是废墟。

听到一点微弱的声音,不是呻吟,似乎是咬着牙关使劲的哼哼声,他仿佛正攀登着一个很陡的峡谷。

我慢慢地走向他的床边。萧军面朝里躺着,我看到一张陌生的面孔,颧骨高耸,像20世纪30年代哈尔滨时期的那个萧军的轮廓。我忍不住叫了一声:"老萧,我是牛汉,来看望你。"没有丝毫反应,白色被单微微地抖动了几下。他一定极其难受,挣扎着想翻过身来。这说明他听到了我叫他的声音,知道我正立在他的身边。萧耘过去帮助他翻身。我毫不考虑地也去扶他,我的手接触到的几乎全是皮包骨。但他的身子很沉,费了好大力气,才使他转过身来。萧军睁开眼睛,望望我,说了几句,声音很低,我听不清他说什么。我紧紧地握着他的手,同时弯下身子,在他的耳边大声地说:"老萧,你瘦了起码有几十斤,但是你的骨头还是那么硬,没有少了一两!"我的话萧军听清楚了,他紧紧地握着我的手,说:"牛汉,我还不会死,一时半时死不了。"我听不太真,萧耘为我转述了一遍。我对他说:"你一定能挺过来,我相信!"我看他浑身疼痛难忍,就放开他的手。听到他又在哼哼,攀登那个陡峭的峡谷。白被单微微抖动着，在他面前，我又静静地站了一会儿。离开病房时，我回头向萧军告辞："老萧，我走了。"一走出房门，我禁不住哭出了声。一星期之后，萧军离开了人世。有不少人，在死亡面前表现得很软弱，他们平顺的一生并没有经受多少病痛，却时时想到死亡来临。而萧军，直到生命最终的时刻，仍相信自己不会死，相信自己能咬紧牙关攀越过死亡的峡谷。几十年来，他已经战胜过多少次死亡了。

萧军早已离开我们，但我从来没有把他与死亡联系在一起。

二、端木蕻良的艺术感觉细致，气质却像旧文人

端木蕻良的艺术感觉细致，气质却像旧式文人，不像一个东北男子汉。

新中国成立初期，跟端木蕻良有接触，一起开过会。端木蕻良挂名在北京市文联。他的文笔很精致，有个人的感觉，萧红对他有特别的感情。新中国成立后，他比较沉默。1955年春天，我们去石景山体验生活，对他才比较了解。他的生活很松散，我们住一个房间，不到10平方米。一人一张床，一个桌子，他的桌子很乱。我每天洗澡，他不洗。有时，我拉他去哪儿，他才去。他被子也不叠，袜子也不洗，衣服也不洗，就是散漫。我跟他谈到萧红，他也不愿谈，因为萧红跟骆宾基亲近。端木蕻良的气质像旧式文人，不像一个东北男子汉。他抽烟，很难融入集体。我早睡，他晚睡晚起，我睡下了，他还在那儿抽烟。

新中国成立初期端木蕻良没有结婚，生活太懒散，作为男人，应该有气魄，他很难改变。当时他正跟云南的一个戏剧演员谈恋爱，很快就结婚了。端木蕻良的感情问题很复杂，没有感情就活不成了一样，跟萧军不一样。个人气质不一样。我也不跟他谈萧军。

他的艺术感觉细致。我们体验生活时，关键时刻也下去。他跟人谈话很细心。我们住在北京郊区，离西山很近。他说曹雪芹就是住在

北京郊区写《红楼梦》的。他有时跟我谈《红楼梦》。对《红楼梦》，他能进入进去，能钻下去。他的字很漂亮，也很秀气，比何其芳的字在书法上有成就。

我编"史料"时，写信给他，请他写东西，但他懒散得很，虽然，后来他还是给"史料"写了。我还去过他家，他家在宣武门附近。到最后，他的身体已经行动不便。看着还好，笑嘻嘻的，可行动不便了，走路不行了，下楼也不行了。

端木蕻良在东北作家群里，是有个性、风格很鲜明的作家，跟萧红相近。他研究《红楼梦》，有宁静的一面，这点又不像萧红。

端木蕻良就在家里待着，喝茶，要不就在床上躺着。

三、 骆宾基不愿意回忆

我认识骆宾基很晚。我到他大福寺旁边的家，我请他为"史料"写创作体验。他表示很为难。老一代作家都不愿意写。萧军、艾青都不愿意回忆，不愿意写回忆文章，那里面有太多的痛苦。

…………

2006年2月1日一稿

2007年8月5日二稿

（本篇选自《我仍在苦苦跋涉——牛汉自述》中的部分章节）

载于2007年第4期

舒群老师

黎 辛

4月29日，我在青岛市参加德式监狱旧址博物馆开放的剪彩仪式。该馆是德国侵占青岛后，于1900年建造的。舒群1934年在青岛被逮捕，1934—1935年被关押在这座坚固而黑暗的监狱中。

这座监狱与它附近的原德国总督府、总督官邸、胶澳帝国法院，是个建筑群体，集中表现了中国半殖民地半封建社会发展的轨迹，具有丰富的历史文化内涵与珍贵的文物价值，2006年被定为国家重点文物保护单位，同时又被授予山东省青岛市关心下一代教育基地称号。

现在，监狱经过修整与布置，作为文物保护单位、旅游观光地与爱国主义教育基地对外开放。参加剪彩仪式后，大家参观了监狱全景、新布置的文字介绍，在狱中英勇不屈与敌特斗争的共产党员的照片与塑像。博物馆为舒群布置了两个展室。我在舒群的塑像前，向他问候，告诉他孩子们正在为他整理文稿，准备为他出版文集，请他放心，也请记者为我们拍照留念。

28日，相关的同志已经领我们参观了观象一路1号萧军、萧红与舒群的旧居。青岛市重视文明建设，保留的名人故居在旅游图上印有好多。这旧居是舒群1934年从东北逃亡到青岛时居住的，他在这里与倪青华结婚，并接上党的关系，参加青岛左翼作家联盟。不久，东北的挚友萧军与萧红也逃到青岛，与他同住。大家积极创作，萧军写了《八月的乡村》，萧红写了《生死场》，舒群写了《没有祖国的孩子》，出版与发表以后，引起轰动，成为他们的成名作。

参观了德式监狱，使我对舒群这段历史有了更为深广的认识。历历往事，浮现眼前。我认识舒群在1939年年末，他在延安鲁迅艺术学院文学系当教员，我随鲁艺实验剧团从鲁东南敌人后方回到鲁艺，我是在中国人民抗日军政大学学习一年，且以学习军事为主，决心持枪杀敌的，想不到毕业后被分配到去晋东南劳军的实验剧团，完成任务后不能不回延安，心中苦闷，怎么办？我自幼喜欢文艺。趁文学系第三期招生，报名考入了。不久，舒群调中华文艺界抗敌协会延安分会工作，没有教过我，虽然认识，却无来往。

鲁艺当时较为正规，学习两年后实习半年，分配工作。1941年新年，我去文抗玩，遇见舒群，他说"来我窑坐坐"，我说好。他问我去哪里实习，我说还没有决定。他问我做过编辑工作没有，我说做过。他问我在哪里做的，我说七七全面抗战爆发以后，在开封市与文抗的曾克等人合编过《争有》半月刊（三期），后来自己编过《战时学生》旬刊（三期）。舒群又问："你会校对吗？"我说："我自己编杂志，看稿校对、出版发行，全是一个人干。"他又问："你愿意去《解放日报》'文艺'专栏实习吗？"我说："愿意。"他说："为什么？"我说："天天有事干，又天天有结果。"舒群说："好了！你就去'文艺'专栏实习吧，你回去准备准备，大约3天就调你。"舒群说得具体又肯定，我不能不信，可他并不是报社的领导。

3天后，我去"文艺"专栏报到了，一进"文艺"专栏办公室，主编丁玲招呼说："黎辛来了！你就用以前雪苇用的办公桌吧。"雪苇名叫刘雪苇，又叫孙雪苇，文艺理论家，中央研究院文艺研究室的特别研究员（中灶伙食待遇），借调来做3个月的编辑，年前已经回去，只剩下主编丁玲与编辑陈企霞了。3张三屉白木头办公桌与3只白木头凳子斜对面摆着。我坐下后，丁玲说，你们俩怎么分工？企霞问我:"做过校对工作没有?"我说:"做过。"他说:"那我俩轮流,每人一周校对'文艺'清样,我管检查报纸、发稿、登记稿件。"丁玲说:"黎辛干什么呢?"企霞说:"也看来稿,还管领办公文具、算稿费、给作者寄剪报。"丁玲说:"好,就这么办吧!企霞不喜欢出去组稿,黎辛多跑点。"

这时"文艺"专栏用"文艺"当作报头,每期发稿6000字,排在对开四版报纸第四版的下部,每周发刊四或五次,每月可以发表10多万字,算当时全国最大的文艺阵地了。这时延安停办一般杂志,包括党中央的机关刊物《解放》,所以延安的作家都向"文艺"投稿,其他抗日根据地能与延安通信的也有稿来,其他根据地的报刊发表的佳作,"文艺"专栏不转载也推荐,遇到好稿子,如赵树理的《小二黑结婚》《李有才板话》,我们请古元、罗工柳等著名木刻家插图,所以《解放日报》的文艺版面,又是全国影响最大的文艺版面。

可是,我们工作很忙,除一般编辑工作外,一天要跑几次印刷厂,一个来回是二三里山路。特别是每件不用的来稿要写退稿信,说出不用的原因,指出作品的优点,鼓励作者继续努力,退稿信要经过主编审阅批准才能付邮,而哪一天没有几十件来稿呢?

工作忙碌,精神却愉快。

2月初,丁玲向企霞和我说,她要去中央医院治疗关节炎,报社离医院路远,她要搬到地处医院与报社的当中的中华文艺界抗敌协会延安分会罗烽他妈妈处借住,让企霞我俩轮流去她处,把我们看过可以用的稿子带给她复审,把她复审过的稿子带回来编排后送博古终审。博古(秦邦宪)为政治局委员兼报社社长、新华社社长与中央出版局局长,有工作问题也可以谈谈。丁玲还交代,退稿信她不看了。

3月的一天下午下班了,我从美术科长张谔住处附近经过,张谔说:"黎辛,你看看谁来了。"原来舒群与他站在张谔窑前的小平坝上。我走过去向舒群说:"你来玩了。"张谔说:"什么呀!他来当主编,是你的上司。"舒群说他今天下午搬来,就住在祝志证(中央印刷厂厂长）的空窑洞里，与张谔隔邻。我近年查阅编委会记录，舒群是3月13日来的。

原来，丁玲想写东西，借住到文抗，先向中央组织部提出调离的意见，中组部与中央宣传部商议后，大约又请示领导报纸的毛泽东，而后与博古谈妥，2月9日政治局委员、中宣部代部长凯丰写信给舒群，说：

> 舒群同志
> 　　去解放日报的事，今天已与博古谈过，只要搬过去就可以，并把你勉为其难的情形也说过，暂时约定半年。报社对你去，表示欢迎，请你即日搬去开始工作，敬礼。

3月14日上班，博古领舒群到"文艺"专栏办公室。舒群对我和企霞笑笑，博古说大概你们昨天都见过面了，舒群也了解情况，我告辞了，你们谈吧。舒群说："你俩的工作照丁玲在的时候做，丁玲看过签发可以用的稿子我不再看，通统照用。"

原来，舒群来报社的事早已谈过，所以他要我来实习，说得那么利索。舒群来到报社，遇到改版，他又犹豫起来，向凯丰提意见，凯丰答复他：

> 舒群同志：
> 　　信收到，我相信你的能力能够胜任这一工作，昨天讨论的情形，想博古已告你。此致
> 　　敬礼
> 　　　　　　　　　　　　　　　　　　　　凯丰
> 　　　　　　　　　　　　　　　　　　　三月二十六日

改版，是党报史上最重要的事情，是要把"不完全的党报改为完

全的党报"，大约在 3 月 26 日，舒群听了博古向全报社与新华社全体人员做的改版报告，高兴而又为难。回到办公室，舒群向企霞与我说："博古的报告大家都听了，改版的任务我们最重，'文艺'专栏改为以文艺为主的社会科学与自然科学都发的整版副刊，这是毛主席的指示，不能不做。整版副刊是前所未有的大副刊，版面增加一倍。社会科学与自然科学稿，我都不知道往哪儿去找。从明天开始，我白天出去组稿，晚上看发稿与你们写的退稿信。"舒群又把博古报告的情形告诉毛泽东，毛泽东写信给凯丰说："昨日与博古谈了半天，报纸工作有进步，可以希望由不完全的党报变成完全的党报，他向 200 余人做了报告，影响很好（据舒群说）。"

舒群对《解放日报》有兴趣有感情，工作起来已经忘记与凯丰谈的"约定半年"了，舒群一直干到 1944 年夏。1982 年，舒群答《人民日报》副刊问时，说得精彩，他说："党报副刊，要以党风党性为首，排除任何关系利益，不要限于名位，不排座次，以文取人，勿以人取文，唯择优者为上宾。""改稿时，切忌妄自尊大，老子第一，刀笔挥之，无益而有害；必要时，最好与作者协商，经其同意。""每发一稿，不仅想到发稿的当日，而且联想到昨日，预想到明日，以尽可能保持其刊一贯的正常性与正确性，以及独具的风格与特色。"这是舒群编辑《解放日报》副刊经验的总结。现在谈来，仍有现实性与针对性。

舒群 1937 年七七全面抗战爆发后，由上海去晋东南抗日根据地，任八路军随军记者，兼朱德总司令的秘书。1938 年，上海与南京沦陷后，武汉成为国民党统治区的中心。八路军政治部主任任弼时派舒群去武汉做文化工作。他配合时局，创作话剧《台儿庄》《总动员》，并与丁玲合编《战地》文学杂志，刊登许多解放区的文学作品与文艺信息。

武汉沦陷前，舒群又回到了延安。一天散步时遇到朱光，走着说着，朱光说这里距毛主席住处不远，咱们去看看毛主席，于是他们到了凤凰山毛主席住处。舒群在《胜似春光》（见《毛泽东故事》，作家出版社出版）中，说"虽属萍水相遇，却似故人邂逅"，谈得投机。

舒群调《解放日报》工作以后，与毛泽东的接触多了起来，舒群在《枣园之宴》（见《毛泽东故事》）中，较为清楚地说："他有幸，有毛主席直接关心指导，凡有转载，均经毛主席亲笔批示，例如郭沫若《甲申三百年祭》、徐悲鸿《古元木刻》等等。倘有社长审而难定的稿件，例如谢老（黎注：即谢觉哉）《一得书》篇章、萧老（黎注：即萧三）某某诗文等等，他即携而呈毛主席。"舒群说他"亲聆毛主席的教言较多"，"也屡屡被召以赴有所受命"。这样的事是不少的，如1942年3月蔡若虹、华君武和张谔在军人俱乐部举行三人漫画展览，毛主席参观后临走时，值班画家华君武"请毛主席指示"，毛泽东说"漫画要发展的"。华君武不明白什么意思，其他画家也不明白。夏季某日，毛主席与舒群商量，请舒群约3位漫画家去他在枣园的住处商谈半天，又留他们吃饭饮酒。毛泽东提出华君武在《解放日报》发表的《一九三八年所植的树》，表现得片面，会有人不服。华君武这幅画写山坡下小河边有一株枯干的树干，下边有些杂草。毛泽东说我们种的树，有种得好的，有不好的，不都是毫无成绩的，你们能不能画两幅对比的，一幅画树长得好，一幅画树种得坏的。华君武健在，还在作画，每次画展的前言，他都要说明毛泽东曾经指示他们画漫画不能片面性。蔡若虹常说他画漫画挖苦女同志找爱人"眼睛向上"不妥。张谔表示以后试验画对比的漫画。"文艺"专栏的3个人商量，在"文艺"专栏登个启事，说《一九三八年所植的树》的标题应为：《延河边所种的树》。延河边人来人往，小树孩子们摇动着玩，大些的树常被当拴马桩用，确实没有活的树。

又如，延安文艺座谈会召开以前，舒群在毛泽东处"草拟出席会议名单"回来后，告诉企霞与我，说："邀请参加会议的都是在国民党统治区有名的文艺家，延安培养的年轻文艺家只有古元，他的木刻太出色了。我们'文艺'专栏，企霞和我都参加，没有黎辛，黎辛听过毛主席的整风报告，这次没份，可不要闹情绪。"我说："不会。"舒群又说："我们'文艺'专栏，每天要发稿、看清样、接待作者，家里没人值班也不行。会议要开几天，等毛主席做总结那天，我打电话请你去听。"想不到，5月23日晚餐时，舒群、柯仲平、萧军他们与毛主席一起喝酒喝多了，忘记通知我晚上去听总结了。次早上班，舒群向我致歉，并传达总结的内容。舒群对干部是很关照且体贴的。

　　舒群白天组稿，晚上看稿，一日三班，不到10天他就持杖三条腿走了。有时还要列席报社的编委会议。有一天，他问我："你也出去组稿行不行？"我说："行。"他忽然笑着说："你会骑马不会？"我说："会。"他说："好，明天我写条子你去饲养班借马用，博古早就说过我可以借马组稿，博古不出去时也可以借他的马。"

　　整版副刊的肚子大，两个人组稿也不够用。舒群在编委会提出调一个懂文艺也懂社会科学与自然科学的专家来当主编，他做副手，博古表示不好办，同时向毛泽东反映。毛泽东约舒群谈心，向他做思想工作，毛泽东说，以前我们不会打仗，在战争中学战争，也就学会了。毛泽东建议舒群以文艺为点，以点带面学习其他，编好综合副刊。可是，舒群没有时间学。于是，毛泽东起草《解放日报第四版征稿办法》，1942年9月15日，写信给凯丰，说："解放日报第四版缺乏稿件，且偏于文艺，我已替舒群约了十几个人帮助征稿，艾（黎注：即艾思奇。以下此信中的注解，均为黎注）、范（范文澜）、孙雪（刘雪苇，文艺理论家，1941年在"文艺"专栏做过3个月编辑）及工青妇三委都在内。青委的冯文彬，拟每月征6000—10000字的青运稿件，不知能办到否？"征稿计划中的"工"是指邓发，"妇"是指蔡畅，此外还有彭真、陈伯达、董纯才、吴玉章、荒煤、江丰、张庚、柯仲平、王震之、周扬与吕骥。征稿不仅是综合性的，如落实，足够副刊半个月用。

　　征稿计划拟订后，毛泽东还在枣园召集会议，宴请征稿者，舒群在《枣园之宴》中如此描绘：毛泽东宣读一遍征稿办法及其内容，说"今日枣园摆宴。必有所求……俗话说，吃人口短，吃人一口，报人一斗……吃亏只这一回，但不许哪个口上抹石灰……办好党报，党内同志人人有责，责无旁贷……我想诸位专家、学者必然乐于为第四版负责……当仁不让，有求必应，全力赴之，取之不尽，用之不竭……"一时传为佳话，但落实计划，跑断人腿、马腿也难做到。

与毛泽东的接触、观察及生活积累，使舒群后来以革命现实主义与革命浪漫主义的创作方法，运用自如的独特创新的语言，逼真而生动地为读者刻画了毛泽东这位时代伟人。舒群在年老体衰时为文坛提供了罕见的珍贵的伟人形象，表达了他的贡献与悲剧。舒群在书的序言中说："从阅历访查，创作重写，发表出版至今，近半个世纪，逾我半生部分年华。"舒群的劳动，使他在晚年出现创作高潮，收获丰硕。

在延安文艺座谈会召开前，舒群帮助做筹备工作。会后，他认真贯彻执行《讲话》的精神与指示，在报上宣传《讲话》精神，组织文艺家深入生活，采访战斗英雄与劳动模范，创作反映抗日战争与大生产运动的文学艺术作品，在报上刊登。长篇佳作不便发表，则必推荐与介绍。如赵树理的《小二黑结婚》与《李有才板话》在报上连载，并请著名木刻家古元、罗工柳等作插图。这是报刊上空前的创举。舒群真正是一位高举毛泽东文艺大旗冲锋陷阵的勇士。

想不到，1943年继续整风的"纯洁组织"的阶段，舒群遇到了麻烦。他在青岛坐牢这段历史找不到证明人，副总编辑怀疑他有叛变行为，拍桌子训斥他"无赖""文痞"，他也拍桌子："你胡说，我是共产党员，革命干部！"舒群这条东北硬汉，是可杀不可辱的，他是受污挨斗中我见过的唯一的硬汉。9月斗到10月没有结果。1944年的甄别阶段，把他这个问题"保留起来"，以后审查。舒群瘦得皮包骨头，博古找舒群，说："你去南泥湾三五九旅干休所疗养一个时候吧，我和王震旅长说好了。"博古是报社公认的通情达理的领导人。

1945年日本投降以后，舒群率东北文工团赴东北解放区，任中共中央东北局文委副书记，兼任东北电影制片厂厂长、东北大学副校长、东北文联副主席等职。1949年中国文学艺术界联合会及各专业文艺协会成立，舒群调中国文联任副秘书长兼中国文学工作者协会秘书长。

1955年10月，我调任中国作家协会任副秘书长、肃反领导小组成员兼党组秘书，这时因搞运动等原因党组瘫痪，不开会，也没人通知我党组由哪些人组成，我只知道党组书记由中宣部副部长周扬兼任，周扬指定刘白羽代理党组副书记，管日常工作。刘白羽又担任作协肃反领导五人小组组长，成员有阮章竞、严文井、张僖与康濯。有些大事，他也在五人组说说，当时文联与各协会还都没有书记处，是秘书长协助主席工作，郭小川（任秘书长）调来后，都参加五人小组（不限定只是五人）。

我来作协后，发现舒群、罗烽、白朗等老前辈都无官一身轻，为专业作家，我心想何必调小川与我来"加强"领导呢？

想不到，上班的第三天，刘白羽到我的办公室来，说你怎么还不去开会？我说不知道有会，他与我一起就往会场赶（就在东总布胡同22号楼下的会议室）。原来是批斗舒群、罗烽、白朗三人的会议，今天是第七次最后一次会议。这是怎么回事呢？原来5月18日逮捕胡风以后，发现胡风与丁玲、冯雪峰有些联系，经中宣部指示，9月3日开始，批斗丁玲等16次，9月30日作协党组向中央做了《关于丁玲、陈企霞进行反党小集团活动及对他们处理的报告》。在批斗丁玲等人时发现舒、罗、白与丁玲有联系，作协委托作协党总支（专职书记是阮章竞）处理，总支又委托作家支部召开支部扩大会议批斗，今天是党组成员严文井代表党组发言，说他们是反党性质小集团。该三人不服，申辩他们只是在东北时对宣传部副部长有意见，已经开过会议解决了。丁玲与陈企霞也不服，写出书面申诉。周扬说，舒、罗、白的问题比较简单，让黎辛（后来又兼任党总支书记，中宣部党委副书记，作协党组成员与作协审干委员会牵头人）召集舒、罗、白与党组和党总支有关人开会，他宣布舒、罗、白不是反党集团，严文井做的是发言，不是结论，也没有向上级做书面报告，但舒群在青岛被捕与罗烽在哈尔滨坐牢的历史问题要审查。

审干委员会为舒群做了在青岛被捕与坐牢表现好没问题的结论。舒群要求恢复他1934—1936年的党籍，他以后填表干脆就填1932年入党了。审干委员会与党总支委员会同意，上报中宣部党委会与审干委员会，得到批准，舒群与荃麟、丁玲、罗烽等成为全协最早入党的老党员了。

更没想到，1957年反右斗争以后，把"丁玲、陈企霞反党集团"提高与扩大为"丁玲、冯雪峰、陈企霞右派反党集团"，成员还有罗烽、白朗、艾青、李又然共七人。还建议北京电影制片厂把丁玲的丈夫陈明划为右派。名单里没有舒、罗、白"反党性质小集团"的牵头人舒群，这是"照顾"了舒群一次。1958年反右补课，定舒群为"反党分子"，给予党政处分。

1978年，中央发布改正错划右派的指示，年末黎辛被调中国文联任副秘书长，与秘书长林默涵、副秘书长魏伯等负责落实政策，首先宣布申诉与未申诉的在反右斗争中受处分的人一律复查。舒群的问题得到改正与解决，舒群在申诉中对被划为反党分子前几年犯过错误又做检讨，这在文联与作协系统中是唯一的，可见舒群的忠诚与正直。

1981年，我又调到作协，任党组成员、对外联络部主任、党组副书记。《人民文学》主编、诗人李季突然病逝。我在党组会上提出艾青接替李季去《人民文学》任主编，舒群去文学讲习所（后改名为鲁迅文学院）任所长，罗烽也分配个适当工作，发挥大家的积极性，增强团结，没人发言，党组书记也不表态，会后却说"黎辛还是为那些右派说话"，并向中宣部有关领导提出"黎辛在作协，我不好领导"。这个"不好领导"的干部被中宣部调到文艺局做负责工作了。

舒群走了，他发表和出版的3部长篇小说、两部话剧、30多篇短篇小说，许多诗歌、散文、杂文与晚年搜集与整理的另有高度学术价值的《中国话本书目》（未出版），却永远与我们在一起，这位卓有贡献的辉煌的作家、编辑家与文艺活动家是文艺历史上不朽的高大的人。

2007年5月1日

载于2008年第4期

雪上加霜的日子（上）

——解读爸爸罗烽的信

金玉良

我从爸爸"文革"期间及稍后写给我的80余封书信中选出以下三十几封解读。因为妈妈这一时间的信多为呓语狂言，只好作罢。所谓解读，其实只是对某些相关人或事的背景就我所知做些简单说明介绍，以便读者了解。

我并不是罗烽、白朗的亲生女儿，只是他们的远亲。我因幼失怙恃，幸蒙亲友照顾才得以生活和成长。罗、白视我为己出。我从他们那里获得人世间最圣洁、最无私的父母之爱。在他们去世后，痛定思痛，我常常想假如有来世我愿结草衔环。即使这样也难报答此生他们给予我的关爱。这不仅仅是生活上的照顾，更主要的是他们的思想和品格深深感染了我，影响了我，教我怎样去做个正直、善良的人。

三四十年后的今天，当我再次翻阅这些书信时，那本已模糊甚至淡忘的一切又渐渐清晰起来、鲜活起来。恍惚我又置身他们之间，与爸爸妈妈共度那些麻烦不断的日日夜夜。不仅如此，更使我从这些如烟的往事，从爸爸不经意间流露的情绪里，看到生活的重负怎样紧追不舍地摧残和吞噬爸爸的灵与肉。最后，将他从精神到躯体彻底击垮。这在当时，对于年轻而涉世不深的我是始料不及的。那时候，我天天盼信，只有亲眼看到爸爸的亲笔信，心里才踏实，才相信日子还照常地过着。虽然，看到信后也为他们着急上火，但我毕竟无法替代爸爸的感受，无法想象那屡屡的磨难给爸爸的压力究竟有多重、有多深。更何况爸爸总是报喜不报忧，总是大事化小，小事化了，总是轻描淡写隐瞒真相呢！只是到了今天，当我对人生、对世态炎凉有了些许了解之后才知道生活中有多少无奈，才知道生命是何等脆弱。才懂得无忧无患的日子多么宝贵，任何人都没有理由不珍惜它。在爸爸最后的日子里，看着他挣扎于生与死的边缘，我心中一遍又一遍地祈求：留下吧，爸爸！只要能换取爸爸的一时健康，女儿甘愿损寿十年。

1966年7月25日，爸爸妈妈由金州（1961年摘掉右派帽子后，辽宁省委组织部安排他们为专业作家，归属辽宁省作家协会，居家在金县金州镇）到沈阳参加"无产阶级文化大革命"。一年以后，他们被关入"牛棚"。1968年10月29日，爸爸妈妈正准备和省作协广大干部去盘锦五七干校的前一天，妈妈突然被作协肖某勾结省文联造反派重新关进专政队。直至1969年1月29日，妈妈才被送去盘锦。在盘锦，爸爸妈妈都是辽宁省五七干校十二大队十三连二排的学员。

爸爸他们到盘锦后，修筑胜利塘的"忠"字坝。工地离驻地田家大队50多里，不能往返，学员挖地窖子住。一天，大家正在劳动工地，爸爸的住处起火，把他所有的行李烧得精光。

妈妈回十三连，造反派分配她刨冰，烧水给大家喝。有一次天刚亮，妈妈误将冻土块当石头搬来支在锅底下，她趴在地上点火，吹旺。不料锅里的冰融了，锅下的冻土块也化了。锅掀了，水洒了。她正懊悔不及，造反派还要骂："这个老废物，成心不想给我们水喝。"爸爸趁"歇响"的机会悄悄帮妈妈捡些茅草，而某些人还要说三道四。那一年的冬天，妈妈的双手、双脚甚至脸颊也长满冻疮。

第二年春耕，大队人马到15里以外的十四方台种地。出工的路上，妈妈连跑带颠儿也跟不上趟儿。爸爸一个人被分配到村外的大堤边种菜园子。劳动之余，爸爸在小日记本上写《惜园》：

寸丹因守西番柿，
朝晖乍冷露成霜。
寸丹因守西番柿，
宁为芜园赴东江。

一九六九、八、卅日在盘锦田家菜园

爸爸记不清一条小黄狗什么时候跑到他那里。爸爸可怜它，喂养它，他们成了患难之交。爸爸白天干活它跟着，晚间回村开会、学习它也跑前跑后不离左右。盘锦地处辽宁西部，是十河九梢的地界，雨季发水是常事。一天半夜下起大暴雨，水快没炕沿了，劳累一天的爸爸一无所知。小黄狗跳上炕，生拉硬扯把酣睡的主人拖醒，他们刚迈出门槛窝棚就倒塌了。许多年后，爸爸时常念叨"小黄儿"救主的故事；念叨他和妈妈离开盘锦时，小狗跟在卡车后边狂奔，直到看不见。每当讲起这些，爸爸的眼神里总是塞满过多的忧伤。是为那段生活，还是为那小生命？

爸爸妈妈喜欢小动物是朋友皆知的，他们对一切生灵都充满怜惜和喜爱。听爸爸的老朋友讲："在延安，边区政府给你爸爸配一匹黄马。他常常把马洗刷得干干净净，就是舍不得骑。"记得1961年在阜新矿区劳动改造时，爸爸拿着供应卡去小卖店买火柴。看见一条被咬伤的小狗，爸爸花高价买了几块饼干将伤狗引逗回家。然后，和妈妈给小狗上药、包扎。最后小狗还是死了，爸爸挖坑将它埋掉。

在盘锦五七干校的时候，一般学员不能随便外出，什么东西也买不着。大刘（振江）叔叔赶车，谢群叔叔跟车。偶尔他们趁赶车外出的机会替爸爸妈妈买点香烟什么的。先藏在马吃草的料斗子下，再找机会从老白家（妈妈的房东，是心地善良的寡妇）后窗户递给妈妈。

1994年3月23日妈妈去世一个多月后，我见到已退休的大刘叔叔。他流着泪说："罗烽、白朗同志对我太好了。我孩子多，挣几十块钱养一大家子。在盘锦，罗烽同志几次给我交伙食费。我一去交，管收费的就说罗烽同志给你交了。下乡插队，临走罗烽同志给我拿钱。我不要，他说下去安家买水桶什么的……"

　　方冰叔叔讲：

　　"在盘锦我劝你爸爸别抽烟了。你爸爸说'太寂寞了，像个孤鬼似的'。

　　"有一回你爸爸来沈阳开会，你妈妈在家。罗烽同志拿出白朗的信给我看'我们的蝈蝈死了'，那时大家的心情都不好。他们把感情寄托给小动物了。我曾经问你爸爸喜欢京戏哪一流派，他说'原来喜欢麒派，现在喜欢言派，他把人物心理刻画透了'。言菊朋唱的大多是悲剧，从这些可以看出你爸爸内心很苍凉，但脸上一点都不露。"

　　1969年10月末11月初，爸爸陪着犯病的妈妈离开盘锦干校。回沈阳暂住大南门省作协机关办公楼里，妈妈的精神病稍微平静一段时间。原作协没去干校的几位工人师傅时常去看他们。适逢我因病由青年点回来。我印象最深的是有一天晚间，搞防空演习。不远处传来尖厉的警报声，全城一片漆黑。恰在此时，原机关食堂的许宝元师傅竟从家里摸黑给爸爸妈妈端来一小铝锅热腾腾的清炖羊肉。烛光下妈妈像平时一样和许师傅聊天。

　　临近年底，妈妈因对组织一再动员她退休难以理解，感到追随革命40余年却被动退出革命队伍，觉得晚年生活无望而病情逆转。她反复对我说"你爸爸不是叛徒"，逼着我去北陵找爸爸在呼海铁路传习所的同学姜德明叔叔，让他证明当年营救爸爸出狱的经过。妈妈滔滔不绝讲个没完没了，急坏了我和爸爸，我们担心她闯大祸。恰巧家里有个打气的煤油炉，燃烧起来呼呼响。为了遮盖妈妈的胡言乱语，不管是不是烧饭，我们都把炉子点燃。后来，她又要求把在武汉海军工程学院教书的哥哥和在湖北沙洋五七干校的姐姐全部召回来。在拟电文稿时，她坚持要写"母病危速归"。爸爸怕吓坏哥哥姐姐，与她商量：将"危"改成"重"，她坚决不同意，声言：不吃、不睡，坐着等他们回来。还说"造反派不是给我存几千块钱吗？让你哥哥姐姐包飞机回来"。就这样足足说了五天五夜，香烟一支接着一支地抽。一时没留神香烟掉在毛主席当年赠送的棉被上，等我们发现已为时过晚。等12月31日哥哥姐姐赶来时，妈妈的嗓子一点声音也发不出了。

妈妈发病时，一遍又一遍地背诵陆游的《咏梅》：

> 驿外断桥边，寂寞开无主。已是黄昏独自愁，更着风和雨。
>
> 无意苦争春，一任群芳妒。零落成泥碾作尘，只有香如故。

她曾写"我最爱主席的诗词——特别是《咏梅》"，"但最能说明我长期以来的处境和目前的心情的，则是陆游的原词"。

元月3日，姐姐护理妈妈去北京治病。

5日，哥哥和已经累病的爸爸整理三四年以来的随身用具，并打包托运回金州。旋即，星夜赶赴京城。

妈妈到京给我的信中说："我一到北京，尽管把你姐姐家弄得乱糟糟，鸡飞狗跳墙，但我的心情确实完全舒畅了。……只要能治好我的病，（扎）一尺长的针我也咬牙忍受……"

看得出，妈妈多么想摆脱病魔的缠绕。

玉儿：

今天已是五月九日。你绝想不到现在我还在金州给你写信的。原来七日即由金去瓦房店（复县），可是县革委会安置办公室对我们安置在复州城一事，毫无所知；省"五七干校"与他们并未联系。事出突然，一时难得在复州城找到合适房子。在县招待所待了两天两夜，没个结果。最后由省"五七干校"驻在复县革委会安置定点负责人孙同志一再请示干校负责人，决定原车人马返回金州待命。干校派专员高同志于明日到金处理下一步如何安置问题。现在我同王、邱二人暂住站前旅社里。家具、行李又运回金州旧居。耗时三日，行程不及二百公里，往返汽车运输费竟达四百余元。虽然是公家开支，也是极大的浪费哩。

此行你未来，真乃大幸。否则，将狼狈不堪矣！

第二步即便顺利，估计十五日前后，我很难离开新安置地点，这是肯定的。因此你三叔来沈时，千万不要等我。佳会交臂失之，实觉怅然。奈何！

客复县，心寐神聊，偶成七律，呈拔公教正，略赎爽约之咎。

东方星红启环球，
泥足南渡何蹰躇。
四十一年争战梦，
独酌还醒笑留侯。
回首京都光四溅，
白头小儿敢低头。
髦血未寒丹心在，
苹花春老雪复州。

你的户口落实否？甚念！要认真治病。

还得给你妈妈她们写信。

祝你

幸福！

父五月九日喜雨夜于金州（1970年）

1970年年初，爸爸他们离开沈阳去北京时，有关部门让他们写了退休申请书并要去两张照片。

3月，沈阳电召爸爸去办理退休手续。

4月13日，又接"罗烽速来沈干校"的电报。爸爸安顿好妈妈，匆匆回沈阳办理退休手续。然而，却遇到意外的变化；更改"退休留金州"的原决定，重新按老弱病残安置在复县。事情来得突然，爸爸没有随身携带金州家门钥匙。他二话没说，连夜赶回北京。取上钥匙，再返回沈阳会合负责安置的同志去金州搬家。假如，拍电报的同志能为老弱病残着想多写两个字，爸爸就不会往返徒劳了。

第二次抵沈时，恰逢4月24日我国长征一号火箭把"东方红一号"卫星送入太空轨道，向全球播送《东方红》乐曲。爸爸赋诗欢庆祖国发展空间技术迈出第一步的同时，还写另一首《金州再迫迁复州湾途中遇雨》：

春花绣半岛，
细雨注金城。
迢迢靡行止，
虚幻似游僧。
故国盛四海，
故我偏飘零。
孤山穷千里，
苍茫浮落英。

看到这里，谁不为之动情？谁不为之黯然神伤？你决不相信偌大九州，居然容不下一对风烛残年、为革命呕心沥血大半辈子的老夫妻。

亲爱的玉儿：

　　来信已收到。你寄京那封信，周洲①没有转来，这可能他以为我们这月初即返京之故。

　　今天晚车我就陪你妈妈去京。原来本想在你兄嫂处多住些天，但她在武汉不甚服水土，又想外孙，只得提前离汉。武汉暑期已至，今、昨两天均上升35度，月中将增至40度。早点回京也好。

　　上月十九日曾函干校张连德，嘱他速把我们六月份工资汇京。但这个人不是办事人，工资既未照汇，也不回信说明原因。大概这是少数造反派变成小官僚之一。今天我又写信催他一催。并言明托我的侄女去他处代领（六、七两月份工资），料无周折。如果此人仍然扭捏作态，你可询明原委，并要求他把"意见"写成文字由你转寄给我。如果顺利照发，你可尽快汇京。

　　在交涉工资中，如遇什么困难，你可以直接找徐桂良②同志请教。大概他还没有去盘锦。

　　你兄嫂及小江江均好，勿念。

　　临行匆匆。

　　祝你

户口落实如意！

　　　　　　　　　妈妈、爸爸七月二日下午（1970年）

迁复县未果，原车返回金州。因为新的安置地点遥遥无期，经五七干校安置办同意，爸爸5月17日途经沈阳回北京照顾病人。

　　5月下旬在爸爸妈妈老年生活中有了一桩喜事——他们抱孙子了，

---

　　① 周洲，姐姐的丈夫周平，当时在中央人民广播电台工作。

　　② 徐桂良，原辽宁省作协的财务人员，工作认真负责。当年，爸爸妈妈在金州，每月发薪都是他们准时汇寄，从来没出现过问题。

哥哥家生个孩子是父母盼望的。为了使妈妈高兴，以便找到精神好转的契机，6月中旬爸爸陪她去武汉。因为姐姐早已离京回干校，爸爸计划在哥哥家多住些日子，也好有个依靠。然而，在武汉不及半月妈妈又急着回北京。无奈，爸爸只好顺从妈妈的意愿于7月2日晚车返京。

近一年来，由于旅费和妈妈的医药费不断增加，家庭经济捉襟见肘。偏在此时，爸爸他们赖以生存的工资却不能按时收取。原来他们的工资关系在盘锦干校，从6月份开始转到省五七干校沈阳善后处理小组。

亲爱的玉儿：

十二日收到你汇来的工资。第二天就收到了来信。昨午又收到由盘锦汇来的工资。很快，这是完全没有料想到的。你妈妈说，这该归功玉儿办事得力。我也这样想的；"善后"不善，那只有靠"专员"去督促了。事情就是这样子，此说并不过分。

我们是三日到京的。你妈妈这次武汉之行，夙愿总算是如愿以偿。看望了年迈的舅父母①，看到了儿子和儿媳，更看到了初生的孙子"江江"，也看到了新中国一绝：长江大桥（六月十四日夜，我们同你哥哥，冒着狂风暴雨并带冰雹，安然在长虹散步），而最最使你妈妈身旷心怡的是这阔别卅二年的武汉，追忆了辛苦酸甜的一生。所谓"四代硝烟尚同舟"，此乃她一大自慰也。不虚此行。

但她也有遗憾，这即是沙洋咫尺，未能得见你的华姐。在感情上看得出她是在大力控制着的，但仍耿耿于怀，时而烦躁。加之武汉溽暑已至，夜不成眠，对于她的病甚为不

---

① 爸爸妈妈是姨表兄妹，这里提到的舅父即他们母亲的同父异母兄弟。1937年由上海撤退，奶奶和待产的妈妈就是先到武汉投奔在邮电局工作的舅父家。不久，在舅父家的危楼上生子傅英。新中国成立后，因舅父家子女多，工资低，爸爸妈妈经常寄钱。

利，因此不得不早期归来。

回京后她安静地休息几天，精神、健康已好转。这些天来她又惦记你的户口问题了。她很赞成你参加街道学习和负起一定的工作，根据自己病情为人民做些力所能及的事总是好的。落户口事①不忘努力，"尽人事而听天命"。急也无用！假如公社不嫌你这个"病夫"，还能召回，岂不也好。我们认为你也这样想法。现在最要紧的是想方设法治好病，还要愉快地生活，还要多学多用毛泽东思想。你还非常年轻，为革命大有可为哩。

缺什么药物就来信，只要北京能够弄的就好办。

你姐姐已替你妈妈买到川贝，足够半年用的。你可不必着急了。

六月信也读过。你三叔现在是真正的甘为孺子牛。这项劳动我也干过短时。组织能如此照顾他，连我们也为之感动。这项劳动对他的病是有好处的。

代向你姑父母问候（上封信忘了问候），见到福瑞②、桂良同志亦代问候。

匆此。祝你

精神健康，万事如意！

爸、妈

七月十六日（1970年）

---

① 我是六六届高中毕业生，1968年响应毛主席"上山下乡"号召到农村插队。后因病被生产队退回。但当时沈阳市对知青的户籍政策"只准外迁不准回落"，我成了城乡都不收的"黑人"。每个月到区教育局临时批粮票、油票。当初下乡我的住房已交房管所，回来后借住亲戚家。那样的生存状态是不言可知的。

② 即王福瑞，原辽宁省作协的汽车司机。新中国成立之初，他给爸爸开车。爸爸对待下属，不论是秘书、警卫员还是司机都非常关心爱护，尊重他们的人格，尊重他们的劳动。所以，爸爸的群众关系特别好。即使爸爸妈妈倒霉、落难，这些人也不另眼看待，关系如往常一样密切。老百姓的心里分得清好人、坏人。

32年后，当爸爸妈妈重新踏上这块曾经战斗过的地方，当他们徜徉在长江大桥时，回首往事思绪万千。爸爸按捺不住激动的情怀，作《漫步长江大桥述怀》：

昔渡长江踏狂涛，
而今漫步七彩桥。
龟蛇有山仍相峙，
黄鹤无楼更逍遥。
鹦鹉赋溅芳洲血，
水调歌舒楚天焦。
矫时慢物唯君子，
奈何兰蕙没莱蒿。

亲爱的玉儿：

难为你了，这些天让你无穷地悬念。不写回信是我的罪过，实在是罪过！因为我尝过惦记亲人的滋味。附去的长信，你读过后，也许能减轻一些对我的责难（包括你的姜叔[①]、婶），抽时间送给姜叔看看。暂时你替我妥为保存，不必让其他任何人知道。这信在廿四日已分寄有关组织及个人了。且听下文。

妈妈的病略有好转，但十分不巩固，仍有一触即发之势。幸有几位好同志帮忙，一切困难都可以度过。望勿为念，愿你专心一意地工作、劳动和学习，千万不要为此过于分神。代向你姜叔、婶致意。我实在抽不出时间写信。望他

---

① 即姜德明，辽宁省图书馆善本专家，是爸爸1928年呼海铁路局传习所同期同学。1934年爸爸入狱后，他积极参加营救活动。"文革"清理阶级队伍时，他不顾个人安危，实事求是证明爸爸这段历史，为此遭到造反派毒打。

们原谅!

　　祝

进步，健康!

父廿五日夜　（1970年12月）

　　7月末8月初，省五七干校安置办先后两函催促爸爸赴沈落实安排他们到黑山县芳山公社某生产队落户。爸爸鉴于妈妈的病情及自己年逾六十且毫无劳动能力的实际情况，复信安置办恳请组织重新考虑安排地点。

　　9月初，妈妈的病情再度恶化，强烈要求复去湖北。7日，爸爸匆匆起程陪她去武汉。17日返京。"为时不及两月，两次往返京汉间。生活动荡，昼夜不宁。加上八九个月以来，为安置、为病人，东奔西走，顾此失彼，几无宁日。"年过花甲的爸爸也被折腾得心衰力竭，几近崩溃的边缘：宿疾肋膜炎复发，疼痛起来就吃土霉素顶着，也不就医；入秋后先是关节炎加重，后转为半身麻痹。

　　安置办方面对爸爸的请求既不回信也不寄工资。

　　10月爸爸再函请安置办以下几点：

　　（1）安置芳山公社的决定是否可变？

　　（2）仍留居金州是否可行？

　　（3）依靠子女，迁汉口，有无可能？

　　（4）如芳山决定无可变余地，为了替组织甩掉包袱，请求退休或退职，是否可以批准？

　　对于爸爸的一再请求，安置办置若罔闻。不顾病人的死活，就是扣住两个人的工资不发一分钱。

　　爸爸在几无生路的情况下，12月2日去沈阳办理迁芳山事宜，将妈妈丢给分娩不及半月的姐姐照顾。4日下午，爸爸接妈妈犯病的北京急电，催他火速返京。这是一年来妈妈第六次大犯，也是最厉害的一次。打人、摔东西……3个人都控制不了她的活动。

幸蒙安置办领导准假5天。当爸爸提到欠发几个月的工资时，竟第一次听说扣发工资是执行毛主席"八二八"命令：未经安置的老弱病残，两个月不参加干校学习就以旷职论，旷职就得停发工资。

今天，当我重新阅读这些信、重新回忆那些人和事的时候，真的不敢相信那些往事曾经发生过。当初去北京治病、护理病人是经你们批准的，为什么反过头来又指责别人旷职？

5天后，妈妈的病仍然无转机。在万般无奈的情况下，爸爸和泪给安置办负责人，给辽宁省五七干校领导小组和辽宁省革命委员会主任毛远新、李伯秋分别写信，反映一年来病人的病情，汇报自己的困境，诉说某些人的所作所为，再次申请退休或退职，他说："我和白朗同志谁够退休条件就批准谁。如果都不够退休条件，恳请准予退职。退职不是什么好事情，但由于无奈，也只好忍痛走这一条路了！"

我保存30多年的信稿上，仍留有几处清晰可辨的爸爸泪痕。早在建党初期，在日本军国主义的屠刀下，为了民族解放和创建新中国抛家舍业投身革命，然而，就在革命胜利多年，在年老体病急需革命大家庭照顾的时候，却被动地退出集体，这是何等的痛心和悲哀！

亲爱的玉儿：

前后两封信及住院介绍信均收到。近一周来，你妈妈的病逐渐稳定了些。打人、骂人、摔东西的情况已停止，饮食也恢复正常。只是睡眠还不好，容易兴奋。往往早五点就起来，东拆西洗，不肯罢手。烦躁易怒的症状还时常出现，看起来她还能努力用理智去克制外来的干扰。加之适当服药物和感情上安慰，有可能巩固一些时候。经同孔大夫商量，暂时可不送精神病院，在家加意护理和治疗。这样比住院治疗给病人精神上的压力则更少些，心情更敞亮些。住院介绍信仍然是异常需要的，因为意外的情况依然存在。

昨天，经朋友介绍一位有经验的老中医给你妈妈开了两个方子，日内试服一下。如有效可以常服此方，也许比西药温和、彻底些。

你妈妈刚犯病时，特别想念亲人。她不止一次要求我给你和你哥哥打电报，盼望你们即日来京。当时我考虑你和傅英都有工作在身，因家庭细事而离开工作岗位是不好的。后来经大家向她一再讲明道理，你妈妈病中不正常的感情终于克制了。

我和你妈妈都不愿意把家中不愉快的事告诉自己的亲人，有些事只要我们可以解决，何必给你们添忧和分散精力呢。到现在，关于安置办的问题、关于你妈妈这次犯病，还没有告诉你哥哥……你了解这一点，就不难理解为父母的心情了。

安置办的问题，我们能够耐心等待他们的下文。你不必单独再同他们接触了，有必要时，我给你写信去。

心绪很乱，还没有给你姜叔、婶写回信。

祝

一切顺利！

爸、妈71.1.3

接到爸爸12月22日给有关组织和个人的书信后，我心急如焚。找到安置办领导请求出具北京的住院介绍信，也希望能发工资。人要吃饭，病要医治，这些都需要钱哪。住院介绍信总算给了，但工资仍然拒发。

爸爸说妈妈犯病时盼望我和哥哥能去她身边，而他自己何尝不是呢！他只是怕影响子女的前途而克制着。爸爸妈妈都把子女看得很重，不管是不是在身边都牵肠挂肚，盼望回来，舍不得离开。妈妈一旦知道我们之中的谁要坐晚车走了，她连午觉也不睡，一个小时一个小时地倒计时。爸爸更厉害，记得一次我从沈阳来北京，哥哥姐姐在站台接到我说："火车还没到天津，爸爸就把我们撵出来了。"等我们到家时，只见年迈的爸爸亲自下厨房烙馅饼等我们呢！

玉儿：

你的来信早已收到。近些天来，因你华姐决定离京去湖北干校，忙于安排家中琐事，未能及时回信。你一定又在胡思乱想，替我们着急了。其实人生矛盾常在，能够来则安之，习以为常，也就无所谓了。这一点你三叔豁达过人，是我们学而不及的。

你华姐行前，已把你的小外甥女——楠楠暂托给街坊一家姓张的，还比较可靠。因为周洲可能在三月里下"五七干校"（广播事业局干校在河南）。为此，一些家务事，必须早做安排，俾使他们减少后顾之忧，安心学习、锻炼。你看，现在我们一双老朽倒变成"支左"的了。可是我们自己的事仍如一团乱云悬在空中。

你姜叔建议颇实在。我想在你专陈安置办这封信以后看做出什么样的决定，再伺机提出来。根据以往经验，安置办不会很快答复的。必须抓紧催他们（找该办的主要负责人），你不免要多跑几趟，但万不可影响工作！

这件事要多请教姜叔、婶。随时把进行的情况告诉我们，写真实情况，不怕"报忧"。

寄去江江近照一张，是在九个月照的。楠楠照片月末寄去。

粮票20斤转给姜叔，不另函。

祝你

工作顺利，身体健壮！

爸爸二月廿三日（1971年）

爸爸一再开导我们要随遇而安。但是，在这个纷繁、嘈杂的世界里有谁能真正做到"来则安之，习以为常"呢？爸爸仍然为妈妈的病、为姐姐夫妻关系、为外孙子外孙女、为悬而未决的安置问题而忧心忡忡。

长期以来，若不是因为妈妈舍不得外孙子，若不是为了照顾姐姐生孩子，依爸爸的个性早离开北京了。但生活是复杂的，有时不得不屈情迁就。

姐姐休完产假该回干校了。与此同时，辽宁省机关干部轰轰烈烈的插队落户、走"五七道路"的工作亦进入尾声。据说，安置办将解散，成立善后领导小组处理老弱病残等遗留问题。从爸妈又老又病的实际情况，姜叔建议他们晚年能和子女一起生活，他强调妈妈的特殊病症一旦犯了，爸爸一个人是毫无办法的。但是，爸爸则认为这个问题不是安置办更不是短期能解决的。他考虑当务之急是尽快结束客居生活，回到自己的"家"。

然而，命运注定他还要漂泊。四处为家，四处不是家。就像他在《青玉案·断雁》中写的那样：

> 春花秋月知几度，更几时，玉龙舞。霜关暗锁天涯路。风西渐北，芦花荻絮，忆衡阳曲浒。
>
> 一夜吹枯成千树，浓云横洒泪合雨。寻无人字哀入户，凋翎伤翮？抑老病残？日落断肠处。

人们可能还记得那个年代，人的一切行为都离不开工作单位和户籍关系。去医院看病不是根据你的病情需不需要医治，而是首先审查你的政治背景有没有资格就医。每个人的日常所需都要凭证、凭票。这些证和票都是户口所在地发放，不用说别的，买盒火柴也是按人口凭本供应呢！

爸爸给安置办写信，要求回金州旧居。

玉儿：

2日接到来信后，即等待安置办的正式通知。可是今天已是13号了，仍无消息。如果回金州的决定无变化，在离京之前，还有许许多多事情要提前安排。现在我的计划是这样：第一步我先回金州，需要把空了六年之久的烂摊子，特别是一堆捆装待运的东西整理一下；拆毁的炉灶要搭起来；修理电灯线路（上次回金州搬家就是摸黑住的）；准备柴、米、油、盐之类的生活必需品。这些生活琐事不做事先准备，如果同你妈妈一道回去，不仅十天以内开不了伙，跑里跑外、乱糟糟地，我也无力照顾病人。金州粗略安排一下，第二步准备接你妈妈，这个任务可能落在你的身上。但不知你们的工厂，能否准你十天八天的假。这个也需要你事先同厂子领导打个招呼。不行的话，我将另想办法，或者我自己去接。

这些事若放在两年前，我的体力和精力都是不在话下的。近年来，简直是力不从心，仿佛突然衰老了十年，旧病重发，新病接踵而至。尽管还有"老当益壮"的意志在，而一连折腾几天，却有一倒不起之势。这也就是我们一再请求退职，走消极道路的主要原因，但亦非所愿！

这次回金州，因为要随身带些东西，沈阳就不能停留了。既然安置办慨允借支，臂助回金旧居疗养，我就希望安置办尽快把借款汇京，或是由你代领汇给我。

借款总额为1300元（附借款收据、借款开支清单，详另纸，以备审阅）。其中清债务两项计784元。一笔是交"金纺"1970年5月至1971年4月计12个月的欠租共84元；一笔是还你姐姐700元，这笔钱原是1000元的定期存款，去年11

月间，因你姐姐分娩和我们经济困难，取出300元，同时将定期存折改为活期的，余额700元，陆续至今年3月份全部取完。现将定期存款利息付出清单及活期存折一并附去，以备你向安置办说明。按理讲借自己女儿的钱，可以不必急于还的，何况1000元存款中还有我们在"文化大革命"以前，给她买钢琴①的800元呢。可是目前她非常需要物色一架旧琴。中央民族学院就将开学，文艺系舞蹈班经中央批准保留。在教学方面提倡"洋为中用"和"一专多能"，她是教舞蹈的，今后必须提高钢琴伴奏的业务水平，"单打一"教舞蹈的时代已经过去了。因此自己有一架琴，在过去已有的基础上，可以自修、自学。六七月间，她可以由干校回京，这之前打算把旧琴购到，以满足她十多年的夙愿。这一点，在必要时也可以向安置办负责同志说明，他们一定能够理解的。

下面讲一讲你妈妈的近况。

自从今年1月，她主要连服廖大夫的甲、乙处方以来，大约至今各服二十五剂中药（三天一剂，甲、乙方交替服用），在她连续失眠或过度兴奋时，配服"冬眠灵"和"奋乃静"的情况下，谢天谢地，总算维持她的病没有大犯。这说明中药处方对症，其疗效比西药更可靠一些。此次同她谈回金州治病、养病，她在思想上通了大半，而且表示同意。一方面是理智压服病症，当然也同连续服甲、乙两处方分不开的。你听来一定卸下很大的悬念，但我还不能高兴太早。现在和以后还必须继续治疗，谨慎护理，以观"后效"。

另外入春以来你妈妈的许多老病回升，特别是"肺气肿"越来越加重，痰咳不上来，经常闭气、喘息，以致影响

---

① 给姐姐买架钢琴是爸妈多年的心愿。为了子女的需要，宁可自己节衣缩食。

睡眠和活动（但她又待不住），这可能是甲方（去热、补气）一直缺两味药有关（缺的是枳实、羚羊角。浙贝已找到川贝母代替，萸肉也找到），两味药中羚羊角特为重要。如果沈阳中药房能买到羚羊角，其疗效一定更好了（这个方子药量特重，药价也特贵，不算浙贝、萸肉、枳实、羚羊角，是一元九毛多）。你可以持原方到太原街（秋林公司斜对面）中西药房和中街"人民药房"问问看，如果能买到枳实三两，羚羊角二钱，这样即可够廿服药之用，解决大问题了。乙方（治镇定、安神的）所缺的"朱砂"，你哥哥已由汉口买到，勿念。甲方原方附去，用完速寄回。

另外，你还要请安置办给开两封介绍信：

（1）请金纺总务科给搭一个小煤灶。工、料费自付；

（2）请金纺总务科电工，修理室内电线；

（3）买铁炉、烟筒、电灯泡的介绍信（原来五个灯泡，五月间全顶坏了）。

祝好！

爸爸三月十三日（1971年）

这封信必要时可以给安置办看，没有什么可避讳的。

我从安置办听说组织上同意爸爸妈妈回金州的决定，马上给北京写信报告这一消息。爸爸为了便于照顾好妈妈，准备自己做"先行"，去金州安顿停当再接妈妈。

爸爸考虑的往往是别人。记得在爸爸晚年，我常陪他散步。一路上只要看见石块或瓜皮什么的总是弯腰捡走或用手杖扒拉到角落里；碰上有人问路，他总是很耐心地指点，偶尔说不清他会挺不过意地向人家道"对不起"；有几次遇见几个青年在人行道上打羽毛球，爸爸总是静静地等人家停顿的时候匆匆走过去……

玉儿：

　　十五日寄去的挂号信想已收到。今天是廿六日不见你的回音，一定是事情很不顺利。这种情况我们在事先完全估计到的，因此并不着急。可是，你不免要上火的。你妈妈也担心你为此生病，埋怨我上封信写得不够周到，没有向你交个底。

　　我说过为借支一事一定要扯皮的。现在怎样？如果关键在这里，可以不必和安置办计较。总之回金州总是需要一定开销的，多少可由他们去考虑，去批。只要他们认为怎么合理就怎么办好了。

　　让我们回金州故址，原是安置办的意见，这对病人是个照顾，我们也同意回去。是不是这个"意见"又变卦了呢？如果真的变了，说了不算，这是组织上的事，也无的可说，更不必去争。但是变了以后又将怎么办？这一点你可以向他们问个明白，或者请安置办直接来信通知我们，据此好做新的安排。当然，这是假想，也许不是这样。

　　匆此

　　祝好！

爸爸廿六日晚（1971年3月）

　　爸爸焦急地等待安置办的正式通知。接不到消息，他开始胡思乱想。

　　只有爸爸知道要做通妈妈的思想工作有多难。一旦安置办原来的许诺变了，他将如何说服病人呢？

玉儿：

　　关于安置办"变卦"那封信，如果不是你妈妈先看到的，我可能在适当的时机慢慢告诉她。不巧信先落到她手里，她气炸了，怎么办？为了安抚病人，考虑两天之后给安置办写了现在这样一封信。其实，当前的现实处境也只有如此。看过信，你就会了解的。信我没有留底子，送前，你抽空抄一份保留，还是给你姜叔、婶看看，免得他们悬念。不管情况变化如何，准备离京之计决不再变。因此，你也要做离沈来京的充分准备，特别要把你"新居"的"房权"处理妥当；把奶奶安排好……来的时间（可能在一周或十天左右）等我的电报（不必安置办派人来帮忙）。

安置办的突变，搞乱了我们的生活"秩序"。这是暂时的情况，要相信变是永恒的道理。更要相信好、坏事互相转化的客观规律。"车到山前必有路"需要创造条件，付出劳动。"柳暗花明又一村"，没有不怕阳光的历史历程，哪里还有个人的什么"桃源"?！孩子一切放心吧，但是让你操心的日子，一时还结束不了似的，这一点，你妈妈可是真着急。

四月份工资何必如此着急汇来？一切事见面再谈。

祝你健壮！

爸爸五日晚（1971年4月）

安置办的朝令夕改被爸爸不幸言中。害怕发生的还是发生了：命令妈妈去沈阳治疗。事情过去多年了，我至今也不理解造反派为什么要这样。

爸爸给安置办的信再次提到"退职"问题，这是肺腑之言。以后的事实也证明了这一点，三中全会落实政策后，他们调回中国作家协会安排为驻会作家。但爸爸为他们的"老"与"病"不能工作而忐忑不安。1982年中央组织部出台离休规定，他和妈妈第一个向作协党组打报告申请办理离休手续。其实像他们那样级别的作家可以不办理离休，但爸爸觉得在其位必须谋其政。

亲爱的玉儿：

　　信悉。本该早几天写回信，免得你惦念。可是因周洲的行期一直定不下来，两个孩子的安排一时也不易落实，致使原拟廿三日离京去沈昨天不得不推迟到廿六日（广播局决定周洲本月廿五日前下干校），估计这回不致再改变了。你妈妈思想既然通了，早去比晚去好；后事如何，争取尽快见分晓，拖着是不利的。

　　带楠楠去已成定局，一是从家务情况看不带不行；二是你妈妈从感情上也舍不得丢开楠楠，这是她一大安慰！对巩固她的病情确是一剂良药。当然，带楠楠去一定会遇到一些不便的，这可尽量去克服它，好在有你及你姜叔、婶在沈协助，我的顾虑较小。

　　你争取廿三日到京即可，票买好了一定来个电报，我好去车站接你。

　　给安置办的信，望即转去。同时去姜叔、婶那跑一趟，把上述情况告诉他们，以免悬念。

　　奶奶的生活安排好！

　　廿日前后，可能拍个电报去，持此便于购车票。

　　匆此，一切见面再谈。

　　代向奶奶，姜叔、婶问候不另。

　　　　　　　　　爸爸四月十五日下午（1971年）

　　你妈妈近日来精神不够正常（她自己不认为如此），争取在京多服几剂汤药，以免路上或到沈犯病。这也是迟走两天的重要原因。此情有必要可向颜振荣讲一下。又及

　　在安置办仍然要求他们去沈阳的情况下，爸爸只能个人意见服从组织决定。虽然爸爸说"顾虑较小"，但困难和风险是客观存在的。因为我的住房尚未落实，他们来后只能住招待所或办公室。携老拖幼

（不足半岁的婴儿）在那样的环境里，生活会有诸多不便。最大的问题是妈妈的精神病随时都有恶性发作的危险。爸爸将踏入雷区！

尽管生活是如此的残酷，但他并没有只沉湎于个人的痛苦里。最让他忧虑的仍然是国家和民族。1971年春他写七绝《无题》一首：

> 青衫白发过京华，
> 强攀琼岛探琼花。
> 西山丹霞溢三海，
> 明月横空①玉阶斜。

玉儿：

两封信均收到。今天收到汇款。

上月廿五日，周已去河南广播局"五七干校"，他把越越带去了。这事并未取得你姐姐的同意。你走后，从五月七日开始，竟是为这件事纠缠不清，很伤脑筋。你妈妈为此病又加重了。最近连续服了几剂中药，略微见好。望勿为念。

楠楠仍托在赵家。姥姥既不去看，又不让接回家来，真是一反常态。我抽空看过几次，孩子长得越发可爱了。开始牙牙学语，身体也很坚实。

你姐姐在"七一"五十大庆的宣传任务结束以后，可能请假回京探望妈妈和处理与周洲的问题。她们目前特忙，政治运动、生产劳动和宣传队的宣传任务齐头并进。但她来信说精神很愉快，身体也很健康。也许真是如此，思想上的疙瘩解开了，一切都会好起来的。她让我们替她向你问好。

你的婚事进行怎样了？甚念。不要操之过急，更不可让"命运"操纵自己，反过来要掌握它。以你的智慧是完全可

---

① 明月横空：即"曌"，女皇武则天为自己造的字。

能做到的，我们也很放心。总之千万不可"以貌取人"，政治品质比什么都可贵。有了它，就有了一切，包括所谓一生的幸福。

你姜叔有信来，讲了一些有关复审干部的情况，安慰你妈妈好好养病。我还没有给他们回信。

附去照片五帧留念，其他的底版不太好，没有洗。

祝你

幸福！

爸爸、妈妈六月十四日（1971年）

我于4月22日抵京，准备27日陪爸妈北归。然而，不幸的事又降临了。我到京的第三天妈妈犯病，病情严重。爸爸写信向安置办请求五一节后动身。

在北京的10余天是我一辈子都忘不掉的，总记着心口透不出气的那种感觉。4月30日姐姐的大男孩越越被接回来，他跟着我转来转去。我替他拆洗从幼儿园带回来的小被子；妈妈木雕泥塑般地坐着；夜幕里，爸爸独自在小院子里走来走去，一支接一支地吸烟……

10天后，妈妈的病依然没有好转的迹象。不得已，5月5日我只身回沈。行前，爸爸交我一封转给安置办的信。

周洲终于去了河南五七干校。但这并没有缓和家里的紧张状况，反而更厉害了。

我走以后，爸爸周末按惯例去广播事业局幼儿园接越越。阿姨却说孩子于头一天被他爸爸带走了，爸爸又遇上新麻烦。自妈妈病后，姐姐的孩子成了她唯一的希望和安慰。特别是姐姐不在北京的日子里，每到星期六她就眼巴巴地等孩子回来。爸爸接不到孩子怎么向病人交代呢！

这无疑是在妈妈已然破损的心房再揉一把盐。

玉儿：

十一日收到汇来的你妈妈工资。

十三日收到来信。

下面我先把你想到的几个重要事情讲讲，免得写写就忘了（脑子已经变成了化石！）。①你打算去金州家晾晾东西，怕是衣物全发霉了。你想得仔细也周到，对的，一切衣物不仅发了霉，可能有的也已烂掉。这个家，往近算是关了两年，实际加上三年"文化大革命"，足足关了五年以上。金州临海，雾大。往常住人有烟火，除冬季外，房子里总是湿漉漉的。何况门窗紧闭五个伏天，其结果是不想而知的。只是为了人的平安，这些身外之物早就抛到九霄云外了。目前正是雨季，即便你能去金州，遇到连阴天，也是束手无策。我想在立秋后，我们的安置仍无定局，那时如你可以抽身去住上三五天，整理一番可能适宜些。钥匙全在北京，一旦有了决定，将设法寄给你就是了；②关于安置问题，你不必同他们直接打交道了。你妈妈病的情况，我的要求，以及再三请求停薪留职……已向安置办交代清楚，并且亟待"回示"。安置办回示与否和如何回示，这是组织上的权力。如果事与愿违，也必须容有考虑余地。唯一原则，就是人是最最重要的，谁也不能否认这个原则。今后你单是按月给妈妈领工资就行了。工资再发生新的纠葛，请安置办直接来信说明或由你代为转达都可以；③你妈妈是一九三一年参加革命，请他们查对本人的历史自传。

再讲讲你妈妈的病。你走后两个多月，她的病是在逐步加重。直到现在还是不说话，整天在院子里无目的地转来转去，竟到深夜十二点或下一点。经我屡次三番劝说，才能进屋休息，不脱衣服、不脱鞋浑身躺在床上。早晨天不亮（四点左右）就起来，又是一天。这种情况将达两个月之久。白天，我不敢离开，只好托隔壁那个老人买点菜。最令人不解的是她不让楠楠回家，问什么也不发表意见。实在闷人！

中药已暂停服，立秋后再说吧！

近来我的身体还好，能支持一阵，只是精神觉得烦闷。一有时间我就读书，学哲学。反复读了美国记者斯诺的文章，如此可以克服不少烦闷情绪。现在我强制自己多吃主食，每餐增加一两，有利于促进健康，不让它垮下来。因此你目前不必急于来"换班"。你姐姐来信说可能七月份回京，不知到时能否如愿。我们的情况，望转达姜叔、婶，不另写信了。乞谅！

祝你，进步、幸福！

爸爸七月十四日（1971年）

关于爸爸的问题，安置办一直不做明确处理。对于本人的几种意见既不说同意也不说不同意，只是吊在那里让你心神不定。家里家外的烦心事给爸爸精神上的打击是沉重的，爸爸晚年的神经之所以失常恐怕此时就埋下病根了。

爸爸是有条理的人。为了弥补日见衰退的记忆，他把想到的事随手一条条记录下来。平时上街买菜也写张小字条。

亲爱的玉儿：

七日晚接到安置办来电叫我速去沈参加运动。因你妈妈正在病中，电报没给她看。八日夜写信给安置办，说明我不能如命去沈的理由，请其定夺。我怕他们收到信后可能再来电催，惊动你妈妈引起麻烦。因此，我在给安置办信末尾嘱如再来电、来信时寄小孔处转我。十一日晚忽接："接前电勿复等信"的电报，我以为是安置办看到我八日信后，考虑结果仍让我去沈参加运动。"勿复等信"——不必再等回信了。此电未能瞒过你妈妈，我不得已示以前电。一面安慰她，一面抽身再函安置办。十三日早，信发出。十四日上午收到你的信，这才拨云见日，同时发觉闹了一场不大不小的误会。

两次致安置办的信，都是"理"与"节"兼顾的，不必担心。直到现在给你写信时还未接到他们的"回示"。待有新的情况，我必去信告诉你。

你三叔和你姜叔的信件同时收到的，接着就是安置办来电……心情确实乱糟糟地，未能及时给你姜叔复信。想知心者当能谅我！望代为致意。汇来工资已收到，勿念。

我的工资问题，可不必再向安置办提（经济固拮据一些，但还能过得去。现在"人"是大事）。

你姐姐何时回来，尚无定局。

估计你要病倒的！为什么瞒着不讲呢？我们暂时的不幸，给你带来一个又一个焦虑，你的病是经不起这样过重的负担的！现在我要劝你了，心放宽一些，注意健康，认真工作。现在爸爸妈妈顾不上你，实在遗憾！

祝你一切都好！

爸爸八月十六日（1971年）

7月下旬，我趁去山东出差之便绕道北京。妈妈看见我一反常态，没有任何表情。酷暑天屋里像蒸笼，可妈妈却里三层外三层穿了许多衣服。衣服上的汗渍一圈又一圈，也不肯洗换。爸爸不时地给她洗毛巾擦脸，为了驱除汗味爸爸一遍遍地往妈妈的枕巾上洒花露水。

春节过后，爸爸决计带妈妈离京回东北。然而，事情一波三折伤透脑筋。最后，终因妈妈再度犯病未能成行。延至8月，妈妈的病非但没有好转，反而更厉害。7日晚，爸爸接安置办电报催他去沈阳参加运动。

当时，妈妈身边除了爸爸还有半岁的外孙女。爸爸无力脱身，但他并没有消极等待，他积极寻找突破口。他联想到延安"抢救运动"时，妈妈精神失常达一年半之久，日本投降后妈妈随东北干部大队奔赴故乡的途中，经过长城某关口时，心情豁然开朗，病症不治而愈的情景，希望奇迹再次出现。8月8日，爸爸给安置办的信中说："近来在我脑子里不断回旋一个想法，如果能得到党的同意和帮助，我打算把白朗同志带出琐屑斗室，到朝气蓬勃、精神焕发的广阔天地中呼吸一下新鲜空气，就是通过参观，从而受到政治教育，召回继续革命的志向，我这个想法，对她的精神恢复健康是现实的。希望能获得党的批准。行资、食宿费用，我可以设法筹措。只要能治好白朗同志的病，身边一切有何足惜！"

亲爱的玉儿：

上月卅日和本月三日收到你两封来信。昨天（十三号）又收到你的信。你离开我们身边才半月光景一连寄来三封信，这我深切知道你是时刻惦记妈妈的健康和为我们的日常生活担忧。其实你应该完全放心，一者有你和你哥哥在此廿多天的苦心操办，已经使我们的生活恢复正常化，并且有了颇好基础；一者这里的日常所需，虽然比不上北京、沈阳那样丰富，可是海产、鸡蛋之类则甚充足，此已足够保持健康了。至于蔬菜少一些，也不过是初春淡季暂时现象。等六月初大批青菜上市，这点小小困难也就解决了。因此，你千万不可总为我们的生活琐事牵肠挂肚，忘了自己的工作、疾病和终身大事！过着忧郁苦闷日子，不积极改变目前的情况，反倒让我们放心不下了。

工作岗位不由自主，而只要有革命的志气，有为人民服务的行动，还怕没有较好的个人前途吗？疾病固然同你的身体素质有关，但药物和精神是可以战胜它的。如果总是自暴自弃，自怨自艾，那还能好起来吗？至于对象的选择，你不操之过急，能以严肃、谨慎的态度对待之，这是对的，我们原也十分赞同。但要知道：世界上十全十美的事是不存在的，理想与愿望不能代替现实。低不就，高亦难成。岁月无情，虚掷何益？量己求彼、估势而行，始为明智。你是个聪明、要强、有主张的孩子，终身大事当能善自为之。只是别像小脚婆那样，蹒蹒跚跚、不慌不忙地走去，将来若只剩个"婆"字，岂不辜负了自己也辜负了老人们？

说这话绝不是不同意你对小张的当机立断。原来我们是喜欢这年轻人的直爽无隐，能够暴露自己的短处。但这一面却不能抵销他冥顽难化的落后面（终归要改变过来的）这个大缺点。大概你姜叔、婶后来也有所察觉，因此他们的看法产生矛盾也是难免的。这个你不要介意，也勿芥蒂这些小节，损伤过去的感情。你不可忘记从前他们为你的大事费过心思，应屈情谅之。

以上皆老竹腹空之谈，但非"墙头草"，可供参考就是了。

你走后，你哥哥回家两次，住了三四天。他把炉子套好了，并去煤建（近处无货）购得煤油五斤，可供月余耗用。他于本月五日返连，因工作任务完了，七日同一同事去京。在京约小住一二日，看望你姐姐一番，然后返校。你姐姐没有信来。她见到哥哥及你去的信，了解我们回金州后的生活大概，她也就放心了。我还不曾写信给她，你姐姐也不能没有意见。我知道自己的毛病：懒，太懒于动笔了，说穿了就叫作自私。我们不愿意你们学我的坏处，希望及时知道你们的一切。

自从你和你哥哥走后，因为廿几天热闹惯了，剩下你妈妈和我两个老朽，觉得有些孤单冷清了一阵子。现在已习惯此种安静生活，面前有报纸，有《参考消息》，更有许多可读和必读的书，倒也不甚寂寞。只是苦了你妈妈，奈何！

上星期日老安①同小董②夫妇特地从大连来探望你妈妈。小董还送来许多花生，老安进屋就给洗衣服、做饭，实在不易。可惜她老伴在大连，又兼给人带个孩子不能分身来金。她第二天早车才走。

大张地图、去污粉等，你哥哥均已买到。家里什么也不缺。你买个洗衣盆，是多余。能退，就退掉好了，退不掉得便就捎来。以后需要什么必写信去，否则切不可瞎买。

望你遵医嘱按部就班服药。新工作定下来时来封信以免悬念。替我们问候你奶奶、姑父母。等着去发信，不多写了。

祝你一切顺利！

　　　　妈妈、爸爸五月十四日午（1972年）
妈妈的工资尚未寄来，过两天我写信去催。又及

1971年9月11日，我接姐姐的电报："爸妈15日早6时04分抵沈

---

① 老安是跟随爸爸妈妈多年的老阿姨。她一生坎坷，丈夫早逝，她靠给人家帮工供养过继来的本家侄子。侄子长大成人仍然养不了她，爸爸妈妈一直把她看作自己家里人。从1964年"四清"以及"文革"初期，家里常常只有安阿姨一人生活。后来清理阶级队伍，爸妈进了牛棚，造反派说雇用阿姨是资产阶级的剥削行为，必须辞退。为了生活，安阿姨嫁给大连的一位老工人。据说那家很穷，婚后安阿姨才知道家里不但欠许多外债，连那个女儿也患有精神疾病。为了还债，安阿姨上山打草卖，给人家带小孩儿……

② 即董连芳，是爸爸妈妈在金州时的朋友，她丈夫在军队带兵，常不在家。我们叫她小董阿姨，有的时候她也住在大连。她是位既善良又热心的人，"文革"以后金州家里的许多事情全靠她帮忙照顾。甚至，安阿姨的晚年生活也是她和她的全家关照。

暂住你处望接"。接到电报后，我匆忙做些必要的准备。

在那阴霾的日子里，爸妈在我简陋的斗室里生活半年之久。这一时期妈妈的狂躁症已转为忧郁症。虽然生活仍不能自理，但病情还算平稳。

那时我居住条件十分差，室内没有厨房更谈不上厕所。屋子里只能摆放两张单人床给爸爸、妈妈睡，我则每晚走几里路借住在高中同学家。第二天清早回家，爸爸已把炉火生旺。一家人吃过早饭，我去上班；爸爸挤公交车去很远的北陵或西塔参加学习讨论；妈妈一个人守候在家里。

干校学习班当时学习的主要内容叫"民主补课"。爸爸很认真地参加，不但读文件也准备厚厚一摞的书面发言稿。为了不影响我使用桌子，爸爸那些发言稿大部分是坐小板凳在床沿儿上写就的。有一次下班的时候忽然下起雨来，我跑回家拿上雨伞去接爸爸，但他浑身上下早淋湿了。还记得冰天雪地里我扶妈妈去几十米之外的公厕，一不小心自己滑倒不算把妈妈也拉倒了。

当时沈阳商品供应情况极差，每人每月发一斤肉票、二两糖票。同志们知道我爸妈来了，偶尔接济我一些肉票、糖票什么的。有时爸爸下午停课或提前放学，他便拿着饭盒去沈阳南站餐厅买一两样荤菜和几两主食。那时到饭馆吃饭，需要菜饭搭配着买。从北京带来的几小听猪肝酱罐头，爸爸都留给妈妈拌米饭吃。

20世纪60年代末70年代初，我国与"苏修"关系交恶。东北地区到处搞"深挖洞，广积粮"，我们工厂去郊区打备战用的土坯。每次都是爸爸给我准备午饭，他把饭盒装得满满的，让我分给其他同志吃。妈妈病后，爸爸不只是父亲更是母亲。他的这些感情是在不声不响中凸现的，他是内向的人。但也有例外，记得陈毅同志逝世的消息从收音机里播出时，我们正吃饭。爸爸的脸色骤变，把手中的玻璃杯往桌子上重重一摔。吓我一跳，杯子也破碎了。我想那一刻的爸爸，不仅仅是激动，是感慨，还是悲愤？嗣后爸爸急就《哭陈毅元帅》：

华夏云封走惊雷，

红旗泣血半角垂。

一声大笑寻归宿，

几洲震荡几山颓。

1972年4月，哥哥将去大连出差。在安置办同意情况下，爸妈准备回金州。行前，爸爸为我备下充足的柴、米、油、盐并打扫卫生，把所有锅碗瓢盆擦洗锃亮。我埋怨爸爸，他却半玩笑半认真地说："三八作风什么时候都不能丢，何况这也是我的家呢！"几十年过去了，每当想起爸爸的这句话，心里总是热乎乎的，只是酸楚难耐。

安置办派专人送爸爸妈妈回金州，他们和金州纺织厂联系说：爸爸妈妈将继续住在金州纺织厂的宿舍，在金州"欢度晚年"。

亲爱的玉儿：

三日收到来信。知你祖母患肝脓肿，甚是挂念。今天收到你姜叔来信说：老人已入市立第二医院，手术后经过尚好，不知确否？上了年纪的人做一次大手术，对身体的亏损是非同小可的。我们在此遥祝多加珍摄，早日恢复健康。预料你三叔已回阜新，护理你祖母的担子，不免多半落在你的身上。你刚刚卸下我们的负担，不幸新的负担又接踵而来，而且你自己也还在病中。你服中药后是否确见功效？再来信应据实相告，不要报喜不报忧。

上月廿八日接到一连来函，通知我已把我的关系转到二连。而截至廿八日你妈妈的五月份工资还未汇来。离沈之前老颜亲口承应我们回金州以后的工资由组织按月汇寄。因此于卅一日我给一连颜振荣并转二连党支部负责同志发了一封催寄工资的信（挂号信）。并同信附去十三个月未发工资的书面情况，请他处理。收到你三日的信，本来想马上回信让你即去安置办一、二连问问情由。我又想：我给安置办的信刚寄出三天，照常规别说欠发工资未必得到处理，单是你妈妈的五月份工资也未必汇出。我主观设想，他们可能在本月三四号该发六月工资时一道汇来。这样索性等八九号不见音信再告诉你。这就是没有及时回信的原因。我知道，你为我们这些乱弹事，又在着急上火了！

你个人的忧实在够多的了，我们怎能忍心让你一再为我们两个老朽分忧呢！可是命中注定，这些事还得落在你的头上。你就放心大胆地办去吧。好或坏，都由组织来决定，咱们的主观愿望是不能算数的。旦只求快些落个实。

新的形势也会出现新的情况，如果有什么变化，亦望据实以告。匆此。

祝你早日康复，一切顺利！

妈、爸六月七日夜（1972年）

附一连来信一纸，看完了寄给我。问清二连党支部负责人的姓名，告诉我。又及

我祖母做肝脏手术时已经80岁，术后恢复十分缓慢，半年多不能下地。因我单身一人，照顾祖母自然由我承担。

爸爸妈妈离沈前，安置办负责人与爸爸一再重申：组织照顾两位老同志年老体病回金州欢度晚年，并希望爸爸写一份关于长期拖欠工资的书面报告，以便组织处理。

玉儿：

十一日上午，平安抵京。忙乱了一阵，你哥哥他们于十六日遣返武汉。这两天算是稍微平静了下来，怕你悬念，草草写几个字去。十日上车前给你妈妈服了一些镇定剂，一路

她是处于昏沉之中。沈阳和你们匆匆一面，至今她仍以为是梦境。玉儿的哭声，你三叔的慰问，在她的印象里都很深，但她始终否认那是现实。到达北京周洲来接（他已由广播局干校调回，重新安排在中央台"学哲学编辑部"）。你姐姐忙于公演，不便请假到车站接妈妈，夜里十点多终场她才回家。几天来我虽然忙得昏头涨脑，随时都想倒下去睡他一年。但有了子女们的依靠，总算暂时超脱了在金州那种上不着天、下不着地，一日数惊，六神无主，三天吃不上一顿饱饭的窘境！像那种情况，谈不上给病人治疗，而只能加剧你妈妈的病，我自己更时刻担心支持不下去；我要是病倒了，则"生活"不堪设想！我实在不愿意让你知道这些令人不快的事，增加你的忧心。本来你祖母的病，已经够使你操心的了。你多次责难我不写回信，写吧，只能报"平安"。你既不相信它，反增疑虑。连我觉得一再扯谎，太不像话！可我怎好把真实情况告诉你们，叫你们火上浇油呢？

这封信写了两天，刚才收到你的挂号信。医疗介绍信也寄来了，完成了一件大事。稍待几日再说服你妈妈去看病。现在人手多了些，我放心了，你也不必日夜悬念了。

这条皮褥子很好，比我买的那条暖。换给你妈妈铺了。

十一月份工资是在金州时收到的。今后领到工资只汇三百元整数就是，切记。

你三叔有无调回的消息？老奶奶已否痊愈，均在念中。

在大连买到了"鹿茸精"，还给你姜叔、婶邮去两瓶，身边带来的足够半年服用。我们的情况，得便转告你姜叔、婶一声，免得他们惦念。心绪还没安定下来，暂时不给他们写信了。

越越仍在"民院"小学上学，楠楠也还托在"民院"的同事家。两个孩子都很好，长大了。

不知忘写了什么？脑袋昏昏沉沉的。想起来，下次再写吧。望你常写信来。

祝你愉快，幸福！

爸爸、妈妈十一月廿日夜（1972年）

10日夜，大连直达北京的火车途经沈阳站。事前爸爸拍电报通知我，恰巧三叔回沈探望祖母，我和叔叔去车站与爸妈晤别。虽然几十年过去了，但当时的情景，却像摄影镜头般定格在记忆里：我和叔叔在寒风中焦急地等待着。列车开来了，但戒备森严不准我们靠近。听说有"首长"同志要上车还是下车？终于开始放行一般旅客，停车时间有限，我紧张地在站台上奔跑着、寻找着……第一个闯入眼帘的是爸爸那张憔悴的脸，然后是哥哥。爸爸拉着我到软卧车厢看妈妈，我不记得大家究竟说了些什么，只记得自己扑在躺卧着的妈妈身上痛哭不已。

人生最难过的事，莫过于生离死别吧！

爸爸妈妈回金州后，每封信都是报平安。哥哥回家探亲目睹父母的窘境，才说服爸爸离开金州。

在金州孤独而寂寞的日子里，爸爸写了许多感时的诗篇，如：《清平乐·一梦》《清平乐·一哭》《答友人》《重阳呈德明弟五寄麦粉》《自嘲》。

他在《寒时野望》中，暗斥江青：

极目远山数峰雄，

汹涌沧海走云中。

朝暾蒸蒸开宿雾，

东风款款寄春情。

万木披蓑独啭鹂，

百花戴翠一枝红。

遥指迷茫蓬莱岛，

他年归去挂孤篷。

继乃写《青蛾》：

青蛾浪入帝王家，

乱绕宫灯示无瑕。

角爪暗触蓝田玉，

额红翅粉撒天涯。

从这些诗词中可以窥视爸爸心路之一斑。

亲爱的玉儿：

十四日收到你的信，本该及时回信才对，只因春节后我患感冒一直拖拖拉拉不好。本来我就懒，因此这就更有词可借了。我明明知道你寄出邮包和汇款以后，肯定是天天盼信的，可是我没有给你写几个字去，实在是罪过！

近些天感冒确实好了。只是梦中呼叫和梦中起动的老毛病却是加重和频繁了。我自己撞伤、摔伤都不要紧，累得你妈妈受惊睡不安，甚至深夜惊起，反来照顾我。我真发愁，照这样下去，怎能不使她受刺激，又怎能让她的病得到好转呢？

你的意见很好，我同意你去安置办开个医疗介绍信。等你姐姐招待外宾演出结束时，还是由她给你写封述说我的病情的信寄去，你抽空拿它去安置办，那就更名正言顺些，你看对不对？

你妈妈正在服熊大夫（施今墨的儿媳）的处方，已连续吃了六剂。明天可能陪你妈妈到熊大夫家去。我打算顺便也请大夫看看。不必惦念。

你三叔有否调回的消息？你姜叔、婶身体可好？便时替我们问候。

祝你工作顺利，精神愉快！

爸爸、妈妈二月廿日夜（1973年）

爸爸信中提到梦中惊叫、打闹的症状，是1934年在日本人监狱受刑时落下的病根。一般在心情压抑时出现，20世纪70年代后这一毛病越来越严重。1970年春，爸爸由北京去沈阳办理退休手续。当时我从乡下回城还没有房子，干校招待所已撤销。爸爸借住老司机王福瑞家。我赶过去看他，因为早晨爸爸刚下火车，正在睡觉。我进门碰巧看见爸爸四肢挥动、口中喊叫，分明在发火。当时，我的眼泪不由自主流出来。等我叫醒他，他却一点记不起发生了什么。（未完待续）

载于2009年第1期

雪上加霜的日子（下）
——解读爸爸罗烽的信

金玉良

亲爱的玉儿：

挂号寄去你妈妈和我的医药收据。等领六月份工薪时，一块儿办报销手续不迟，不必单为此事跑文化局。请假太多了耽误工作，影响也不好。

医生处方一并寄去。一者可供文化局了解你妈妈和我的病情。一者每张处方抓了几剂药、时间、药价等也可作为对照参考（我有几张防治站的小收据，都是针灸收据），便于他们"研究"可否应予报销。如果其中哪些不能报，请他们说明制度就够了，不必与之争执。当然讲清楚我们的医疗情况，特别是你妈妈的情况是必要的。

两次收据我大致计算一下，大约不超过四十元。这个数目还不及给你妈妈买四丸中等牛黄安宫丸的价值，更不必说过去和现在购买其他药物所费之巨。我们是公费医疗的干部，但"文化大革命"以来，一直是自费治病买药的。虽然，安置办讲应当报销。

领得之款暂放你手，不必寄京。但所有处方务必收回，挂号寄给我。因为这批处方是比较有效的，以后还可使用。

你妈妈的病经过熊、许两位大夫的诊疗，的确见效一些。不过出去看一次病着实费劲，还必须你姐姐和我两个人陪着才成。从二月以来我连续服药、针灸，病状逐渐好转。使我最焦虑的是半身麻痹、两臂两手疼痛，不敢活动（前些时候不能拿笔写信）。痛苦是小事，不能很好照顾你妈妈病，却是十分伤脑筋。这回一改我有病不愿治的老毛病，有生以来如此重视自己的病还是第一次，如此服药、针灸双管齐下，也是创举了。

你仔细看一看许作霖大夫的处方，不难看出我们的病都有好转。处方是不能骗你的。你自己也有病，这样为我们着急上火，你病倒了可怎么办？不说别的，谁替我们领工资、办交涉、传消息呢！

最近你的健康怎样，休克的毛病犯了没有？我们也是时刻惦念的。下次把你的病历写来，请许大夫开个方子。他的中医医术比较到家，我对他也有些迷信。

你姐姐虽然很忙，一星期至少回来两次照顾我们。周洲和越越、楠楠每星期六回来，星期天晚上回"民院"。你哥哥时常有信来，两个孩子都很健壮。勿念。

下次来信把你三叔的通讯地址告诉我。替我祝贺他有了新的工作岗位。人民教师是光荣的。前天我还听到电台播了一首歌颂人民教师的歌，这不简单。我们希望他安心工作，老奶奶去你三叔处没有？替我们问候。

祝你工作顺利，精神愉快！

妈妈、爸爸五月廿九日夜（1973年）

长期不断的外忧与内患，爸爸终因积劳和积郁成疾。年来，他的大病小病纷至沓来，但他心中想的仍然是如何照顾好妈妈。

爸爸妈妈这次去北京，虽说姐姐夫妇关系表面看已经恢复，但姐姐一家平时还是住在民族学院宿舍。我们都明白爸爸为了妈妈的病不得已才去北京的，他心中的阴影挥之不去。

亲爱的玉儿：

　　书、工资和信已先后收到。勿念。《渔隐丛话》是一部较好的诗话。往昔曾涉猎过，不久前我在信上抄录王安石的一联对仗，就出在这部丛话里。近些天，我正在依次读它，解闷不少。但不知这书是谁送给我的。是你呢？还是你姜叔？在此书末册，我看到一纸小书签，上有书名、册数和书价。而其字体，千真万确是德明同志的手迹。写这些，并非想追求书到底是谁给我的。不管谁，反正我收到了，而且我十分喜欢它。写这些是因为我联想到辽宁图书馆是否正在清理旧书库，而后把一部分无价值或多余的旧书，送到市面上或在内部出售。如果这猜想是对的，我还提出一个新要求：设法给我物色一部《史记》。去年冬周洲由他同事那里借来一部，我曾贪婪地读了一遍又一遍。以古鉴今，得益匪浅。但借书总是要还的，不能放在身边可以随时翻一翻。年来我的记忆力坏到"昨日事不知是非是，今日事犹在梦寐中"的程度。幼时读司马迁《史记》多为慕名，多为一字褒贬而识别历史人物；今读《史记》必须务实，从中汲取世务，而增进识时务。我虽"老夫耄矣"，也还须努力为之。不如此，将不能维持余生。因此得一部天书伴之而终天年，可谓极乐矣。

　　给你寄邮包以前（具体时间记不清了），我曾给你三叔和你各写去一封信，信中也曾谈到你的终身大事，我同你三叔的意见所见略同。但在你六日来信中，似乎你没有收到那封信。地址未漏"三段"，想来不会丢失。我那件毛衣，不必着急织。身边还有一件薄的可御秋凉。近来正打算再服汤药。可惜许老大夫正在患病中，不便去他家打扰他。因此只好另找门路或继续服许大夫老方子。你妈妈精神较为稳定，不必挂念。婚事如有定，望即来信。祝你

一切顺利！代问你祖母及姜叔、婶近安！

爸爸、妈妈九月十二日（1973年）

爸爸没有很高的学历，但他在文学艺术领域诸多方面的造诣很深。在肩负这方面的重任时，是游刃有余驾轻就熟的。正如许多人评价的那样，不仅聪明，而且勤奋。

1994年3月，辽宁作协的陈言同志说："'文革'，省作协多数人没参加（造反）组织。参加的都外面造反去了，大院里没参加造反的群众一般听我的，我把他们组织起来刻钢板、印传单。作协的两个美编不行，罗烽同志美术字好，我和他上街写大字块。

"大连（铁道学院）红卫兵来抓罗烽，我先给他挡住了，没给人。后来还是被他们揪去了，我们又要回来了。我很尊重他，（他）一辈子倒霉。我是盐城人，新四军的，白区传统。在白区因工作性质复杂，所以实事求是，有就有，没有就没有，讲人情味。罗烽同志吃亏就吃在被日本人抓过。我不怕。……延安派以阶级斗争为纲，罗烽同志不是延安派。

"他们俩（罗、白），特别罗烽同志的地位不在创作上而在活动上。要从文学史的角度考查他们，要把他们放在新的视角，他们是受害者。罗烽的短篇（小说）非常好，但是后来他的才华无法施展。想写，但没法按自己想法写，内心很苦闷。罗烽同志的学历虽然不高，但绝顶聪明，完全凭自学。修养非常高，文化层次和其他人不同。人聪明从盘锦干活就可以看出来，60岁的人干什么像什么。活干得非常巧，一般人没法比……"

1956年前后，爸爸一度产生写杂文的冲动，但写作计划最终没有实施。尽管如此，仍然没有逃过劫难。

1957年，在罗织爸爸的"反党罪行"中有一条"创作不勤奋"。今天，你会觉得创作不勤奋与反党罪行简直是风马牛不相及。然而，在那个年代里确实发生过如此令人啼笑皆非的荒唐事。

姑且不说"创作不勤奋"是否是划反党的一条标准，就目前所搜集到的著作年表而言，如果按他20世纪30年代中、后期的创作速度计算，他的一生完全可以著作等身。如果他不被搅进接连不断的政治斗争的旋涡中，如果我们一直坚持"双百"方针，如果……然而，现实是残酷的。生活中永远不会有如果！正如爸爸在1969年《清平乐·一路》中所痛惜的那样：

> 文韬武略，潇洒殊死搏。踏遍冰川又大漠，裹尸何须马革。
>
> 外敌非刑铁窗，内战厉鬼无常。三四五十年代，一路暗箭明枪。

亲爱的玉儿：

很久没给你写信了，实在不像话。不仅心里抱歉而且十分焦急。看到十六日来信，是准备接受你的责难的。但你不曾责难我，反而责备了自己没写信来，这使人更是难过。

十、十一两月不是个好月份。从越越确诊肝炎初期开始，你姐姐的老病也犯了，医生给她开了全休。十月中旬房管所检查四十一号住宅，要马上大修。不然明年开春有坍塌危险，那时如出事故他们就承担责任。这样只好照办。周洲请了假，我协同他照顾这里的乱摊子，把你妈妈动员到"民院"你姐姐那里去住。接着动工：扒倒两间房的后墙，发现三根柱脚都朽烂一米多，比酥糖还酥。原来梁桁只担在就要倒塌的后墙上，实在险甚。因此又动了木工，来个顶梁换柱。三根柱子换完，这才砌后墙。直折腾了小半个月，房子还未烧干，你妈妈就急着搬回来了。因为房子潮湿加上天气转冷，由感冒引起咳嗽气喘，片刻不能安睡。经过连服汤药和注射"卡达霉因"，到目前才算稳定下来，但还不能下地走动。继续治疗慢慢会好起来的。不必惦念。

不瞒你说，我也闹了些小病，感冒一直拖着不好，吃了药也不怎么见效。不过在紧张的日子里，我还能支持下来，托天之福没有病倒。上述这些全是实话，没有骗你，没有报喜不报忧。你应该相信，更应该放心。

沈阳已下了雪，北京还不见冷。前些天结了一次冰，但白天都在零度以上。讨厌的是几乎天天刮大风。从房子修好就生一个炉子，温度比较适宜。再冷时再加个炉子，北京取暖煤不限量，不会让你妈妈冻着的。

老奶奶去新丘，剩你一个人将会觉得冷清的。你三叔近几个月来如何？我经常想到他，但我又没有精神提起笔给他写信。生活如此平淡，又有什么值得可写的呢？一直也没给你姜叔写信，也是出于这种心情。你姜叔可能会谅解我，而你姜婶一定要骂我不止一次。有机会代我问问好。

两个月薪金均收到。文化局也没人来。你的大事，我实在无能为力了。只希望你愉快健康！

爸爸、妈妈十一月廿一日夜（1973年）

41号住宅在西四北四条，是个四合院。姐姐家住后院3间东厢房的两间，另一间是一双老夫妻。院中有棵高高的香椿树，自来水在前院，旁边有几棵花椒树。一年四季爸爸都到前院洗米洗菜。隆冬的冰水加剧爸爸的关节炎，致使他两手食指和中指的关节变形弯曲。除了买菜做饭，还要给妈妈煎汤熬药。晚饭后爸爸要把满满一桶煤渣、垃圾提到很远的胡同口。他知道即使有病也不能倒下。

"儿大当婚，女大当嫁"，是做父母的最大心事。爸爸也像天下的父母一样着急我的婚事。

　　亲爱的玉儿：

　　你寄出的书一直没收到。现在书是珍贵的东西，如果不挂号寄，就可能丢失，很可惜！但不知是什么书？

　　近半年来，已有了借书看的门路，同时还买了些内部读物。可惜想看书却没有完整的时间，成天被生活琐事所烦扰，似乎还不如在干校劳动省心。差强人意的只是你妈妈的病还没有大犯，基本上维持在沈时的状态。而我虽有点小毛病，却也无妨。看来老天是同情我的。

　　你姐姐前些天才从哲盟返京。休息一天，接着就编排"十一"节目，十分紧张。不但暑假休不成，工作反而增多了。所幸她的精神还好，整天十二小时的工作、学习尚未病倒。

　　月初你哥哥带小梅来京，他是因有工作任务向"海司"来汇报的。现在也住在家里，生活十分热闹。

　　上月给你三叔寄去一包食品，料已收到。给你姜叔配的老花镜早寄出，同时还寄去30斤全国粮票。文化局政治处已把两封介绍信挂号寄来，大概是电报起了一点作用。创评室的领导先生们得拖即拖，尽管你跑破了鞋底、磨破了唇舌，这些老爷们还是得推且推。哀哉！

　　工资皆收到，勿念。盼你常来信。虽然我们很少写去。

　　祝愿你安心工作，身心健康！　你哥哥、姐姐问候你。

　　　　　　　　爸爸、妈妈十一日（1974年8月）

4月底，姐姐家由西四搬到月坛北街单元楼房，两室，另有厨房、厕所。除了楼层高，可算一步登天了。

年初，因为民族学院搞教育革命进驻工人宣传队，需要腾房子。

姐姐一家四口搬回同住，老少三代"济济一堂"生活十分热闹。姐姐夫妇早出晚归工作忙，家务多半由爸爸承担。六七十岁的人偶尔还扛煤气罐爬五楼，他并不抱怨辛苦，令他烦恼的仍然是不能参与社会活动。他责备自己成了"尸位素餐，无功受禄的东西"。爸爸曾在信中不无羡慕地对我说起姐姐："他们虽是劳累一些，可比我们生活得有意义。"他渴望对社会有所作为的雄心不减当年。他在《故国》中写道：

令威非所羡，
志在鲲鹏翔。
一击九万里，
生死寓八荒。
翻摧投东海，
命危避北邙。
彤魂绕故国，
何须骨还乡。

亲爱的玉儿：

首先向你道个"不是"，这样长时间没给你写信，是不容原谅的。九、十月来，华儿曾几次要写信去，都被我阻止了。因为告诉你真情，一定要影响你的工作（何况你正在工作不顺心的时候）。而写平安信，更将引起你疑虑，反倒让你不安。现在好了，一切全好了，我也能提笔给你写信了。提起笔来似乎有许多许多话对你说，其实一句话就可以说明，过去两个月是个"病月"，大小病包围了一家人。本来很平静的生活，搞得马乱营哗。主要是你妈妈和我，她是老病轻犯，我则是轻病重发（长时间感冒，引起半身麻痹）。现在幸而好了，病痛又成过去，慢慢也会健康起来。毋庸为念！

两月来读到你两封信，使我们少了一些牵挂。教学工作①逐增乐趣，确是可喜的事。但两封信里都未提起你的终身大事，未免过于慎言了。我们虽远处异地无力助你玉成，能听到片纸只言的佳音，也将能给我们平淡生活增添一些色调。这种心情你当理解的。

来信仍须挂号付邮，以防遗失！

祝你

一切如意！

爸、妈十月廿九日（1974年）

妈妈的精神仍然处于抑郁中，但其他宿疾如气管炎、肺气肿、腰椎骨质增生等越来越严重。爸爸的健康状况也不乐观。近一两年来"病月"几乎连成串，成了"病年"。

亲爱的玉儿：

托毛主席的福，你三叔总算病愈出院了。这些日子够你操心的，如果你没有病倒，那真是万幸！但我估计你必定要病的。

你责难我不把家里的真实情况告诉你。我倒觉得不告诉你为好，让你知道也不能分忧，而只能给你精神上增加一大堆负担。这既影响身体又影响工作。你说对不？

你英哥再次来京廿多天了，这次来主要是动手术，附带办些公事（夏天来主要为公事，其次是治病）。廿三日在301医院顺利地做了甲状腺肿瘤摘除手术，廿七日就可拆线。经多次诊断到肿瘤取出，均确实证明是属于良性的。因此大半年乌云盖顶，一旦一扫而光。

---

① 此前，我已改做民办教师。

你哥哥的病一直瞒着你妈妈。经301门诊、会诊、到手术完了，这才把医院诊疗书给她过目。就这样，也不免受些刺激。幸好最近托人弄到些"谷维素"，这药你妈妈服用较好，有调节神经、镇静与增加睡眠的效果，绝无副作用。可惜市面药店买不到。

上述一场虚惊，也是事后才告诉你。你一定又要埋怨我了。好在风波已静，一切如常。埋怨就写信来吧，我是不会丝毫介意的。只要你内心不存什么亲疏之分，我就不怕。

元旦前想给你寄点香肠去，可是近来这里有些食品控制较紧，香肠之类市面很难见到。节日过去可能好买了。

工薪均收到。越越、楠楠也都健壮。勿念。

祝你一切好！

妈妈、爸爸十二月廿六日（1974年）

在哥哥病情没有确诊的半年里，爸爸的精神压力实在太大了。人们常说孩子是父母的希望，爸爸妈妈落难后，更是把一切都寄托在子女身上。1961年，爸爸在《伤逝吟》中写道"故园青青身却故，革命自有后来人"。

玉儿：

幸亏你送我上站。否则，我个人即便上得车来，也未必找到座位。列车一直误点，至金州已将到五时，其晚点一个半小时。如在冬季则天黑矣。

到家第一道关：房门锁锈了，干着急进不去屋子。无奈只得去找董连芳同志，幸好她在家。于是搬来救兵，二三青少年连敲带砸，总算破门而入。可是屋里尘土满眼，霉气扑鼻。原来三爿后窗玻璃被恶少弹石打碎将近半数。为此，风雨、尘埃皆可自由闯进。暮色沉沉，几乎害得我投宿无地。

这也幸亏连芳同志，指挥小将们连忙打扫一过。我则被拖到她家去吃晚饭。之后她又送来干爽的铺盖。第二天大早又送来米、油、菜……一大堆，真是盛情难却。

几天来，都是在逐屋较彻底清扫一番。有连芳同志派来即将下厂的一位知识青年做我的帮手，减了许多操劳。今天清扫工作盖可基本告一段落。你来时略可顺眼。

如挂面好买，给我带三至五斤。这里米、面、油俱全，但我懒得动手做。一个人吃饭不入味，你经年累月生活想亦如此。有家未必成家，我实在为你着急！

猪油炼过没有？瓷缸底下压着四十元，备你零用。下月八号左右能来否？能来，时间来得及的话，先函告我一声。

祝你健康、幸福！

爸爸七月卅日金州（1975年）

爸爸借暑假姐姐照顾妈妈之机，绕道沈阳回金州。自1972年离家至今已3年。爸爸陪妈妈易地客居多年，其中的辛酸和不便可想而知。他一辈子最怕给人添麻烦，哪怕是子女也不愿轻易打搅。

这次他只身北归虽然没对我说什么，但我猜他心里一定有什么不愉快瞒着我。

亲爱的玉儿：

你的来信和汇款已先后收到。

我回来的第三天夜里，又从床上摔下来，这次摔得较重，右肋、胯以及头部皆受了伤，服药后逐渐痊愈。现在只是全身动转失灵，头还有些阵痛。本来摔了一下，无甚要紧的，只是上了年纪，恢复慢些就是了，勿念！

沈站匆匆而别，实觉遗憾。最最难过的是未能如约在沈停留一二日，看看你和德明同志。我平生最恨失言爽约。无怪你不高兴，其咎在我。

你妈妈的精神还好。华儿催我速返京，多半是怕我一个人在金生活不便，但也是由于你妈妈对我过分悬念。你给妈妈买的床单和给楠楠、小梅①做的小裙子，大家都十分满意。小梅那件，过些日子给邮去。

粮票怎样处理都行。换全国粮票的事，你也不必着忙。如果调换不便，就不必换，免生枝节。

你三叔最近有信否？你老奶奶健康如何，均在念中。

需要什么，来信说一声。

祝你一切顺利！

爸爸、妈妈九月八日（1975年）

8月27日接爸爸电报："华催速归28日31次返京沈不停留"。我凭电报购站台票进站与爸爸会面。列车尚未停稳，车厢里的爸爸先看到我，他的座位恰好临靠站台。因停车短促又兼车内乘客拥挤，爸爸离不开座位。父女俩一个车内一个车外，从开启的车窗握手言别。

那时，大连到北京的直快列车仍需运行30小时，爸爸却买的硬座票，但只要陪妈妈旅行爸爸总是设法坐软卧。

亲爱的玉儿：

前后两封信都收到了。该及早回信而没回信，既不是我们的健康有问题，更不是出现什么不愉快的事：一切归罪一个懒字，是思想上生了锈，热情逐渐降温。这可能是一些没出息的老年人的通病。若不，就是我个人的药石不治之症。过去偶然表现在梦中，而现在却时常表现于清醒的时候。连我自己也不能不感到它可憎、可怕！

---

① 楠楠是姐姐的女儿，小梅是哥哥的女儿。

大约有半年（或许更长一些）没给你三叔、姜叔、你哥哥他们写一个字去。廿多年前我的警卫员来过多次问候信，我竟如此不近人情地置之不理达一年以上。这一切给我精神上的压力很重，但我仿佛无力改变这种极端反常的状况。我明明知道他们在怪罪我，这是合情合理的。我没有理由希求原谅，因为我的错处都是自觉的。

　　…………

　　话扯远了。这叫无病呻吟，不足为训。

　　回京将四十天，仅落地两次，不为多。况且伤痛早已痊愈①，不必遥念。你想到的做条厚褥子夜里垫在地上，这事你姐姐已为你实现（有两寸厚的棉褥子，即便摔下床来，也能继续睡下去）。越越和楠楠都争着要睡在地下哩，你看可笑不可笑。

　　我已经有两件毛衣，你再给我织一件，就叫我变成地主了。钱处理不当好改正，浪费时间可是一去不返。学习、工作你会安排得很好的。毛衣应不织或为后再织。多腾出些时间，多读些有用的书为好。

　　提起书，我该告诉你，《史记》已购得一套（十厚册）。得空并转达德明同志，毋庸物色此书为我操心了。

　　全国粮票60斤如数收讫。余数留你处，别再托亲告友地调换它了，实在太麻烦！

　　你的终身大事，何时才能报喜？

　　祝愿一九七五年让我们看到喜报。

　　　　　　　　　　　　妈妈、爸爸 1975年10月6日

　　1971年郭沫若出版《李白与杜甫》一书时，爸爸住在我那里。他

---

　　① 爸爸不仅四肢受伤，其中有两次头部撞伤血流不止。虽然他自己不以为然，但确实吓坏了我们。

曾赋《无题》：

> 秉烛长思寻佳句，
> 行间字里审蠹虫。
> 睥睨黄巾尊魏武，
> 供奉谪仙损圣雄。
> 铜雀台成拥大被，
> 长安道禁吟哀鸿。
> 只缘不索风流债，
> 千姿万态摆摇中。

亲爱的玉儿：

"前后两封信及两个月的工薪均收到。"上面这句话大约是一个月以前写的，记得是周洲去沈阳后几天的事。说实话，这个把月以来，我真忙，忙家务，忙照料病号。周洲离京前，你妈妈开始闹肠胃病。稍好之后，楠楠就患了病毒性感冒，从此就排号病了起来。楠楠刚送回幼儿园，越越又发烧躺下了。越越没全好，你姐姐接班。我是插在越越和你姐姐之间凑了几天热闹，托毛主席福，很快便好了。周洲于上星期天从大连返京，他正赶上你妈妈在唱压轴戏，感冒与气管炎、喘息并发，来势颇猛。经及时注射"卡那霉素""安茶碱"和适症的口服药物，才算稳定下来。可是现在我给你写信时，你姐姐正在西屋躺着，感冒重犯。其实她从个半月前做人工流产手术以来，一直未能很好疗养。上班则搞大批判（批判"清华"反毛主席教育路线的反党集团），下班则忙于家务和照料病号……如此，病当然要反复的。今早给她打一针"卡那"，估计很快就能退烧。我已恢复正常，勿念。

周洲说他离沈去连前，曾特意到家去看望你。你锁着门，灯亮着。他费了九牛二虎之力才算找到你的住处，偏你不在。否则，至少可以从表面上看看你这几年的生活状况。使我们略可放心。

北京大、中、小学的大批判运动早已开始了。从十一二月的《人民日报》及十二期《红旗》杂志上的文章，都可以看到它的内容的。目前，以"清华""北大"为首的大、中、小学校，都已是大字报满墙。上边已联到教育部部长周荣鑫。沈阳如何？你和你三叔都身在教育界，深望十分重视这一运动，切不可半点含糊！

你哥哥已回汉。此次来京公干，仅在家待了一星期，来去匆匆，身不由己。江江与小梅都好勿念。你三叔处如何？上边情况希转达，不另。

祝

工作顺利，身体好！

妈妈、爸爸十二月十三日（1975年）

妈妈的精神病自1972年深秋去北京后，仍然是抑郁的老样子。整天不言不语，表面看无所思无所求，可脑子里究竟想什么连爸爸也猜不透。妈妈的胃肠病最后酿成胃溃疡，无奈，动大手术将胃切除五分之四。

亲爱的玉儿：

十七日寄来的粮票、布票和信早已收到。花布的花色到年终货色不全。你姐姐跑了几个布店皆无合适的，只好选购十二尺线呢。孩子们是否喜欢，也不得而知。十二尺大概够裁两件的。你转告王秀英①同志别寄钱来，这点小意思就算

---

① 王秀英是我的朋友，她有十几尺北京布票托我代买花布。

121

送给孩子们的，大人不要挂在心上。

眼看七六年元旦就要到了。现在值得庆幸的是一家人的病全好了。只是小楠楠的咳嗽还没有好利索，因此一直没送回幼儿园。

前几天，你三叔又给孩子们寄来一大包葵花子。其实这类东西你们十分需要，既然寄来，只好照收，可是我这懒人还没给你三叔写个道谢信。这倒也符合"批孔"的精神：不必讲"礼"了。但你若写家信时务须代为致意。

德明同志老年丧偶一事，我们已心照不宣。时过境迁，再提起只能勾起他的伤感。不再提起也罢。另纸抄自制词一阕，曰：《两寂寞》。希代呈德明同志，聊以慰远。匆此。

祝新的一年诸事如愿！

爸爸、妈妈十二月卅日（1975年）

姜德明叔叔无子女，我调京前时常抽空照顾他们。姜婶临终的夜里只有我和姜叔在，姜叔嘱我暂时不要告诉爸爸。许久后，姜叔暗示给爸爸，爸爸寄《两寂寞（失调）·留别明弟》：

虽非昆仲，我道是，情同花萼。缁发共峥嵘，白头两寂寞。眵眼相对泪眼，叙叙说说，说也奈何？

朝分东西，游子吟，暮复南北。志在撼乾坤，命里烟波客。登山且觅青山，日日月月，月华春色。

亲爱的玉儿：

一周前这里的主治大夫就允许我下床散步了。这次病来得突然，可是好得也快，且无再犯迹象。这一切当然要归功于抢救及时、医疗有效和护理得当。再巩固一阵子，肯定会好起来。望你宽心，我肯定会好起来的。

交你办的几件事都办得很好。金州的粮票，分两批收到。你寄来的粮票也已收到，随后将寄回五十斤，你留为储备。汇来工资均照收无误。为什么非把廿元钱①汇来不可，不听话。

附去诊断书及收据十张。报销款万勿寄回！如诊断书会计无须存档，你可要回保留之，以备为后交涉迁居时作为证明。

我烟酒皆已戒绝，生日也没喝一滴。沈阳有无震情，要警惕，千万不可粗心大意。春节前如能买到"天府花生"再给你寄去一些。你妈妈健康如常，勿念。寄来的咳喘药片还未试服。现在，正试服另一种药。吃杂了就摸不清它们的功效。

祝你元旦愉快！新的一年进步、幸福！

爸爸、妈妈十二月廿日（1976年）

随着"批林批孔"运动的开展和邓小平的再度被打倒，"文革"进入第十个年头。这一年，是中国共产党领导的新中国面临生死存亡的危难关头。周总理走了，朱总司令去了，伟大领袖毛主席离开了我们，而"四人帮"的抢班夺权也到了极致。

在这多事之秋，爸爸的诗词创作进入高峰期，产生许多脍炙人口的作品。

1月8日清晨，传来总理病逝的噩耗，爸爸几乎不能自已，愤然填《水调歌头·痛悼周恩来总理》，继之，作《上元悼余（失调）》：

揭去黑纱，方披白雪，桑乾永定冰封，长城眺远翻玉龙，滚滚凄绝。七九送寒潮，恰是华灯上元节。

---

① "反右"后爸爸妈妈受到降级处分，分别由行政八级和文艺一级降为十三级。每人月工资160多元，两人总计300多。爸爸只准我寄整数。

英雄碑下，花环云遏。卷地春风料峭，绢红纸素舞飞天，纷纷撕裂。苍天旋红雨，直染一江烈士血。

1976年上元初雨夹雪

3月，再作《春来晚（自制词）》：

疑是春来晚，客啬春雨，两三点。雁也不来，看气冻空凝，一缕炊烟，几时送暖？

疑是春来晚，僵杨冻柳，霸王鞭。燕也不来，过旧时堂榭，换了新颜，不似人间。

4月5日清明，爸爸去天安门广场和群众祭扫英烈，以寄哀思。归来赋诗两首。

《清明有感》：

丙辰清明，携女及婿赴天安门前扫墓。归来赋此记之。

几个奴才反封建，

清明节，

禁祭奠，

手谕密旨串连串。

令出山倒，

天上地下，

凶鹰共猎犬。

及时雨竟降花环，

工农兵学商千万。

大好人间都是怨，

哀英雄碑，

哭周总理，

张弩还拔剑！

1976，4，5

《感时》：

天安对面磐石垒，

千古英灵泪暗垂。

金水桥边角鼓动，

丹墀头上雄鸡飞。

半世黑风摇明烛，

两代肝胆捍丰碑。

乞君斥罢群魔舞，

莫叫红灯著寒灰。

1976，4，5归来

7月26日凌晨，唐山地震波及京津一带。爸爸妈妈带越越和楠楠去武汉，此间作《七六年八月四日三度旅寓夏口》《过京避居江汉》等诗。

9月9日，主席逝世。全国上下在哀思、在惊惧，不知历史的车轮走向何方。爸爸相继创作《悼》《冬夜思乡——哈尔滨，并念靖宇同志》《夜宴》以及《老更人》……

在那些春寒料峭、阴雨绵绵的日子里，爸爸的思绪和时代脉搏一起波动。一次又一次的惊涛骇浪铸成爸爸的心疾。11月中旬开始，爸爸3次突发心脏病。发病时心口剧烈疼痛，呼吸困难，两臂麻木，脸色苍白，冷汗淋漓。幸亏海军大院医疗队抢救及时，才脱离危险。据爸爸说，开春后常感胸口疼痛并渐渐加重。但在此之前他从未向任何人谈起过，仍然操持家务，护理妈妈，照顾孩子。

附件：

王华臣同志及安置办负责同志并转省"五七干校"领导小组及辽宁省革命委员会毛远新、李伯秋同志：

十二月四日下午我持北京来电，请求返京探视白朗同志病，得蒙组织准假五天，甚为感谢。

我是乘五日七时四十一分41次直快，于当天夜十点半到达北京女儿家的。白朗同志的病正在发作。分娩不及半月的女儿一个人护理着她。这次病是我二日由京来沈办理迁移芳山一事的第三天复发的（这是今年来的第六次大犯），病情的严重程度甚于历次。三个人毫不能控制住她的活动，以致影响服药、注射和饮食。犯病的表面原因起于生活细节，其实则是由于十一月初以来，她发现组织上三个月（九、十、十一）未发工资（以前一直是瞒着她），且先后两次去电告急竟无回示，伤感交集于怀，并兼我远离她的身边而引起的。一九六九年十一月初在盘锦时，她的神经官能症复发的主要原因，是她因原十三连没有任何罪行根据把她送到专政队关了三个月，失掉人身自由。专政队违反毛主席的教导，用"逼供信"的手段对待她，并挨了专政队头头的打。而原十三连连长肖荣（这个人的历史出身和在"文化大革命"运动中的"左"右倾，以及他的生活、品质……我均有所怀疑。如果组织需要，我可提供书面材料）等又拒不肯给她做出全面的历史结论，企图一走了之……而引起的。今年一月间留沈等待安排时，病发原因是复杂的，其主要根源仍是她对住专政队一系列的遭遇耿耿于怀和组织上一再动员她退休一事使她难以理解，感到追随革命四十年结果却在社会主义祖国光芒万丈的毛泽东时代，被动退出革命队伍，感到晚年的生活黯淡无光……而引起的。此次发病，幸有北大医院孔大夫（近邻、女）给处方服药，并每天亲自给病人注射、针灸和护理。五至七日我日夜守着她，片刻不敢离开身边。后因强服最大量"冬眠灵"还不能使她停止狂语、打人、摔东西（手表、全口假牙都摔坏、摔断了）。病势越来越重，八日上午由孔大夫及其两个大孩子和我，用汽车把病人送到北京三院精神病科急诊。症状等是由孔大夫和我分别单独介绍的（医师让避开病人），限于环境并未介绍历次发病原因。经医师诊断后建议住院观察、治疗（见医师诊断书及处方笺）。我同意住院，但无本单位组织介绍信，医院不能破例收留。这样只好急电安置办火速寄来住院介绍信（及工资）。却不料朝朝暮暮苦盼十天音信全无，真是百思不得其解！

我不想、也不愿再唠叨这十余天的日子是怎样过的了。幸亏临近还有"一个高尚的人，一个纯粹的人，一个有道德的人……"白求恩的好学生——孔大夫。在白朗同志病情严重时刻，真正遵照伟大领袖毛主席的"一切革命队伍的人都要互相关心，互相爱护，互相帮助"的教导。她以一个全休病号之身，几乎夜以继日地守护在病人身边。按照京三院医师处方和医嘱，想方设法说服病人服药、注射、针灸和进食。同时还要给分娩未弥月的女儿治疗"肛旁疖肿病"，并照料初生婴儿。有时她的爱人（中央卫生部干部）和两个孩子当她的助手。尤其值得我学习的是她能用毛泽东思想开导病人，使病人从精神极端错乱中，略微恢复一些理智……此景此情感人至深！

目前，白朗同志的病，经不断治疗，精神略见稳定。打人、摔东西暂时虽已解除，但仍极不正常，稍不"顺情"，就有一触即发之势和潜在反复的可能。据此，我实在不放心、不忍心离开病人。虽然医生说得了严重的躁郁症（精神病的一种）不易彻底治愈，而且势必出现周期性发作，但我不能不牺牲一切，照料她到底，把她的病治好。只要有一线可能，只要尚有医疗的政治条件和经济条件，我绝不会、社会也不允许我置曾经革过命的同志，且同我有四十余年共患难、同生死的老夫妻于不顾的。何况如王化臣同志这次对我所讲的："白朗同志过去工作是有成绩的"，而她并不是某些极"左"者之流横加侮蔑的所谓"汉奸文人"呢！

根据白朗这次病症的恶性发展，使我感到组织上安排芳山的决定，以及我完全同意这一决定，而且已决意去沈迁芳山，是十二分不现实的，是只求暂时解决问题，而不顾实际困难后果的。将及一年来的痛苦体会证明，白朗同志病的好转与恶化，是不以客观意志为转移的。所谓依靠什么，往往也是靠不住的。病肯定时好时犯。迁芳山后我既无力为贫下中农服务，又怎样能觍颜在私人生活上"依靠"人家？身为"国家干部"，将何以解嘲？而只能给组织增加政治负担而已。因此，经数日反复思考，迁芳山镇对公对私都是害多益少。甚至对白朗同志的病，可能发生不可想象的恶果。瞻前顾后，还只有再次申请退休。我与白朗同志谁够退休条件，就批准谁。如果都不够退休条件，恳请准予退职。退职不是什么好事情，但出于无奈，也只好忍痛走这一条路了！

一封信断断续续写到这里，收到安置办十九日复电。令人失望和不解的是这封电报中，只字不提我九日去电请求速寄入院介绍信及工资事。安置办直接处理这件事的同志，不知你是怎么想的？又是怎么做的？一年来你关心过、问过白朗同志的病吗？她的病情安置办应该是一清二楚的。请求一纸入院介绍信，本是举手投足之劳，为什么竟这样困难？为什么竟置之不理？若不是事出急迫，何必打电报求助？精神病院不是精神正常的人随便住的，难道连这一点还要怀疑吗？既怀疑为什么不彻底调查调查呢？

如果安置办关心老弱病残的病痛和疾苦，那就不会前后三次（十至十二月）电请速发工资，而相应不理、置若罔闻。本月四日在沈时，我亲持白朗病犯，召我火速返京电报请假。也曾当面恳求王化臣同志发给我与白朗同志的三个月的工资，仍遭到拒绝（应该感谢安置办暂借我六十元路费）。这一连串事实说明了什么？说明安置办不是根据具体情况、具体人处理问题，而是抛开了用毛泽东思想教育人，单用经济手段来压服人。安置办连续扣发我们四个月（九至十二月份）的工资，理由何在？为什么偏在我们生活危难之际，一而再，再而三地向你们呼吁求助，你们竟能如此冷静，不闻不问，无动于衷呢？直到本月四日王化臣同志才向我说明拒发工资的理由是执行毛主席"八二八"命令。说什么未经安置的老弱病残，两个月不参加干校（安置办）学习班学习就以旷职论，旷职就得停发工资。伟大领袖毛主席的命令，必须无条件执行，必须无条件服从。但是（一）在本月四日以前，安置办可有任何同志，可有任何电、信，向我们告诫过干校从何时开始执行毛主席"八二八"命令？请心平气和、认真负责地查一查吧。对干部"不教而杀"，他又焉能收到应有的教训？（二）今年一月白朗同志在沈发病，她来北京治疗是组织批准的。我陪同来京护理她，也是经组织同意的。我们既已来京，又怎能分身参加学习班？果能明查事理，怎能逻辑到旷职之列？（三）今年一月干校决定我们仍留金州镇旧居（从一九六二年冬我们就在金州镇）。当时，这一决定既符合安排老干部、老弱病残的方针，同时，又照顾了白朗同志的特殊病症（大连有亲属，可以帮点忙）。这样，我们就把三年"文化大革命"期间，临时寄居旧作协机关时从金州陆续带到沈阳的行李、衣服和生活用具，全部又运回金州镇旧居。不料四月下旬去沈安置办办理退休（一月动员我们退休，安置办并要去退休申请书和照片）时，竟意外碰到两个变化：（1）不能退休了，另按老干部、老弱病残安排；（2）即速从金州镇迁移复州城。于是我毫不犹豫地返京取了钥匙。安排了病人，回金州办理迁移，捆扎行李、家具起运复州城。车到瓦房店由安置办派来帮助迁移的人与县革委会取得联系时，人家竟不知有这么一回事。说事先安置办并未与县革委会联系过，因此拒绝我迁复州城。经一天交涉不得结果，只得于翌日原车返金。重上户口，行装、家具等原封暂寄金州镇旧居，待命新的安排。这时候安置办孙同志由沈来金，我问他新的安排是否很快就能定下来。他回答：不可能很快，说不定要等一两个月以后。同时，孙同志对我说：关于地点问题，自己可以提出意见，可代转达。因此，我对孙同志谈了几点意见（详见给张连德同志的信）。在我离金前并写了一封较长的信给张连德同志，请安置办重新安排时，考虑我的意见。既然新的安排需在一个月以后，金州镇旧炉灶已全部拆除，生活食宿极为困难。况且白朗同志的病无人照顾，我势必去京。路经沈阳时，我认为迁复州城未果一事，有必要向张连德同志当面汇报；今后安排问题，也有必要当面讲清楚。彼时，张连德同志只是简短回答：意见可以考虑，新点落实可能比一两个月更长些。并没有让我留沈参加学习班，这样做是合乎实际、近乎人情的。试问，如留我在沈参加学习班等待安置落实，那么两三月长的时间，让我住在何处呢（当时安置办连招待所全撤销了，我数次去沈办事，不得不自己找宿）？不同意我去京，让我到哪里去呢？长期丢下病人无人护理，一旦她发生不测，我向谁负责？谁向我负责呢？

这次经过王化臣同志的提示，我才理解六、七、八三个月的工资，为什么经过三番五次的请求、交涉，费了许多唇舌之后才如数发给。是不是安置办从那时候就已执行了毛主席的"八二八"命令了呢？如果这设想是肯定的，那就无怪乎九至十二月份共四个月、计两个人的工资死死扣住不发了。可是让我们负什么罪咎呢？

现在我不想再重复我们的困难处境了。只企待安置办派同志来京亲做调查、了解，然后再酌情考虑我上面提出的申请退休或退职的意见。至于工资如何处理问题，我们仍能耐心等待安置办的决裁，据此，我们也可以重新安排我们的生活命运。希望不再把如今苦难的处境带到一九七一年。此外请求两点：

（一）希望能把白朗同志入北京三院精神科的介绍信寄来或带来。

（二）关于工资问题的最后处理能给我们一份书面决定。

最后，望批评、指教。

敬祝伟大的领袖毛主席万寿无疆！

罗烽

一九七〇年十二月廿二日于北京

载于2009年第2期

萧军佚文《关于〈手〉》的发现及解读

晓　川

　　长歌当哭，应在痛定之后。一篇萧军研究萧红短篇小说《手》的"讲义提纲"在哈尔滨发现，可以做如是解读。本文刊于1947年5月1日《东北文艺》一卷六期[①]，萧军在文前题记说："这篇解释《手》的文字，本是为延安"一星期文艺学园"[②]作的讲义提纲，如今附载于此，一以纪念死者，一以为读者助。——萧军记。"全文约4000字，文末署"1942年5月3日写毕"[③]。

　　萧军萧红，最初两个文学青年，漂泊在人生的道路上。他们传奇般的相逢和结合，仿佛人生一幕戏的开端。1934年6月"二萧"牵手南行，踏上了文学的"跋涉"之路。他们共同生活了6年，留下了不朽的著作成果，成为令人羡慕、传为美谈的夫妻作家。后来，由于他们在个性上的差异和文艺观点上的分歧，二人不幸传奇般地分手了。

---

　　① 《东北文艺》是1946年12月1日创刊的。本刊编者为《东北文艺》编委会，出版者为"东北文协"出版部，是东北解放区有较大影响的文艺期刊。萧军、舒群、罗烽、金人、白朗等为编委。

　　② "一星期文艺学园"：当年延安一部分作家和文学爱好者自发组织的文艺学习小组，附属于中华全国文艺界抗敌协会（简称"文抗"）延安分会，萧军常去那里发表演讲。

　　③ 萧军萧红分手后，萧红辗转武汉—重庆，最后病逝于香港，萧军去了延安。萧军写《手》的"讲义提纲"是在1942年5月3日。

1938年临汾，萧红在微笑中的一句："三郎——我们永远分开吧！"正在洗着脸上尘土的萧军，也平静地回答说："好！"就这样夫妻分手成为诀别，永无再见。这篇见证"二萧"夫妻生活、友谊和情感的佚文《关于〈手〉》的发现，具有重要的史料价值。

一、本文写作的时代和背景

1942年萧军在延安接受毛泽东主席最高规格的礼遇。毛泽东称他是一个"极具坦白豪爽的人"，不仅书信来往密切，还常被毛泽东请去"惠临一叙"。

特别一提的是萧军写"讲义提纲"的前一天，5月2日，延安文艺座谈会的序幕，在杨家岭礼堂召开。毛泽东致开幕词后，请萧军第一个发言，萧军有点犹豫，在旁的丁玲悄悄鼓励他说："你是学炮兵的，就第一个开炮吧！"萧军第一个站起来发言，题目是《对当前文艺诸问题的我见》。他谈了六个问题：一立场，二态度，三给谁看？四写什么？……萧军口若悬河，肆无忌惮，在分外激情冲动中，贸然提出作家的"自由"和"独立"问题，把在场的听众搞蒙了。他的观点，当即受到与会党员作家胡乔木等人的反驳。后来，萧军退出会场，不参加会议了，向毛泽东请假"去旅行"①。

1942年5月3日，就在萧军撰写关于《手》这篇"讲义提纲"同一天，据《解放日报》记者报道，"延安文艺界追悼女作家萧红"的会议召开，一些当年从哈尔滨南下与萧军萧红同时的战友，如罗烽、舒群、白朗等齐聚一堂参加了追悼会。会上何其芳致悼词，老作家周文发言说："人在生时，常多隔阂，及至死后大家才说好，这种生前与死后的不同看待，应该首先从文艺界加以清除。"据记者报道："萧军在会上报告了萧红的生平及著作，语多亲切而沉痛，这可能是激发

---

① 张毓茂. 跋涉者——萧军［M］. 沈阳：辽宁人民出版社，2000：272—273。

萧军写作这篇'讲义提纲'的缘故。"

萧红在香港病逝的时间是1942年2月22日上午10时,与萧军写"讲义提纲"的"5月3日"相距101日。百忙中萧军能静下心来写讲稿,一是亡妻尸骨未寒,他十分怀念。二是民间有对逝去亲人"烧百天"的风俗,萧军的讲义提纲,赶在这一天来写,恐怕不是完全的巧合。

萧红小说《手》写于1936年上海,当时被认为是萧红的成名作,还被译成英文,刊登在英文月刊《天下》同年5月号,此后,研究评论《手》的文章络绎不绝,但却找不到萧军对这篇小说的只言片语,这其中原因是什么?

二、对自我的一次反思

萧军与萧红在文艺观点上一直存在着严重分歧。萧军主张斗争的文学,力的文学,他对萧红写的一些纪实性的小说、散文并不看重。据一段资料说:萧红失踪了。萧军找到一家私人画院,同事们见大作家来了,请他一起喝酒闲谈,要求萧军讲点有关萧红的事,萧军闭口不谈只顾喝酒,有人说:"萧红最近有本《商市街》不是卖得很好吗?"萧军突然大声反问:"《商市街》有什么好?不就是写些生活琐事吗?"这时萧红突然开门走出来,萧军一见忙说"我喝醉了",拉着萧红的手急匆匆地离去。萧红一生在寂寞的孤独中从事她的创作,鲁迅说她是"当今中国最有前途的女作家"[1]。萧红的创作才能也多次受到胡风、聂绀弩的夸奖,说她将来最有前途,要胜过萧军。一次,萧军当着大家的面说,能写长篇小说才算大作家,写诗、写散文——他伸出小拇指朝下,暗示写些小打小闹的玩意儿,没意思。气得萧红跟他大吵一场。文学观点的分歧,是造成二萧分手的重要原因之一。可

---

① 斯诺,安危. 鲁迅同斯诺谈话整理稿 [J]. 新文学史料,1987(3)。

萧红则不然，他鼓励萧军在文学事业上发展。在临汾，萧军坚持要去打游击和萧红吵架，萧红说："我也不仅是为了'爱人'的关系，才这样劝阻你，以致引起你的憎恶与卑视……这是想到了我们的文学事业。"①萧军坚持不听劝阻。直到萧红下决心与他分手的前夕，还说："我爱萧军，今天还爱，他是个优秀的小说家，在思想上是同志，又是一同在患难中挣扎过来的，可是做他的妻子却太痛苦了！我不知你们男子为什么那么大的脾气，为什么要拿自己的妻子做出气包，为什么要对妻子不忠实，忍受屈辱，已经太久了……"②萧军对萧红的这一席"临别留言"，铭记在心，直到他七十高龄的晚年，才改口说："萧红作为一个六年文学上的伙伴和战友，我怀念她。""作为一个有才能、有成就、有影响……的作家，不幸短命而死，我惋惜她。"③萧军在延安写作这篇文章，正是他春风得意之时，他以怀念的心情，写出的这篇"讲义"，肯定《手》是萧红的一篇成名之作，并选为范文给学员讲课，从中可以看出他对自己当年，对萧红创作的不够珍惜和尊重的态度，做出了一些反省。

小说《手》以作者第一人称作为叙述人，讲述一位染缸匠的女儿王亚平的故事。由于王家庭贫穷，她想读书，就自己帮父亲染布挣钱缴学费，于是她的手，"蓝的，黑的，又好像紫的，从指甲一直染到手腕上"，与众不同，结果被学校老师和同学视为"怪物"，她的愚昧被嘲弄，习惯被"耻笑"，住宿同学拒绝和她并床，"舍监"坚持说"这样的人"身上一定有"虫类"，她只能到"过道的长椅上"或者转到"地下的储藏室里"去睡觉……校长怕她的手"毁了"学校的名誉，不让她参加早操，期末也不让她参加考试。王亚平被剥夺了受教育的权利，回家了。

萧军用阶级分析的方法，肯定这篇小说主题的积极意义："一个

① 萧军. 从临汾到延安 [M]. 太原：山西人民出版社，1983：23。
② 周健强. 聂绀弩自叙 [G]. 北京：团结出版社，1998：311—312。
③ 萧耘，建中. 萧军与萧红 [M]. 北京：团结出版社，2003：158。

染缸匠的女儿入学校，想要以超自己的力量，拔出自己的阶级，结果——失败了。"萧军说，王亚平手上的形状和颜色，那是"奴隶的标记"，因为在阶级的社会里，教育是有阶级的。要使王亚平争取到"受教育的权利"，除了"根本改造那社会外"，没有"第二条幻想的路可走"。萧军还肯定作家萧红，在技巧方面采用第一人称叙述和"单刀直入"的手法用得好，同时也对小说结尾"暧昧，近乎匆忙……缺欠一种更深沉的反拨的力""给人剩下的哀怜、叹息的成分，比较战斗。却似乎更多些"——提出了批评。并且认为"这是作者一贯的风格"。这"一贯的风格"——内容指的是什么呢？萧军当时没有说：在他70多岁的晚年，和女儿萧耘的一席谈话中才说了出来。"如果说我的作品是'力'的文学，她的作品就是'情'的文学。打个比方说——月亮能给人一种光亮、清澈的感觉，但是缺乏一种热力。萧红的作品最终的结果是给人一种消极的阴霾的感觉，对人生是失败主义……缺乏一种斗争的，积极的生存力量。""她是消极的浪漫主义、唯美主义、个人主义结合的混合体。"①女儿萧耘一旁听了，似乎不完全同意父亲那一套"主义"，对萧红的批评，说了一句，"萧红的读者群还是不俗的"，"是呀，因为她的作品本身很淡雅，是很抒情的'写意画'，不是那种火爆的，波澜壮阔的东西"，"还是抒情小品的味道"，"很有人情味，没有教条"。

萧军晚年的这些评论，是否真的把萧红读懂了，恐怕只有时间才是最伟大的评论家。

三、他把萧红带回了"家"

萧军这篇《关于〈手〉》的"讲义提纲"的发现，是哈尔滨学界同人为纪念萧红100周年诞辰，准备编选一部大型资料工具书《萧

---

① 萧耘，建中. 萧军与萧红 [M]. 北京：团结出版社，2003：159。

红研究七十年》时，我于2010年2月23日在哈尔滨图书馆翻阅旧报刊时，无意之间发现的，同时在《东北文艺》上还发现萧军的文章：

（一）《目前东北文艺运动我见》/萧军//《东北文艺》创刊号1946年12月1日出版

（二）《新"五四"运动在东北》/萧军//《东北文艺》1卷6期1947年5月1日出版

（三）《〈采薇〉篇一解》——鲁迅先生历史小说《故事新编》/萧军//《东北文艺》1卷3期1947年2月1日出版

以上4篇文章经与主编《萧军全集》，萧军的女儿萧耘通电话求证，均是萧军佚文，无疑。

1945年8月14日，传来日本投降的喜讯，延安一片欢腾。萧军收拾行囊，随鲁艺文艺大队，绕道经张家口，9月23日"挈妇将雏"回到第二故乡哈尔滨。游子还乡，哈尔滨各界群众举行萧军归来的欢迎会，盛况空前，紧接着是安排萧军用50天的时间给全市学生、知识界演讲，回答群众的问题，其中不少涉及他与萧红恋情与婚变的事，萧军对家乡人过分关心他的私生活，不以为然，他私下里说：我不欺负死人，不说"死无对证的话"，但在内心却暗地里做宣传介绍萧红的工作。比如，将《八月的乡村》与萧红的《生死场》由鲁迅文化出版社再版，开始写《鲁迅先生书简注释》（53封信），在他主编的《文化报》上连载，写纪念萧红的散文《零落》，称萧红是"一个给予她的民族、国家以及人类带来过一些光和热的作家"。用"年来故友飘萧尽，待赋招魂转未能"的诗句，表达他对萧红著作成果纪念和赞许[①]。此外还另写了《还乡感怀》五律一首，表达他衣锦还乡，独身一人归来的复杂心情：

---

① 郭玉斌. 萧红评传［M］. 北京：中国社会出版社，2009：275—276。

金风急故垒，游子赋还乡。

景物依稀在，亲朋半死亡！

白云红叶暮，秋水远山苍。

十二年如昨，杯酒热衷肠。[①]

　　12年前，萧军、萧红为躲避敌人追捕，逃离哈尔滨，重新归来时，景物依旧，物是人非，怎不令人黯然神伤？不日，萧军又在逛哈尔滨市旧书摊时，购得他和悄吟当年首次合著的第一本书《跋涉》，又不禁感慨系之，又于目录页空白处，题写"珠分钗折，人间地下，一帧宛在，伤何如之"。暗示该书的另一位女作家，已不在人间了，只剩下他一人，表达他对英年早逝的萧红——曾经的伴侣，一往情深的伤悲。

　　萧红一生颠沛流离，终其天年，也未能返回故乡，在她病弱的身上负载的乡愁乡怨太沉重了。她的创作几乎都是以故乡呼兰河为题材的，她的作品向读者表达：人生除了冰冷和憎恶而外，还有"温暖和爱"，并一生为之奋斗和追求！萧军把他从延安带回来的那篇"讲义"，交付《东北文艺》发表时，同期转载《手》这篇小说。他当时的心情怎样？现有金人[②]转载小说时加写的《附记》可以代表。

　　萧红——这位出生在哈尔滨的女作家已经逝世五年了。她于1942年4月2日（原文有误，应为2月22日——晓川校改）因贫病死于香港，那时我们许多老朋友，听到她死去的消息，实在难过透顶了。她的写作天才是超等的，如果假以相当年月，必然有很大的成就，这是大家公认的，可惜死时

---

　　① 萧军. 萧军近作［M］. 成都：四川人民出版社，1981：223。

　　② 金人（1910—1971），原名张少岩，后改名张君悌，笔名金人。文学翻译家，译有《静静的顿河》《磨刀石农庄》等多种苏联小说，1933年任哈尔滨《国际协报》副刊编辑，1946年任东北文协主席、《东北文艺》编委。

只有32岁……现在许多朋友都回到哈尔滨来了，只有她没有回来，而且永远不会回来了。为了纪念她，特选了她的成名作《手》转载在这里，同时还转载一篇萧军同志《关于〈手〉》，更能帮助我们对这篇文章有较深刻的理解。——金人附记

萧红生前的东北，还在日本关东军的蹂躏之下，有家归不得，国无宁日，居无定所。萧红曾多次表达过她的命运悲苦和返乡的急切心情。她在"自集诗稿"中写道："野犬的心情我不知道／飞向异乡去的燕子的心情我不知道／但自己的心情／自己却知道。"（《沙粒》第三十）

萧红自己的心情是怎样的呢？

> 从异乡又奔向异乡，
> 这愿望该多么渺茫！
> 而况送着我的是海上的波浪，
> 迎接着我的是异乡的风霜。
>
> （《沙粒》第三十五）

萧红返乡之路是多么遥远多么难哪！

萧军回到哈尔滨，曾写诗幻想为她"招魂"，"年来故友飘萧尽，待赋招魂转未能"。

而今，萧军把他写的研究萧红小说的文章《关于〈手〉》，从延安带回来，在故乡的《东北文艺》上发表，一以告慰萧红的在天之灵，一以回报呼兰河乡邻的思念。如果萧红地下有知，她会欣喜地道一声："三郎，你把我带回家了！"

关于《手》

萧 军

这篇解释《手》的文字，本是为延安"一星期文艺学园"作的讲义提纲，如今附载于此，一以纪念死者，一以为读者助。

——萧军记

一、题目

人与人的划分，这个小小悲剧的形成，大部分全是为了这《手》的缘故，那手的形状和颜色，就可名之为《奴隶的标记》。

二、故事

一个染缸匠的女儿入学校，想要以超自己的力量，拔出自己的阶级，结果——失败了。

三、人物

王亚明（书中的主角）、父亲（老染缸匠）、作者（第一人称）、校长、舍监、众同学、校役。

四、大致场景区分

1. "在我们的同学中，从来没有见过这样的手：蓝的，黑的，又好像紫的；从指甲一直变色到手腕以上。"

作者在开头就简单地表明了这是一只什么样的手，为什么值得奇怪，这又是一座什么样的学校——从来没有类似这样的手，在同学们中间出现过。作者在技巧上是采取了"单刀直入"的手法。

2. "夜里她躲在厕所里读书，天将明的时候，她就坐在楼梯口。只要有一点光亮的地方，我常遇到过她。"

在前一个场景里，这个有着不同的颜色的手的"怪物"，她的愚昧被嘲弄，习惯被耻笑……但她是严肃的，以那青色的抓馒头的手，开始抓住了"知识"。

3. 父亲来了，他夸耀自己的小肥猪，自己的匆忙，对于女儿的喜悦："三妹妹到二姨家去串门啦，去了两三天啦！肥猪每天又多加两把豆子，胖的那样你没有看见，耳朵都挣起来了……姐姐又来家腌了两罐子咸葱……"

每个人全有他可夸耀的东西：富贵人夸耀他们的金钱和权势；资产阶级小姐们夸耀她们的娇贵和挥霍；贫穷人家的女儿就夸耀自己节俭的聪明和劳动的力气……虽然这些夸耀在不同的对方看来常常是成为可笑、可讽刺，甚至是可耻的……但，要夸耀的心，每个人却全是同一地存在着。

4. 这可耻的手不独引起了同学们的惊讶，竟也引起了校长的担心，她怕上早操时被墙外的"外国人"看见，丢了学校的脸："你的手，就洗不净了吗？多加点肥皂！好好洗洗，用热水烫一烫。早操的时候，在操场上竖起来的几百条手臂是明白的！就是你，特别呀！真特别。"虽然她——王亚明——说可以戴上父亲给留下的手套，可是校长为了"整齐"，终于还是免了她的"早操"。

5. 要丢脸终于还得丢脸。学校里来了参观人，为了她的"手"，褪色的衣服——她第一次被校长骂哭了。关于这哭，作者是这样写着的："王亚明哭了这一次，好像风声都停止了，她还没有停止。"这以前，那"留级"的暗影也已经轻轻地擒住了她。

"王亚明却渐渐变成了干缩，眼睛的边缘发着绿色，耳朵也似乎薄了一些，至于她的肩头一点也不再显出蛮野和强壮。当她偶然出现在树荫下，那开始陷下的胸部使我立刻从她想到了生肺病的人。"

6. 暑假从家里回来，她的手又黑了。同学们就拒绝和她并床，舍监也一再坚持着"这样人"的身上一定有"虫类"。这身上有虫类的人终于就到过道的长椅上，或者地下的"储藏室"里去睡了。

"惯了，椅子也一样睡，就是地板也一样，睡觉的地方，就是睡觉，管什么好歹，念书是要紧的……我的英文，不知在考试的时候，马先生能给我多少分数？不够六十分，年底要留级的吗？"

她需要的是"念书"；她恐怕的是"留级"……不是睡觉的地方，也不是侮辱与损害。

7. 她因为误用了别人煮鸡蛋的小锅染了袜子，这就引起了一场不小的风波，这里作者写上了一位小姐的威严："'染臭袜子的锅还能煮鸡子吃！还要她？'铁锅就当着众人在地板上哐啷、哐啷地跳着。人咆哮着，戴眼镜的同学把黑色的鸡子好像抛着石头似的用力抛在地上。"

在这里，所说的"人类的"爱、原恕、同情……是存在的吗？

8. 为了统治阶级的毒害，"下贱人"对于"下贱人"，有时却显得更残酷！有时对于本阶级弟兄们的残害，却反是一种荣耀了。这就是由奴隶降到奴才地位的"奴才相"。这种"相"和根性一天不除尽，人类就总要有悲剧发生。

作者描写哈尔滨的冬天的早晨："冬天，落雪的夜里，从学校出发到宿舍去……我们向前冲着，捕着，若遇到大风，我们就在风雪中打着转，倒退着走……"

"我踏上了学校门前的石阶，心脏仍在发热，我在按铃的手，似乎已经失去了力量。突然石阶又有一个人走上来：

"谁？谁？"

"我！是我。"

"你就走在我的后面吗?"因为一路上我并没听到有另外的脚步声,这使我更害怕起来。

"不,我没走在你的后面,我来了好半天了。校役他是不给开门的,我招呼了不知道多大工夫了。"

"你没按过铃吗?"

"按铃没有用,校役开了灯,来到门口,隔着玻璃向外看看……可是到底他不给开。"

"里边的灯亮起来,一边骂着似的哐啷哐啷地把门给打开了。"

"半夜三更叫门……该考背榜不是一样考背榜吗?"

"干什么?你说什么?"我这话还没有说出来,校役就改变了态度:

"萧先生,您叫门叫了好半天了吧?"

"我和王亚明一直走进了地下室,她咳嗽着,她的脸苍黄得几乎是打着皱纹似的颤嗦了一些时候。被风吹得而挂下来的眼泪还停留在脸上,她就打开了课本。"

9. 必须有了真正的类似"这样"的生活,而后读起"这样"的书来,那才容易真正地懂得这书的意义。作者曾给王亚明"屠场"读过了,听听这位读者是怎样地接受这书的。

"'马利亚真像有这个人一样,她倒在雪地上,我想她没有死吧……那医生知道她是没有钱的人,就不给她看病……'很高的声音她笑了,借着笑的抖动眼泪才滚落下来:'我也去请过医生,我母亲生病的时候,你看那医生他来吗?他站在院心问我:"你家是干什么的?你家开'染缸房'(染衣店)吗?"不知为什么,一告诉他是开"染缸房"的,他就拉开门进屋去了……我等他,他没有出来,我又去敲门,他在门里面说:"不能去看这病,你回去吧!"我回来了……'她又擦了擦眼睛才说下去:'从这时候我就照顾着两个弟弟和两个妹妹。爸爸染黑的和蓝的，姐姐染红的……姐姐定亲的那年，上冬的时候，她的婆婆从乡下来住我们家里，一看到姐姐她就说："唉呀！那杀人的手！"从这起，爸爸就说不许某个人专染红的，某个人专染蓝的，我的手是黑的，细看才带点紫色，那两个妹妹也都和我一样。'"

作者在本文一开始对于王亚明的手是如此写的："蓝的，黑的，又好像紫的……"从这里我们就知道了它的根源。

"你的妹妹没有读书？"

"没有，我将来教她们，可是我也不知道我读得好不好，读不好连妹妹都对不起……染一匹布多不过三毛钱……一个月能有几匹布来染呢？衣裳每件一毛钱，又不论大小，送来染的又都是大衣裳居多……去掉柴火钱，去掉颜料钱……那不是吗？我的学费……把他们在家吃咸盐的钱都给我拿来啦……我哪能不用心念书，我哪能？"她又去摸触那本书。

上面一句话旁边的黑点是我所加。作者在这里也否定了自己的"同情"：

"我仍然看着地板上的花纹，我想她的眼泪比我的同情高贵得多。"

10. 这是最后一个场景了，校长终于给了她父亲一个"通知"，大概是说他的女儿不必在"这样的"学校里浪费力气了。在父亲还没来接她之前，她：

"我的父亲还没有来，多学一点钟是一点钟……"

这最后的每一点钟都使她流着汗……

五、情节

由入校—在班上被嘲笑—努力—忍耐着憎恶—开始消瘦—家庭出身—担心落榜—终于回家。这是一条黑色和红色拧成的绳，贯穿着这一串血色的希望的珠宝！—终于那红色的一股，被斩断了！

六、主题

在有阶级的社会里，教育当然也是有阶级的。所谓"有教无类"，那也还需要某种程度一定的身份和经济条件。贫穷和劳动的人们，除了受教育的权利根本上被剥夺了以外，即使你尽了超人的努力，偶尔爬到一步较高的阶级，但是还不等到你替换一口呼吸，那"力量"就来了——打下去！这篇《手》就是一例。在主题最终点上，除了根本改造那社会，在被侮辱与损害的人们还会有什么第二条幻想的路可走呢？但作者却巧妙地深沉地把这"路"和力量，埋伏在了人所看不见却能使有心的读者感觉得到的地方——这就是艺术吧。

七、手法

作者表面上一直是以一种平淡的，似乎不甚开心的态度，只是冷静地，近乎残忍地从侧面描出这一列可憎恶的图书，谱成这人生一支悲凉的小小的插曲，塑出这样一个人型。……埋起了表面上的爱情，坚定着自己的立场，轻视那种"宣叙式"的眼泪和同情。

八、结构

后面叫暧昧，近乎匆忙，松懈，平淡……缺欠一种更深沉的反驳的力，除了使人茫茫地意识到那主题所显示的远景——改造这社会——而外，给人剩下的哀怜和叹息的成分比较"战封"，却似乎更多些——这是作者一贯的风格。

九、附记

这完全是根据自己的理解，也许有不充分和主观成分过多的地方，愿有意于此文的读者，自己去发掘吧。

一九四二年五月三日写毕

载于2011年第2期

新近发现的"萧红日记"

——写在萧红诞辰百年之际

袁　权

最近一个时期，因为查寻与萧红有关的资料，赶写参加在哈尔滨举办的萧红百年诞辰研讨会的论文，埋首在图书馆的故纸堆里翻阅民国时期的有关报刊，偶然发现了几篇以前不曾见过的萧红佚文。

此次发现的萧红佚文共3篇，均刊载于1937年汉口的《大公报》副刊"战线"。

它们分别是：

一、《八月之日记一（上）》

1937年8月1日作，载1937年10月28日汉口《大公报》副刊"战线"第三十六号，署名萧红。

二、《八月之日记一（下）》

1937年8月1日作，载1937年10月29日汉口《大公报》副刊"战线"第三十七号，署名萧红。

三、《八月之日记二》

1937年8月2日作，载1937年11月3日汉口《大公报》副刊"战线"第四十一号，署名萧红。

由于这3篇佚文都以"日记"题名，我们姑且就把它们叫作"萧红日记"。这几篇"日记"的发现给我们带来了惊喜，它们在很大程度上具备填补空白的意义——首先，对于萧红作品的体裁而言，所有作品中都没有"日记"这种形式；其次，迄今为止出版的萧红作品集，所有结集的出版物，包括黑龙江大学出版社2011年出版的最新的《萧红全集》中，均未收入过这3篇"日记"。

3篇佚文篇幅都不长，也很符合"日记"体的特征，全文如下——

第一篇：《八月之日记一（上）》

为了疲乏的缘故，我点了一只纸烟。

绿色的星子，蓝色的天空，红色的屋顶，黑色的蝙蝠，灰色的小蛾。我的窗子就开在它们的中间，而我的床就靠在这窗子的旁边，我举着纸烟的手指的影子就印在窗子的下面。

我看一看表，我还是睡得这么样的早，才九点钟刚过了。

有点烦恼，但又说不出这烦恼，又像喝过酒之后的心情，但我又并没喝酒。

也许这又是想家了吧！不，不能说是想家，应该说所思念的是乡土。

人们所思念着的那么广大的天地，而引起这思念来的，往往是几片树林，两三座家屋，或是一个人物……也或者只凭着一点钟的记忆，记忆着那已经过去的，曾经活动过的事物的痕迹。

这几天来，好像更有了闲情逸致，每每平日所不大念及的，而现在也要念及，所以和军一谈便到深夜。

而每谈过之后，就总有些空窦之感，就好像喝过酒之后，那种空窦。

虽然有时仍旧听着炮声，且或看到了战地的火光，但我们的闲谈，仍旧是闲谈。

"渥特克（很辣的酒）还有吧！喝一点！"他说，他在椅子上摇着。

为着闲情逸致，在走廊上我抄着一些几年来写下来的一些诗一类的短句。而且抄着，而且读着，觉得很可笑，不相信这就是自己写下来的了。

抄完了，我在旧册子上随便地翻着，这旧册是军所集成，除去他替我剪贴着我的一小部分之外，其余都是他的，间或有他的友人的。于是我就读着他的朋友用紫色墨水写成的诗句，因为是古诗，那文句，就有些不解之处，于是请教于军，他就和我一起读起来了。

第二篇：《八月之日记一（下）》

他读旧诗，本来有个奇怪的韵调，起初，这是我所不喜欢的，可是这两年来，我就学着他，并且我自己听来已经和他一腔一调。我常常是这样，比方我最反对他正在唱着歌的时候，我真想把耳朵塞了起来，有时因为禁止而禁止不住他，竟要真的生气，但是又一想，自己从什么地方得来的这种权力呢？于是只好随他唱，这歌一经唱得久了！我也就和他一齐唱了，并且不知不觉之间自己也常常一方面烧着饭，一方面哼着。

这用紫色墨水写成的诗句，我就用着和他同一的怪调读在走廊上。

我们的身边飞来了小蛾的时候，他向我说，他要喝一点酒。

本来就在本身之内起着喝过了酒的感觉，我想一定不应该喝了：

148

"喝酒要人多喝，喝完了说说笑笑也就不醉，一个人喝不好，越喝越无聊。"

"我正相反，独饮独酌……"

而后我说"渥特克"酒没有了。（其实是有的，就在我脚边的小箱子里）

"朋友们，坐监牢的……留在满洲的，为了'剿匪'而死了的……作这诗的人，听说就在南京'反省院'里。"

"你为什么走的这一条路呢？照理说，不可能。"因为他是军官学生。"我想：就是因为你有这样的几个朋友……很难，一个人的成长，就差在一点点上……"我常常把人生看得很可怕。

"嗯！是的……"他的眼睛顺着走廊一直平视过去，我知道，他的情感一定伸得很远了。

这思念朋友的心情，我也常有。

一做了女人，便没有朋友。但我还有三五个，在满洲的在满洲，嫁了丈夫的，娶了妻子的，为了生活而忙着的，比方前两天就有一个朋友经过上海而到北方战地去。

他说："朋友们别开，生死莫测。"

我说："尽说这些还行吗？哪里有的事情？"

他站在行人道上高高地举着手臂。

我想，朋友们别开，我也不知道怎么样！

一些飞来的小蛾，它们每个都披着银粉，我一个个地细细地考查着那翅子上的纹痕。

这类似诗的东西，我就这样把它抄完了。

睡在了床上，看一看表，才九点钟刚过，于是一边看着这举着纸烟的落在墙上自己的手指，一边想着这战争，和这诗集出版的问题。

八月一日

这两篇加在一起不足1400字，两篇其实是一个整体，都是8月1日的日记；第一篇（上）篇末没注什么，第二篇（下）篇末注明"八月一日"。应该是因为版面问题分两次刊出，当时《大公报》副刊"战线"的版面是非常有限的一块。

从内容来看，这篇写于1937年8月1日的"日记"所记述的，主要是卢沟桥事变之后，北平和天津相继沦陷，日军又在长江沿线大批撤侨并集结兵力准备向上海发动进攻，其更险恶的用意直指国民政府所在地南京——处于这种形势下，萧红和萧军在上海的精神状态，还有那几天的生活状态。因为七七事变带来的新局面，使他们似乎看到了打回老家去的一线希望，于是思念家乡的情绪油然而生。

> 有点烦恼，但又说不出这烦恼，又像喝过酒之后的心情，但我又并没喝酒。
>
> 也许这又是想家了吧！不，不能说是想家，应该说所思念的是乡土。
>
> 人们所思念着的那么广大的天地，而引起这思念来的，往往是几片树林，两三座家屋，或是一个人物……也或者只凭着一点钟的记忆，记忆着那已经过去的，曾经活动过的事物的痕迹。
>
> 这几天来，好像更有了闲情逸致，每每平日所不大念及的，而现在也要念及，所以和军一谈便到深夜。

这段话集中地概括了他们因思念家乡而交织产生的那种沉醉和茫然，以及希望与失望并存的那种困惑。"人们所思念着的那么广大的天地，而引起这思念来的，往往是几片树林，两三座家屋，或是一个人物……也或者只凭着一点钟的记忆，记忆着那已经过去的，曾经活动过的事物的痕迹"，则是最典型的萧红口吻，萧红风格。

还有就是我们看到了下面这样的句子：

> 为着闲情逸致，在走廊上我抄着一些几年来写下来的一些诗一类的短句。而且抄着，而且读着，觉得很可笑，不知道这就是自己写下来的了。

这些在走廊上抄着的、觉得很可笑的所谓的"几年来写下来的一些诗一类的短句"，是否就包括了不久之后最终留在许广平先生那里的手抄本《自集诗稿》呢？是否就是那些个经过诗人自己筛选之后的《可纪念的枫叶》《偶然想起》《静》《栽花》《公园》《春曲》（6首）、《苦杯》（11首）、《沙粒》（36首）、《拜墓》《一粒土泥》等诗呢？太有可能了。

再就是她和萧军所共有的对朋友的思念和担忧。

> "朋友们，坐监牢的……留在满洲的，为了'剿匪'而死了的……作这诗的人，听说就在南京'反省院'里。"
> 这思念朋友的心情，我也常有。
> 一做了女人，便没有朋友。但我还有三五个，在满洲的在满洲，嫁了丈夫的，娶了妻子的，为了生活而忙着的，比方前两天就有一个朋友经过上海而到北方战地去。
> 他说："朋友们别开，生死莫测。"
> 我说："尽说这些还行吗？哪里有的事情？"
> 他站在行人道上高高地举着手臂。
> 我想，朋友们别开，我也不知道是怎么样！

除了对朋友的思念和担忧，里面还透露出一个重要的信息，就是：

> 一做了女人，便没有朋友。但我还有三五个……

纵观作家的一生，我们不妨把它看作半年前从日本孤旅回国的萧红内心女性自主意识觉醒的外在表现。

第三篇：《八月之日记二》

军几次地招呼着我："看山哪！看山哪！"

正是将近黄昏的时候，楼廊前飞着蝙蝠。

宁静了，近几天来，差不多每个黄昏以后，都是这样宁静的，炮声，飞机声，就连左近的难民收容所，也没有声音了！那么吵叫着的只有我自己，和那右边草场上的虫子。

我不会唱，但我喜欢唱，我唱的一点也不合曲调，而且往往是跟着军混着唱，他唱："儿的父去投军无有音信。"我也就跟着："儿的父去投军无有音信。"他唱杨延辉思老母思得泪洒胸膛，我也就跟着溜了一趟，而且，我也无所不会溜的。溜得实在也惹人讨厌，而且，又是一唱就溜。他也常常给我上了一点小当，比方正唱到半路，他忽然停下了，于是那正在高叫着的我自己，使我感到非常受惊。常常这样做，也就惯了，只是当场两个人大笑一场，就算完事，下次还是照样的溜。

从打仗开始，这门前的走廊，就总是和前些日子有点两样，月亮照着走廊上那空着的椅子，而倒影就和栏杆的影子交合着被扫在廊下的风里。

"看山哪！看山哪！"他停止了唱的时候，又在招呼着我。

天西真像山一样升起来的黑云的大障壁，一直到深夜还没消去，在云的后边，不住地打着小闪。

他把身子好像小蛇似的探出廊外去，并且摇着肩膀：

"我这身子发潮，就要下雨的……"

我知道，他又以为这是在家乡了。

家乡是北方，常常这样，大风，大雨，眼看着云彩升起来了，也耳听着雨点就来了。

"雨是不能下……南方……"我刚一说到"南方"，我想我还是不提到什么"南方""北方"的好。

于是他在走廊上来回地走着，他说了好几次他身上起着潮湿的感觉。这感觉在家乡那边，就一定是下雨的感觉了。但这是在"南方"。

我就想要说"南方"这两个字，当他在走廊上来回地跑着的时候。他用手做成望远镜，望着那西北部和山峰似的突起的在黄昏里曾镶过金边的黑云。

他说他要去洗澡了，他说他身上发潮，并且他总说是要下雨。

起初我也好像有那种感觉，下雨了，下雨了。等我相信这黑云是在南方的天空上，而不是在北方的天空上，我就总想说服他。

后来，我一想，虽然是来到了南方，但那感觉却总是北方养成的，而况这样的云，又是住在南方终年而不得见的。

自从这上海的炮声开始响，常常要提起家乡，而又常常避免着家乡。

于是，又乱唱起来了。到夜深的时候，雨点还没一粒来碰到我的鼻尖，至于军的身子潮与不潮，我就不知道了。

八月二日

这8月2日的日记中，也是跟思乡有着脱不开的干系，主要的表现形式，是萧军在北方养成的习惯在南方的一些连锁反应：

他（萧军）把身子好像小蛇似的探出廊外去，并且摇着肩膀：

"我这身子发潮，就要下雨的……"

我知道，他又以为是在家乡了。

家乡是北方，常常这样，大风，大雨，眼看着云彩升起来了，也耳听着雨点就来了。

于是他在走廊上来回地走着，他说了好几次他身上起着潮湿的感觉。这感觉在家乡那边，就一定是下雨的感觉了。但这是在"南方"。

他说他要去洗澡了，他说他身上发潮，并且他总说是要下雨。

起初我也好像有那种感觉，下雨了，下雨了。等我相信这黑云是在南方的天空上，而不是在北方的天空上，我就总想说服他。

后来，我一想，虽然是来到了南方，但那感觉却总是北方养成的，而况这样的云，又是住在南方终年而不得见的。

自从这上海的炮声开始响，常常要提起家乡，而又常常避免着家乡。

而"军"在咏唱的间歇不时招呼着我"看山哪！看山哪！"，那所谓的"山"根本就不是什么山，而是在天西"像山一样升起来的黑云的大障壁，一直到深夜还没消去，在云的后边，不住地打着小闪"，"那西北部和山峰似的突起的在黄昏里曾镶过金边的黑云"，这也是他们思念故土的一种情怀，寄居在南方都市，哪里有什么山可看，不过是变化不定的黑云的状貌让他们又想到了北国的山峰。

"日记"的写作时间是8月初，两萧还在上海为时局担忧；"日记"发表的时间是两个月后的10月下旬，他们已经到达武汉。《大公报》副刊"战线"就是在汉口创刊的。1937年9月18日，《大公报》

在这个特殊的日子里推出了第一号"战线"，上面刊登了蒋锡金先生的诗歌；此后尽管版面很有限，但几乎每天都有"战线"副刊，只在周日是延续以往的"文艺"副刊。

当然，萧红在"战线"上发表的作品远远不止这3篇"日记"。

1938年8月26日，短篇小说《汾河的圆月》在《大公报》副刊"战线"第一百七十七号刊出。

散文《寄东北流亡者》，见于1938年9月18日《大公报》副刊"战线"第一百九十一号。

其中，写于1937年10月17日，刊载于1937年10月20日《大公报》副刊"战线"第二十九号的散文《逝者已矣》最值得关注。这是为鲁迅先生周年祭而写，且长期游离于广大读者视线之外的一篇文章，黑龙江大学出版社新版的《萧红全集》已将其收入。虽只有1000多字，却有着远远超过"日记"的含金量。全文如下：

逝者已矣

自从上海的战事发生以来，自己变成了焦躁和没有忍耐，而且这焦躁的脾气时时想要发作，明知道这不应该，但情感的界限，不知什么在鼓动着它，以至于使自己有些理解又不理解。

前天军到印刷局去，回来的时候，带回来一张《七月》的封面，用按钉就按在了墙上。"七月"的两个字，是鲁迅先生的字。（从鲁迅书简上移下来的）接着就想起了当年的海燕，"海燕"的两个字是鲁迅先生写的。第一期出版了的那天，正是鲁迅先生约几个人在一个有烤鸭的饭馆里吃晚饭的那天。（大概是年末的一餐饭的意思）海燕社的同人也都到了。最先到的是我和萧军，我们说：

"《海燕》的销路很好，四千已经销完。"

"是很不坏的！是……"鲁迅先生很高地举着他的纸烟。

鲁迅先生高兴的时候，看他的外表上，也好像没有什么。

等一会儿又有人来了，告诉他《海燕》再版一千，又卖完了。并且他说他在杂志公司眼看着就有人十本八本地买。

鲁迅先生听了之后：

"哼哼！"把下颌抬高了一点。

他主张先印两千，因为是自费，怕销不了，赔本。卖完再印。

那天我看出来他的喜悦似乎是超过我们这些年轻人。都说鲁迅先生沉着，在那天我看出来鲁迅先生被喜悦鼓舞着的时候也和我们一样，甚至于我认为比我们更甚。（和孩子似的真诚。）

有一次，我带着焦躁的样子，我说："自己的文章写得不好，看看外国作家高尔基或是什么人……觉得存在在自己文章上的完全是缺点了。并且写了一篇，再写一篇也不感到进步……"于是说着，我不但对于自己，就是对于别人的作品，我也一同起着恶感。

鲁迅先生说："忙！那不行。外国作家……他们接受的遗产多么多，他们的文学生长已经有了多少年代！我们中国，脱离了八股文，这才几年呢……慢慢作，不怕不好，要用心，性急不成。"

从这以后，对于创作方面，不再作如此想了。后来，又看一看鲁迅先生对于版画的介绍，对于刚学写作的人，看稿或是校稿。起初我想他为什么这样过于有耐性？而后来才知道，就是他所常说的："能做什么，就做什么。能做一点，就做一点，总比不做强。"

现在又有点犯了这焦躁的毛病，虽然不是在文章方面，却跑到别一方面去了。

看着墙上的那张《七月》的封面上站着的鲁迅先生的半身照相：若是鲁迅先生还活着！他对于这刊物是不是喜悦呢？若是他还活着，他在我们流亡的人们的心上该起着多少温暖！

本来昨夜想起来的纪念鲁迅先生的文章并不这样写法，因为又犯了焦躁的毛病，很早的就睡了。因为睡得太多，今天早晨起来，头有点发昏，而把已经想好的，要写出来纪念鲁迅先生的基本观点忘记了。

一九三七，十，十七日

这一篇纪念鲁迅先生的文章《逝者已矣》，和另外的两篇纪念鲁迅先生的文章《在东京》《万年青》都是为鲁迅先生逝世一周年而写，当年，3篇文章几乎同时发表在武汉的不同刊物上：《在东京》首发于胡风主编的刚在武汉复刊的《七月》半月刊第一集第一期，时间为1937年10月16日，后来收入《萧红散文》时，篇名改为《鲁迅先生记（二）》；《万年青》首发于孔罗荪、锡金和冯乃超在武汉主办的《战斗旬刊》第一卷第四期，时间为1937年10月18日，收入《萧红散文》时，篇名改为《鲁迅先生记（一）》；《逝者已矣》则首发于《大公报》副刊"战线"第二十九号，时间为1937年10月20日。

这3篇纪念鲁迅先生的文章的内容，和两年后所写的系列文章《鲁迅先生生活散记》《鲁迅先生生活忆略》《记我们的导师——鲁迅先生生活的片断》等文，以及后来成书的《回忆鲁迅先生》单行本里的内容几乎没有重复，这些文字是萧红对鲁迅先生忆念之情的重要组成部分，因而具有不可忽视的价值和意义。

另外值得一提的是，这3篇"日记"的刊登日期分别是1937年10月28、29日和1937年11月3日，在此期间的11月1日《大公报》第四版上，也登载了一篇与萧红有关的"本报特写"，题目是《最近来

汉的四位女作家缩写 萧红 白朗 子冈 彭慧》，900字左右，全文
如下：

最近来汉的四位女作家缩写
萧红 白朗 子冈 彭慧

[本报特写] 自从各地文化界人士逐渐集中武汉后，文
化运动一天比一天地蓬勃起来，新的刊物先后出了不下十几
种，听说在市政府正在登记中的尚有二三十种。同时，有些
作家不但预备在这里寻找些材料完成他们的长篇巨著，并且
在救亡运动上也想尽一点一己的责任。他们不但把思想和时
代配合起来，在态度上更像一团使人烘暖的火。这里，记者
先介绍从上海来的四位女作家。

萧　红

她是《八月里的乡村》（应为《八月的乡村》；下文"俏
吟"应为"悄吟"；原文误。本文作者注）著者萧军的太
太，一对富于革命思想的伙伴。她第一篇长作《生死场》和
《八月里的乡村》，同被一般爱好文艺的青年们爱读。《商市
街》和《桥》出版后，也都销售一空，以至再版。听说，最
近又出版了一部《牛车上》。三年以前，她和萧军在国内文
坛上是寂寂无名的，但在松花江畔却早露了头角。那时，哈
尔滨的国际协报国际公园中，就常有俏吟（萧红）和三郎
（萧军）的文章。大概他们那时候为了恋爱，受了很大的痛
苦，俏吟常常赤裸裸地写他们恋爱故事，在那时候，似乎还
曾听见号称道学的批评家们惊讶着说："俏吟这个姑娘真够
泼辣，怎么这么不害羞呢？"其实，她那时候所写的文字是

充分地流露着朴质的爱，蕴藏着革命的烈火，一行一字都是从实际生活中汲取来的。所以尽管是几行小诗，几百字的散文，都充满着爱，火，光明，美丽。

她当时读书的学校是曾培植全国闻名的体育五虎将的市一女中，校长是位女先生，绰号孔大板牙，封建，低能。萧红在学校的名字叫张迺莹，因为她的一举一动都和这位教女生做贤妻良母的校长的思想相去很远，她时常被责罚。后来，她索性离开了学校去创造她的新天地去了。从那时起，她就被人目为叛逆女性了。

到上海以后，她极受鲁迅先生的赏识。二三年来，她埋头写作，除了长篇以外，她和萧军同编过《海燕》，在各种文艺刊物上，也时常写些文章。这回到武汉来，并不是躲避炮火，而是想多走几个地方，得点新材料，以充实写作，并和胡风先生编《七月》。我预料着：这位呼兰河上，年纪才二十六岁的叛逆女性，假如中国能把这段艰苦的路程度过去，使她能安心写作，她一定能在民族解放后的中国文坛上，再开出一朵灿烂的花！

这篇不足1000字的介绍，使我们非常罕见地看到了当时媒体对萧红的相对详细的报道和相对具体的评价，也许不那么客观，也许不十分准确，但其中这样的文字还是让我们感到亲切："其实，她那时候所写的文字是充分地流露着朴质的爱，蕴藏着革命的烈火，一行一字都是从实际生活中汲取来的。所以尽管是几行小诗，几百字的散文，都充满着爱，火，光明，美丽。"

也许我们永远都无法考证出这位记者的姓名，但是文末的这段预期，在70多年以后的今天读来，依然使我们共鸣，也依然使我们动容：

我预料着：这位呼兰河上，年纪才二十六岁的叛逆女性，假如中国能把这段艰苦的路程度过去，使她能安心写作，她一定能在民族解放后的中国文坛上，再开出一朵灿烂的花！

　　那时的萧红还是一个创作势头被普遍看好的作者，大家对她有更多的期待也在情理之中；不料仅仅4年之后，她正当青春的生命就被疾病和战火的黑洞吞噬，留给人们的是无尽的惋惜和心悸。

　　这3篇佚文（也包括其他有关文字）的发现，不仅填补作品集的空白，也为解读萧红生平提供了新的视角和新的材料；至于它们的思想价值和艺术价值，更有待于广大的爱萧者研究和阐发。我只是拨开70多个年轮的尘封把它们打捞出来，呈献给大家。

2011年，会逢萧红之百年华诞

作者附识：

　　此时得见萧红佚文不啻一份前世的积缘，一读再读终于确认之时，百感交集泪眼蒙眬，仿佛听到命运前来敲门，细细想来，那一定是对我们深情呼唤的垂爱，她"盛装"来赶赴我们的纪念盛宴和心灵邀约，她的生命与文字都与我们同在。

　　此刻得见萧红佚文，心中的喜乐难以言表；是冥冥之中的不期而遇，更是献给她百年诞辰的一束绚丽的花。

　　心底无穷思爱，祈愿魂兮归来！

载于2011年第3期

萧军的戏研所岁月

——我同萧军交往的经过

葛献挺

谈"文革",不能不谈北京,因为北京是全国动乱的发源地。而谈北京,又不能不谈北京市文化局,因为在文化局发生过震动文坛的揪人惨祸,从而引发了火烧孔庙事件。谈北京市文化局,必须从剧目室——原北京戏曲研究所谈起,戏曲研究所虽小,但却藏龙卧虎,集中了不少戏曲界前辈,如民国初年的昆曲大王、前北方昆曲剧院院长韩世昌及唯一留在北京的京剧"四大名旦"之一荀慧生,还有被称作"花旦之王"的于连泉(小翠花),京剧花脸中与金少山、郝寿臣齐名的侯喜瑞,以及名武生孙毓堃;早年的京剧老生、后任梅兰芳管事的李春林和上海当年的名票顾森伯(这位顾老先生经阿甲和田汉之手,从上海某厂被挖到北京,一次拜师会,收了京、评、曲、桂、梆子名演员数十人为弟子)。戏曲研究所还安置了十几位在历次政治运动中失势落马的名人:如江青山东戏校的同学、前北京京剧团的书记魏静生,前北方昆曲剧院副院长、名生白云生,前延安平剧院的旦角演员方华(阿甲的夫人),前陕甘宁文协的作家李微含,20世纪30年代左联的柳倩,清初九王多尔衮之后、报人金寄水,民俗大家、有"北京通"之称的金受申。此外,戏曲研究所还有一位有名人物,他就是《八月的乡村》一书的作者萧军。

一

谈文化局和剧目室的"文革",必须先谈萧军,文化局1966年8月一系列突发事件,几乎都因此公引发。

萧军是20世纪30年代的作家,他的《八月的乡村》,曾经影响了一个时代的知识分子,许多青年学生是在看了《八月的乡村》后,才勇敢地奔向抗日救亡战场。

当年鲁迅鞍前马后,有两大弟子,一位是胡风,另一位就是萧军;传说鲁迅帐下,还有三剑客,胡、萧当然在内,再一位就是曾经参加长征的冯雪峰。后来这三人都先后被打翻在地,鲁迅被世人景仰,但鲁迅手下的弟子却又变成"人民的敌人",这种历史的"奇观",后人理解起来是很难的。

萧军是文化人、作家,我幼年从军,一直在文艺团体,是个小兵,同萧军本不搭界,但由于历史的原因,我从北京大学毕业之后,同萧军分在一个单位,时间长达十年之久。

1969年1月,我奉"军、工宣队"之命,担任"萧军专案组"组长,在此之前,1967年之初,以"红联站"为首的造反派,便经北京市革命委员会文化小组刘绵章及文教组副组长王利民批准,成立了"萧军专案组",由柳以真任组长,组员多达十五六人。1968年10月,文化局砸烂下放昌平后,接着进行清理阶级队伍,"萧军专案组"柳以真和其他一些组员被审查,然后下放农村,故由我接管该专案组,直到1972年为止。因此,对萧军的情况的了解,应该比一般人多一些,但时间已过去几十年,仅靠记忆,难免有误。

萧军同共产党的关系,大体上分为延安、东北、北京三个历史阶段。萧军在延安、东北被整,我未曾赶上,萧军在北京被批被斗,我是见证,亲历了全过程。以党的名义批判萧军,我是当时的当事人和执行者中的一员。

前几年，曾见一些刊物谈萧军在"文革"中的情况，恐怕多系耳闻。在十年动乱期间，萧军真正被批判，只有一次，被工作组长大会"点名"引起造反派"公愤"，同"革命群众"公开对抗一次，8月23日下午，被造反派揪出毒打几乎致死，从而引起文化局大揪人，火烧孔庙的惨剧一次，共3次。这3次批斗，我都在现场，其中唯一的一场批判萧军大会，是在1968年10月，文化局被砸烂，下放昌平北京劳动大学之后，我是大会主要发言人之一，其他3个发言人分别来自北京教育局、卫生局和劳动大学。

要谈萧军，当然得先谈我同萧军认识的经过，1949年5月，我随三野文艺代表团，到当时还叫北平的北京，参加第一次全国文代会，除少数代表驻北京饭店外，其余4个野战军代表团，都驻在东总布胡同10号一个大院里。

记得是开全团大会，团长赖少其同志，传达文代会筹备会情况时，讲到"萧军为什么不能参加文代会"的问题，我当时不知萧军是何人，便问身边的老同志顾宝璋（《东进序曲》作者）："萧军是谁？"顾宝璋小声说："萧军是《八月的乡村》这本书的作者，后来到了延安，因为反党，受过批判，以后到东北，还是反党，又受批判，所以不让他参加全国文代会。"

这是我第一次听到萧军的名字，可以说是未识其人，先闻其名。

1956年，我在张家口85速成中学就读，星期天到新华书店闲逛，见有萧军《八月的乡村》和《五月的矿山》出售，各买一册，回来连看两遍，同学们也抢着看，看后都说"不咋的"。比起我1949年看过的《吕梁英雄传》和《新儿女英雄传》来，无论文字或情节上，都让我有些失望，这是第二次接触萧军，是读其文。那时我是粗识文字的丘八，对历史及世态人生，所知甚少，对萧军的作品读着无味，似在情理之中。不懂虽不懂，但萧军其人对我来说，从此便有了一种莫名其妙的神秘感。所谓神秘，即1949年时因为反党，萧军不能参加全国第一次文代大会，那时的印象，太深了，尤其是对一个事事认真的少年。7年之后，他的书又出版了，想必他已经不反党了。

1958年后，我就读北京大学历史系，承老师翦伯赞、商鸿逵先生厚爱，当时有一些学生不准借阅的参考书，商先生转述翦老的话说："你参加过战争，有10余年军龄，有些内部参考书目和史料，你可以借阅，但无权转借他人。"这样，我便有机会翻阅大量新中国成立前的报纸杂志，有重庆的，也有延安和其他解放区的刊物。萧军办的《文化报》和宋之的办的《生活报》，就是这时看到的。萧军的一篇杂文《来而不往非礼也》，就登在东北《文化报》上，该文有"各色帝国主义"一语，被中共中央东北局认为是"反苏"，宋之的《生活报》，就是专门为批判萧军和《文化报》而创办。我当时年轻，求知欲强，喜欢思考，心想从1947年到1960年，不过是十几年，中苏关系已经破裂，中国公开指责苏共是修正主义。再回头看萧军当时的观点，颇有些感慨，俗话说，三十年河西，三十年河东，中苏关系还不到30年，就这样"河西河东"了。因此，萧军其人，在我的印象中又多了一层神秘感。这是第三次接触萧军，不过是通过史料。

二

1960年前后，全国政协出版一个刊物叫《文史资料选辑》，先师商鸿逵先生的同乡和民革同事邓哲熙先生在编委会任职，先父当年的上级吴锡祺先生，也任职于编委会，他们通过商先生，向北大历史系提出，想借几个高年级学生，帮助编委会跑资料，主要任务是对一些文章中涉及的时、地、人进行核实，以免因年老记忆有误而出差错。当时系里正布置写期中论文，许多学中国近现代史的同学，怕影响学习和年度考核，对此差事不感兴趣。

一天，我到中关村看望商先生，坐下后，商先生顺手递给一本刚出版的《文史资料选辑》第一辑，对我说："你喜欢民国史，我看你不妨到全国政协文史资料编委会去历练一下，那里集中了民国时代各个时期的代表人物，都是历史老人，像我的老乡邓先生，现在看，不过是个中层干部，但当年却是风云人物。中原大战前，他可以说是西北军的'外交部长'，代理过省主席，了解很多蒋、冯之间的内幕；宋哲元当政的冀察政委会时代，他执掌司法大权，同贵党（商先生知道我是中共党员）许多地下人物关系很深，贵党一批干部出狱，与邓先生大有关系。这本小册子你拿回去看看，如感兴趣，愿意到政协实习，我给系里讲一下，你见到许师谦（系总支书记、副主任）也可提出要求。至于论文考试，我想对你来说，难度不大。"

我接过《文史资料选辑》，一翻目录，第一篇就是何基沣、张克侠等写的《七七事变纪实》一文，正是我欲寻找的史料，当即对商先生说："我愿去全国政协实习。"第二天，商先生同许师谦说了此事，许师谦约我和杨来福、曹中英到系里谈话说："你们愿去政协实习，敢同那些'反动人物'打交道，翦老听了很高兴，认为你们的选择，像个历史系的学生。"

第三天，拿了学校开的介绍信，去见商先生，商先生又给写了封私人介绍信，给他的保定同乡邓哲熙先生，请邓先生予以关照。这样我和杨来福、曹中英三人，当天就去全国政协报到。因为杨来福同学以前是政协的通讯员，他人熟、地熟，很快就去见邓先生，由邓先生领着去见申伯纯同志，申伯纯又把王式九找来，邓先生介绍："这三位同学是北大翦先生的学生。"然后做了简短介绍，以三人籍贯，分别分在晋绥、东北、西北军3个组。因商先生有信，我被分在西北军组内，协助吴锡祺、王式九及邓先生跑材料。这样每周二、四、六上午，都到赵登禹路政协上班，遇到有课，曹中英就返校请假。

一次，吴锡祺先生领着曹中英及我，到宣武门抄手胡同对面一个门脸，拜访一位前东北挺进军的骑兵师长穆兴亚先生。进门一看，原来是一间中医正骨门诊部。正骨大夫就是穆兴亚。访穆，是因为穆先生有一篇有关东北讲武堂及东北军入关的史料，需要核实，不巧，穆的诊室正好有几位患者待诊，约好次日再来。出门后，吴锡祺先生说："这位老穆，原是马占山东北挺进军系统，后来随傅宜生在北平起义。他是骑兵出身，所以精通摔伤正骨一行，开个诊所，可以贴补家庭开支。"

第二天，曹中英约我二次去穆的诊所（因为曹中英是东北军组，但史料核实，需要二人），刚进穆大夫的诊所，见里边坐着一位五短身材，满面红光，头戴法国式绒帽的人——以笔者所见，戴这种帽子的人，当年的北京城共有三位，其一为外长陈老总，其二为剧作家田汉，这第三位，就是近在眼前、手拿一把宝剑、足穿一双过时的但又很能表现身份和性格的高筒靴子的汉子。他非正式地看了曹中英和我一眼，并点头示意，从他点头示意中，我感到此人有些面善，好像见过似的。

"请问这位同志贵姓？"我好奇，便向他和穆大夫请教，未容穆大夫开口，眼前的汉子说："不敢当，免贵姓刘，刘蔚天。"曹中英一听，说："听口音，你是东北人，咱们是老乡，我也是东北人。"自称刘蔚天的汉子说："是呀，老乡见老乡，两眼泪汪汪。"曹中英复问："请问你家在东北什么地方？"刘蔚天说："小地方义县。"这时穆大夫插话说："这位是刘同志，当年我们是东北讲武堂同学，现在北京文化部门工作。"

一边听穆大夫说，我一边观察回忆，猛然想起东北《文化报》上萧军的照片，并再次细心观察，这位刘蔚天、小地方、义县……最后断定，此公就是萧军无疑。于是便大胆冒叫一声："老同志，你不是刘蔚天，你是作家萧军！"

穆兴亚看我及刘蔚天二人神态，笑着说："年轻人，好眼力！还真叫你猜对了，你怎么知道他是萧军？"

我说："在图书馆看过他编的东北《文化报》，报上有他的照片。"刘蔚天仍然一本正经地说："年轻人，在下义县刘蔚天，是真名实姓，没有骗你，萧军是卖文为生用的笔名。"

这是我同萧军第一次见面的经过。

又过了一年，我从北大毕业，分配到北京市文化局人事处工作，1963年年末，北京文艺团体调整工资级别，人事处为了让我尽快熟悉文艺界情况，责成我参加这项工作。文化局成立"调整工资领导小组"，副局长张梦庚任组长，人事处处长张子余任副组长，我是这个小组的成员。

调资之前，先做调查研究，任务难度很大，因为升级面只有百分之四十五，准确地说，10个人中，只有4个半可以升级，不能升的是多数。有一天，我陪人事处处长张子余，去宣武门内北京戏曲研究所调研，到该所办公室，该所正在开全所会，见我们到来，办公室主任曾伯融，便向大家介绍人事处处长张子余，张子余摆摆手说："我一个老太婆，有什么好介绍的，今天，我要向大家介绍人事处的新人葛献挺同志，他是人事处第一位大学生。大家对工资调整，有什么疑难问题和意见，可向他提出，他能解答的，就当面解答，他无权解答的，把问题带回局里汇报梦庚同志。"说完，张子余即回局。曾伯融说："大家有什么问题，请发言。"想不到首先发言的竟然是萧军，他说："葛同志，我们是老相识了，我就不做自我介绍了。今天只问一个问题，我现在工资110元，请问在不在此次调级范围之内？"我说："照文件规定，十七级以上工资暂不调整，如果十七级又是中共党员，工资为99元，非党员，工资为100元，你现在工资110元，高出十七级，故此次你不在调整工资范围之内。"萧军听后，爽快地说："明白了。"然后又问："我既不在升级范围之内，有没有必要天天来单位开会讨论？"依我的常识，萧军这一问题，在那个时代，有点"各色"，迟疑了片刻，我说："参不参加讨论，请单位领导决定，文化局没有统一规定。"

萧军听后，又重复一句："明白了。"因为我常去北京戏曲研究所借阅资料，同萧军见面的机会多了，见面时，他称我为"老相识"，我尊他为"刘先生"，很多人莫名其妙，以为我们是老关系，该所办公室主任曾伯融好奇，专门向我打听同萧军是什么关系，我如实相告后，曾伯融用不经意的口吻说："萧军这个人，是个一面派，可以适当交往。"后来我才知道，曾伯融经常向萧军打听延安和王实味的真实情况，萧军就把他保存的当年文抗的刊物借给曾阅读，我通过萧军也和曾伯融建立了借阅内部刊物的交情，基本上都是通过曾伯融转交。

萧军准备帮荀慧生整理回忆录，是荀慧生家的常客。萧军子女多，爱人王德芬70多元钱，萧军100多元，照一般人家讲，不算太困难，但萧军稿费多时，居然辞了公职，又当了专业作家，后来，毛泽东又点了他一次名，于是萧军便又开始走背字。实在过不下去时，只好又求助彭真，要求准许他挂牌行医，开正骨科门诊部。市委宣传部让北京市卫生局进行调查摸底，并拿出具体意见，市卫生局阎镜清和严毅写报告给市委，认为"萧军是30年代作家，如果挂牌开正骨科行医，本人条件暂且不说，对外影响也不好，不如在文化部门给他安排个名义，不就是解决生活问题吗"。这时正好北京成立戏曲研究所，于是彭真同志便批示："萧军安排到戏曲研究所搞研究工作，不必坐班，工资一百一十元。"这就是萧军到戏研所的经过。

萧军喜欢吃白肉，那时猪肉定量，所长荀慧生是高薪，供给待遇高，荀的夫人张韦君，也是海交，所以萧军就成了荀门的常客。春节时，我随副局长张梦庚去给荀拜年，在那里见到萧军也在座，张同萧军在延安本相识，但现在地位悬殊，张梦庚点头示意。萧军也知趣，也以点头回应，我只好也以点头作答。后来，张韦君以京剧二团艺委会副主任的名义，请我去讨论剧本，我说我做的是人事工作，与剧本讨论无关，张说："你的情况薛恩厚同志早就说啦，你是搞剧目创作的，是他们团的人，被人事处给'霸'占啦。"这样，我只好汇报给张子余同志，张大姐很明确地说："搞创作是你的正工，在人事处搞工资调整，是临时客串，可以参加他们的业务活动，但不要同女演员打连连。"这样我就去参加了，到时萧军也在场。他称我"老相识"，我叫他"刘先生"，这样，同萧军就渐渐熟了起来。但他的名声不"佳"，我在政府部门工作，同萧军的交往，我很注意分寸和场合，萧军也有自知之明，就这样差不多有3年多。

1965年年初，毛泽东关于文艺的两个批示传达下来，文化局首先拿两个单位开刀，一个是北方昆曲剧院，罪名是演鬼戏《李慧娘》，再一个是北京戏曲研究所，罪名是出版了《京剧汇编》100多集，全是帝王将相，才子佳人。首先进行"四清"运动，到后期就宣布撤销上述两个单位。文化局耍了花招，戏研所，对内保留，把研究所人员合到文化局艺术处成立剧目室。这时，我已从人事处调到艺术处。剧目室成立后，高辑、金和增和我调剧目室负责。这样，戏研所的许多人都必须到文化局上班，不上班的每月也得来领工资。但萧军自从成立剧目室后，从未到文化局大院来过。

听说戏研所要撤销，曾伯融和方华，以萧军的名义，在砂锅居请我吃饭，我当时是北昆"四清"工作组成员，照规定，这顿饭我不能吃。但面对萧军这个历史人物，我又不能不去，为了保险，我将此事汇报给处长王松声，然后迟到，在电话中告诉曾：一定到，但要晚，请他们先吃。一见面，萧军就说："听说戏研所要摘牌子？如果是真的，老朽何处支领钱粮？"

我说："感谢3位盛情，来迟了，请原谅。我现在是官身子不自由，'四清'工作守则规定，不准到'四清'单位人员家吃饭，所以今天到场，只能心领，不能动筷子，3位不会因一饭之情，让我砸了饭碗子吧！最后，诸位所关心的事，撤销戏研所的报告，市委已经批复，人员分三部分，老的，养起来，能分配工作的，可外调分配工作，年轻的，留在艺术处剧目室，其他编余人员，等候通知另行安排。关于你曾主任，可能在撤销前，提升阁下当副所长，然后下放搞'四清'。"说完，我起身便离开砂锅居，直到1966年7月，工作组进驻文化局，才和萧军见面。

三

　　1966年5月16日，以彭真为首的北京市委垮台，6月20日，以李雪峰为首的新北京市委向文化局和文联派出工作组，全是解放军。工作组用"四清"办法，扎根串联，经过了解，认为我"根红苗正"，在成立"官办民选"的"文化革命筹备委员会"中，把我拉进了该会，并被推选为副主任，由于我当时的观点见解和工作组"稳定局势，恢复秩序"的方针多有相似之处，因此颇被工作组看重，一时成了"文革筹委会"的"实权人物"。"文革筹委会"成立后，首要任务是大批判，批判赵鼎新、张梦庚推行的"反革命修正主义路线"。7月26日批判赵鼎新，由主任张彬主持，7月29日批判二号"走资派"张梦庚，"筹委会"决定由我主持，批判会地址在本局小礼堂，因为"十六条"公开说"要文斗"，所以，作为批判会的主持人，我当然必须十分注意政策，为防止突发的武斗，事先做了种种防范，这也符合工作组要求。但为此得罪了文化局内一些唯恐天下不乱的人，他们在局内找不到知音同道，就到文化局前院国庆文艺大队去找"孙悟空"。文艺大队是为迎接国庆而建立的临时性组织。成员多来自高等艺术学校、军队和中央各文艺团体。艺术院校的学生，在本校没斗够"走资派"，就想到文化局来参加批斗"走资派"大会，但是"十六条"规定，要"内外有别"，因此，文化局只好谢绝他们参加。工作组和文艺大队政治处反复做工作，总算把文艺大队多数学生稳住，但就在张梦庚站在台上念批判自己的稿子时，突然，闯进十几个文艺大队的人，为首的是音乐学院的王某某，他走到张梦庚面前，二话没说，先打两个耳光，然后把事先做好的乌纱帽给张梦庚戴到头上，接着又把北方送殡打的纸幡给张梦庚扛上，最后扬长而去。会场秩序有些骚动，有人兴高采烈，有人愤愤不平。

　　我大声叫张梦庚"继续交代"，于是张梦庚便继续往下检查，此时，会场有人高喊"要文斗，反对武斗"的口号，接着是口号声形成一个高潮。

我摆手示意，让大家安静下来，让张梦庚往下检查。此时魏兰坡递给我一字条，上写："我准备把张梦庚头上的乌纱帽和肩上打的幡拿下来，你同意不同意？"我在条上写"戴是群众，摘是群众，都有自由"。老魏接到我的字条后，气冲冲地走到张梦庚面前，颇带情绪地上去，把张梦庚头上和肩上的乌纱帽和纸幡摘下，用劲扔在地下，又踩上几脚，然后返回自己的座位上，全场反应强烈，有人叫好，有人怒目而视，认为"又是一次假批判，真包庇"。

张梦庚的检查接近尾声，我如释重负地宣布："把张梦庚带出会场。"葛渭波上台把张梦庚带走，正准备宣布散会，工作组组长马连科拦住说："现在请新任工作组组长薛××同志讲话！"我听了老马的话，有些丈二和尚——摸不着头脑，"怎么又来一位组长？"

薛在掌声中上台讲话。他开口就批评："今天的批判会开得不好，群众没有真正发动起来，'筹委会'领导不力，对群众运动有形无形还有许多条条框框。"

他喝了口水，大声说："同志们，革命不是请客吃饭，不能那样从容，张梦庚本身就是烂掉了的反革命修正主义分子，今天对他的批斗火力不猛，'真正的左派'还没有行动起来，'筹委会'不要当小脚女人，更不能当运动的绊脚石！文化局是个藏污纳垢的地方，不能说没有好人，但好人受压！不客气地说，文化局的牛鬼蛇神很多，什么样的乌龟王八蛋都有。听说有一个什么戏曲研究所，说穿了就是修正主义研究所，还听说老牌反党分子萧军，也在那里养尊处优。今天萧军来了没有？站出来！"

坐在后排的萧军，本来打算站起来回答，但一听老薛用命令口吻叫他站出来，他反而说了声"萧军来啦"之后，立刻坐下不动。会场上"真正的左派"一看萧军正襟危坐，纹丝不动，不禁怒气冲天，便众口同声命令萧军"站起来！"但萧军根本不把他们放在眼里，依然稳坐不动。薛虽是"三八式"老干部（北京军区装甲兵某师政治部主任），似乎还没见过萧军这么"猖狂"，敢与领导、群众公然"对抗"的人，他以领导的威严口吻命令萧军："我现在以党和人民的名义，命令你萧军站起来！"

萧军冷冷地说："你代表不了人民，因为人民没有选举你。你只能代表党，代表共产党。我是共产党请来的客人，主人怎么能命令客人站起来，没有这个道理吧！"萧军说完，依然不动。老薛没有精神准备，有些手足无措，会场上，凡是细心的人都能看出老薛的窘态。这时，会场发生混乱，有几个人冲到萧军座位前，准备把萧军揪出来，萧军这时才站起来说："是不是准备武斗？你们的领袖毛泽东先生，号召你们要文斗，而你们偏偏要对我萧某武斗，那就来吧！萧军奉陪！"

一看萧军准备打架的势态，这时，老薛似乎突然清醒许多；他立即话锋一转，劝阻他号召起来的真正"左派"说："革命的同志们，萧军是个政治流氓，是一个阴险的恶狼，我们不能上他的当！"萧军立即反驳说："你说我是政治流氓，那你一定是一个军事流氓！"这时会场上发出"萧军诬蔑解放军罪该万死"的吼声，就在此当口，我递一条子给老马说："据我所知，对萧军，过去彭真、周扬都不惹他，他的问题是历史问题，中央早有结论，他又不是当权派，何必与他纠缠？"老马看过我的条子，过去同薛耳语之后，老薛立刻转舵说："同志们，萧军是个老牌反党分子，他想扭转我们运动的大方向，那是痴心妄想，我们必须擦亮眼睛，牢牢掌握斗争大方向，才能把旧北京市文化局的修正主义路线的盖子彻底揭开。在这里，我要警告反党分子萧军，与人民为敌，是没有好下场的，你必须向党和人民低头认罪，交代你和彭真的黑关系，这是唯一的出路，不然，就是死路一条！"

薛讲完，刚刚落座，萧军突然站起来说："谢谢薛组长的关照，我声明一下，我同彭真没有什么'黑关系'，我认识彭真，介绍人是贵党的毛泽东主席，1946年我从延安回东北，去向毛主席辞行，毛先生叫我回东北可以找彭真，说他的本名叫付懋公，所以，我同彭真不是'黑关系'，是'红关系'。"

会场再次掀起骚动，有人又想揪斗萧军，突然一个女性尖嗓子高声喊道："萧军诬蔑伟大领袖毛主席，罪该万死！萧军必须向毛主席请罪！"接着又是各种各样的口号声此起彼伏，马连科小声对我说："赶快散会。"我连忙走到前台，大声宣布："散会！"一看表，时间已到下午1点半，人们纷纷向食堂奔去。还有些不坐班的人，如荀慧生、小翠花、侯喜瑞、李春林和萧军，还得回家，不然就得找饭馆。

马连科看院子里仍有人向萧军没完没了地质问、纠缠，怕再发生什么意外，就让我去做做群众的工作，我也只好硬着头皮，对好斗的人群说："萧军的问题跑不了，他已是'死老虎'，大家不必同他纠缠，运动后期，该杀该判，一纸命令就可定案，何必现在同他费口舌！"

我的话，有些人似乎也信，立刻向食堂走去，有些人压根就不信，似乎早就看破我的"丑恶嘴脸"，认为我是在暗中保护"牛鬼蛇神"，对我的话嗤之以鼻。

据我所知，萧军这次同工作组"叫板"，是1949年销声匿迹之后，第一次在政治运动的风暴中公开亮相。

吃完饭后，我十分恼火，去找老马和陈颖同志说："今天老薛同志的讲话，等于把你们和我葛某人当场给卖啦！他说'筹委会'领导不力，'真正的左派'还没发动起来，言外之意，我们都是假左派，我不明白老薛同志是根据什么原则来讲这番话的？如果'领导不力'是指我，我可以立即辞职！"

老马、陈颖和我有同感，对我表示同情理解，但不好往下深说，似有难言之隐。正说话间，卢锡奇、许守琴、李德祥三人找了进来，他们三人，对今天老薛的讲话，也表示不理解。一起问"是不是上边的精神有变？如果有变，希望早打招呼，该下台就下台，该让贤就让贤"，表示决不当拦路的阻力。

陈颖同志很诚恳地对在座各位说："简单地说吧，上边斗争激

173

烈，所以才有老薛今天的讲话，工作组内部出现分歧，必然会影响
'筹委会'内部。这一点各位要有精神准备，一些别有用心的人，可
能要登台唱主角，你们的观点可能受压，受批判；但大家要相信党，
相信群众的多数，关键的一条，是相信毛主席。"

大家心情很沉重，最后，老卢告诉大家一个消息："北京师范大
学正在批判工作组，不知是怎么回事？"

马连科说："不仅是师范大学，现在许多中学也在批判工作组，
有的工作组成员，已经被揪斗，被抄家。"

卢锡奇的家住二六二医院，同师范大学对门，师大斗人的高音喇
叭，他们听得一清二楚，师大的广播说刘少奇反对毛主席。这一"小
道消息"大家听后，更是忧心忡忡，这么下去，不是天下大乱了吗？

在座的人，谁也不敢相信刘少奇反对毛主席这一"小道消息"，
大家问老马："这是怎么回事？"老马同志欲言又止，态度很为难，也
很难措辞，由于老马的"欲言又止"的神态，又使在座各位突然悟出
点什么，"一切尽在不言中"，怕就是当时的状况。

最后，陈颖还是明确地对大家说："现在阶级斗争十分复杂，党
内出现重大问题，是很可能的。大家要提高警惕，文化局的队伍很快
就会出现分裂，运动很可能出现大反复。"话刚说到这里，江朴同志
进来说："现在大字报又重新上墙，有'热烈欢迎老薛同志的讲话精
神''要横扫一切牛鬼蛇神！''把老右派，三反分子萧军揪出来示
众'的大字报，在上面联名签字的有30多人；还有'勒令萧军、荀慧
生、韩世昌、白云生、侯喜瑞、于连泉等三名三高必须天天上班，代
替三班劳动'，等等。"老马说："大家到走廊看看吧，注意新动向，
献挺同志千万不可表态，有话往肚子里咽！"

四

7月30日，"筹委会"要求所有原来不上班的人员，如荀慧生、

韩世昌、小翠花、白云生、萧军、侯喜瑞、李春林，必须天天上班。当权派赵鼎新、张梦庚不能再回办公室，暂时安排到后院平房，检查交代问题。

戏研所有人认为，萧军是敌我矛盾，不能同革命群众一起学习，这样，萧军也被安排到后院，同赵、张一起学习。最后把荀慧生、白云生、侯喜瑞及苏辛群（苏本为中层干部，因在《前线》发表文章数十篇，被认为是"三家村"在文化局的分店，因此被揪出批判）等人，全部放在后院，决定由卢锡奇、葛渭波对他们统一管理。

会后，张彬拉着我和卢锡奇同上述人员进行谈话，交代政策等，叫他们不要乱说乱动，接受监督，认真改造，重新做人，弄得他们晕头转向，不知如何重新做人。我一看这些老先生六神无主的神态，便有意把话说得轻松些，以减轻他们的心理压力，我说："各位就是上班来，下班走，可以看看大字报，中午愿到食堂吃饭，可找总务组买内部饭票，不愿去食堂，对门高台阶有刀削面，身上得带些零钱，有事可以请假。"卢锡奇听完我的话，说："我没什么可说的，同意小葛同志的意见。"然后，张、葛、卢三人问："各位还有什么问题，可以提出来。"白云生和小翠花问："7月份的工资能不能发给我们？"

北京市文化局每月5日发工资，今天已是30日了，他们的工资未发，弄得我们都有些糊涂，我说："工资不是5号发吗，你们怎么没去领？"这一问，大家才说："不是没去领，而是去领了，总务组陈某不给，说是研究研究再说。"我会后便去找老马反映此事。老马让陈颖到总务组了解情况，总务组出纳陈某回答："不是扣发他们的工资，他们根本不在编制之内，有的人，300多元全是车马费。这是赵鼎新、张梦庚推行修正主义路线，对牛鬼蛇神进行招降纳叛的铁证！现在就应该改过来，革命群众每月才四五十块钱，凭什么给他们300多块？什么阶级感情？！"陈颖回来一说，老薛来了一句："什么车马费，乱弹琴！"老马提醒说："未经领导批准，业务部门先斩后奏，符不符合组织原则？"老薛说："那就请示市委宣传部。"之后，王守木进来反映情况说："总务组乱来，说是扣留车马费，其实车马费对这些人，就是工资，名称不同就是啦！韩世昌和白云生根本不是车马费，他二人都是国家干部，文艺一级，白云生也是文艺一级，当了右派后，降为文艺三级，都是国家级别，这样未经批准，随便扣发人家的工资，这是过去历次政治运动所没有的事，工作组必须管，出了乱子，老薛同志就不怕担责任？"

后来宣传部电话答复："中央没有通知前，任何单位无权扣发工资，即便是真的修正主义分子，也要到运动后期统一处理。"这样才算补发了这些老艺人的工资。

文化局的当权派，赵鼎新、张梦庚和萧军、苏辛群等人，每人半天劳动，半天学习，上班来，下班走，劳动扫院子和楼道。其余的副局长，有的抓工作，有的靠边站。

五

大字报都贴在楼道内，内外有别，萧军他们扫地时也可看大字报。一天萧军和苏辛群打扫楼道，苏辛群说："你萧军的帽子真不少，你看，'老右派''三反分子'，比赵鼎新和张梦庚的头衔还多。"苏说这话时间是7月31日。

萧军过来一看，"把老右派，三反分子萧军揪出来示众"的大字报赫然在目，在上面签名者有30多人，旁边还有一张"当权派曾伯融勾结老右派萧军罪该万死"的大字报，萧军看在眼里，记在心里，冷笑一下，继续去扫楼道。萧军冷笑之后，并未同贴大字报的人去论短长，而是同我直接"叫板"。可以说是萧军给我来了个"突然袭击"。

中午吃饭时，我从食堂出来往北走，准备回办公室休息，正好碰见萧军、赵鼎新、张梦庚、苏辛群、韩世昌、白云生等人排队往食堂去买饭。萧军打头，他见我从南边过来，便上前把我拦住，然后质问："葛献挺同志，请问你是不是'文革筹委会'的负责人？"我说：

"对，我是负责人之一。"萧军又质问："请问那20多人给我写的大字报，是不是'文革筹委会'指示他们写的?"我深感萧军来者不善，略加思考之后，回答："据我所知，'文革筹委会'没有操纵任何人给任何人写大字报，包括对你萧军；贴大字报者，只能代表他个人，文责自负!"

萧军听完我的回答，说："那好，请问大字报上称我萧军是'老右派'，是'三反分子'，有什么根据?"我想了想说："萧军先生，你这一问题，应该由大字报的作者回答。"萧军不依不饶说："不，他是个小丑，你葛献挺代表官方，用你们共产党的话说，你代表组织。请组织答复我，中国共产党哪一级组织，中华人民共和国哪一级政府，何年，何月，在什么地方定我萧军为'老右派'和'三反分子'?"

就在萧军和我当面锣对面鼓的舌战中，周围已经站满了数十人观阵，有对萧军怒目而视的，也有等着看我的笑话的，多数人为我捏一把冷汗，担心我万一回答不妥，很可能要同萧军发生正面冲突，那后果将很难收拾。更可怕的是，还有些唯恐天下不乱的"左"派，正想借机生事，制造事端，我如出言不慎，也可能被他们当作口实，从而兴风作浪。

面对萧军的咄咄逼人和围观人群的众目睽睽，我的心情反而冷静了下来。我知道萧军是见过世面的"运动老手"，当年中共要人李维汉、凯丰、周扬、彭真、刘芝明都不惹萧军，我一个小小的葛献挺当然不是他的对手。我也知道，对萧军其人，只能讲道理，硬顶、扣大帽子、威胁，对萧军统统无效。经过一段思考僵持，我便从容地对萧军说："我这个人孤陋寡闻，我不知道中国共产党哪一级组织，中华人民共和国哪一级政府把你萧军划成右派，至于说你是'三反分子'，我看大体不错!"

萧军一听，冷冷地说道："请道其详!"我笑着轻松地对萧军说："听说九一八事变后，你在东北反对过日本帝国主义；后来到重庆后，你反对过国民党和蒋介石；再后来到延安，你又反对过共产党和毛主席，说你是'三反分子'，有什么错吗?!"萧军一听，反应极其敏锐，立即回答："我反对共产党，但不反对毛主席。"我一听萧军这么痛快的答复，知道到该收场的时候了，便说："那好，你承认反对共产党，不反对毛主席，那就是'货真价实'的'反党分子'，你我今天的辩论，是否可到此打住，不然大家都吃不上饭了！"这时，萧军突然伸出手来，我不无顾虑地对萧军说："萧军先生，我今天要是同你握了手，那我不就站到革命群众的对立面了吗？你想征服我葛某人吗？"萧军连说："不敢，不敢，今天你是赢家！"

　　这是"文革"初期，我同萧军交锋的第一个回合。萧军、赵鼎新等人向食堂走去后，围观的人中，有些人感到失望，因为他们希望看到的一场难以收场的闹剧，没有演出，笑话没能看成。文联的冷克、杨沫悄悄对我说："真是替你担心，生怕你说话出差错，萧军可不是省油的灯，在你面前，他今天还真没犯浑。"浩然、管桦也在，管桦说："我们俩连饭都没吃，于宝珠到食堂说'萧军和葛献挺干起来啦'，叫我们赶快过来，我们就站在你身后，万一萧军对你动手，立刻就把他给揪住。"最后，浩然说："行啊，葛献挺！北大历史系没白上，能和萧军打嘴战，算你有能耐。"

六

　　我同萧军交锋的第二个回合，是两年之后，在北京沙河镇朱辛庄的北京劳动大学。1968年10月4日，北京市文化局被砸烂，下放朱辛庄劳动。除文化局外，还有北京市教育局、卫生局及北京编译社等单位被砸烂后，也下放这里劳动。照军队编制，称"首都工人、中国人民解放军驻旧北京市直机关毛泽东思想宣传队总指挥部第一分指挥部"，劳大称一连，文化局称二连，教育局称三连，卫生局称四连。这几个单位合在一起，头一件事就是大批判，军宣队找的第一个也是唯一的共同"靶子"，就是萧军。"罪名"是中共中央东北局给萧军戴的"反苏、反共、反人民"的三顶帽子，三局一校各出两人，组成批判萧军的小组。批判大会前，批判小组先同萧军正面交谈，这叫"火力侦察"，因为许多人并不知道萧军是何许人也，也就是让大家先见识见识。

"火力侦察"一开始，就瞎了火。有人让萧军交代他在东北"反苏、反共、反人民"的罪行时，萧军根本不承认这三个罪名，他说，那是东北局高岗对他的陷害，他从来没在处分他的决定上签字。这一下，把同萧军的交锋会卡住，难以往下进行。指挥部大批判组突然指定我发言，我只好念一段"中共中央对东北局关于萧军所犯错误的决定"的批复"中央认为，中共中央东北局所做出的决定是正确的"进行收场，但萧军又立即反驳说："中共中央是上了高岗的当，后来中共中央自己也说高岗是阴谋家，这总不是我萧军造谣吧！"会议至此，又被卡住，这时比较注意讲政策，所以运动初期那种大喊大叫、理屈词穷就喊口号的办法也不好再用。会议进行半截，就匆匆休会。但大会批判还要进行，指挥部决定让我代表文化局做重点发言，发言稿由文化局党组的笔杆子苏辛群和我负责起草。大会开始前一天，在地里干活时，我小声对萧军说："'反党分子'萧军先生，本人明天大会奉命对你口诛笔伐，你态度要放老实些！"萧军一听，笑着说："很好，欢迎你批判我，你如需要什么炮弹，我可给你提供材料，当年刘芝明批判我，我就是这么做的！"我说："我需要时找你要，不过主要是苏辛群拟稿，我让他找你。"这种批判者和被批判人之间的谈话，在历次政治运动中，并不多见，我和萧军个人无冤无仇，某种程度上，对他还有景仰心态。我认为批判他，是奉命，是公事，也是政治斗争，政治斗争就应该讲政治，讲政治道德，不存在咬牙切齿，打翻在地，再踩一只脚的做法，因此我同萧军始终保持了"点头交"，但碍于形势，只好如此。

批判萧军的大会，开了半天，可说是典型的走过场，人们的革命激情，等到地里一劳动，所存也就寥寥无几，尽管军、工宣队还在那里动员，人们所关心的已不是大批判了。四个人念完批判萧军的稿子，最后是工宣队代表讲话，军宣队的韩政委为了表示姿态，最后让萧军表态，萧军没有精神准备，匆忙说："大家劳动很累，百忙中对我进行批判，谢谢领导，谢谢大家！"台下竟然出现稀落的掌声，这又出乎军、工宣队意料。等萧军退出会场后，军宣队一个副团长，登台批评说："萧军讲话，居然台下有人鼓掌，什么阶级感情！回去各单位查一查，一定要狠狠地批评！"

批判萧军大会前，一次在厕所里，萧军很严肃地对我说："葛代主任，反映一个情况，荀慧生有重病，怕不行了。他的双脚浮肿，男怕穿靴，女怕戴帽，你们的张某某还让他下地劳动，说他是装病，你应立即反映给领导。"我听了面有难色，说："我这'保皇派'头子，'刘邓路线'的打手，'筹委会代主任'三顶帽子，还在头上，名声很臭，不太好说。"萧军反驳我说："你小子怕什么？你不是也穿过'二尺半'吗？亏你还是学历史的，历史看百年，你难道连这点常识都没有?！中国之大，不就一个荀慧生吗？别忘了他是中国'四大名旦'之一呀！你现在替他说句公道话，历史不会亏待你的，我的话到此，就看你小子敢不敢为落难的荀慧生说句良心话了！"我当时有些激动，便说："好，承蒙你抬举，我现在就硬着头皮去找军宣队领导。"

见了军代表王喜庆同志，我把萧军对我讲的话，一五一十全部讲给他听，他立刻给指挥部医务室打电话，医务室又找了卫生局的专家一起来，立即给荀慧生做身体检查。检查结果，确实重病在身，立即免除劳动，转送校医院休息，然后通知家属，听说两三天后，其女荀令莱就把荀慧生接回城里。我当时在地里劳动，没看见，听说不久，一代名旦荀慧生就含冤病逝了。

据我同萧军10年（1963—1973）的相处所知，劳动大学三局一校对萧军的大会批判，是十年动乱中，对萧军唯一的一次批判大会。文化局在运动初期的两年多内，自8月23日以后，两派的时间都花在内战和夺权上了，对萧军这个"死老虎"，根本不感兴趣。后来从劳大搬到旧市委党校，我正式从"真正的左派"手中接管了萧军专案，专案组的前届成员，绝大部分下放农村劳动，军宣队让我组织新的萧军"专案组"，成员由我提名，我提名原副局长张治留下，另加党委的于宝珠、人事处的顾卓民和张阳春，共五人组成。前专案组做了大量外调，有极丰富的外调材料，1973年我去山西时，全部材料移交顾卓民，后来，不知这部分材料是如何处理的，但肯定没有给萧军本人。

到党校后，记不清是戚本禹还是姚文元，在文章中又一次点了萧军的大名，于是又引起"总指挥部"的重视，便把萧军同吕岱和刘锦平二人合关在一间房间内，由北京市高级法院和北京市检察院的专案人员看管，吕岱是北京市高级法院副院长、党组书记，刘锦平是北京市检察院检察长。刘锦平是从延安跟叶剑英进城的高级随员，吕岱也是陕甘宁边区的资深司法干部，当时，上述两单位的专案人员，对吕、刘极其严厉，看管得也很严格，但我对萧军很随便，谈问题归谈问题，说笑话就是说笑话，吕岱很感慨地说："小葛同志，我们的专案审查人员，要像你这样对待被审查对象该多好哇！"江青被抓之后，刘锦平被任命为中共北京市西城区委书记，吕岱同志身体不好，尚未分配工作就因病逝世了，这是后话。

粉碎"四人帮"后，我到北京市京剧团当创作组组长，市委文化出版部部长项子明和文化局副局长张梦庚，令我牵头，筹备马连良和荀慧生两位先生的落实政策追悼大会，两人的悼词均由我负责起草。事后荀的夫人对我说，是萧军向她推荐我负责荀先生的追悼会的。我当面问萧军："为什么向荀家推荐葛某人？"萧军回答很简单："因为你小子在关键时刻还算个人！"

七

1969年年初，我接任"萧军专案组"组长。

前"专案组"留下外调材料200多篇，文字短的数百字，长的数千字。被外调者中大人物有彭真、李维汉、周扬、刘芝明的秘书、胡风、胡乔木、何柱国（东北讲武堂教官、骑兵军长）、穆兴亚等，小人物有萧军"海北楼"的房主人，时为某大学女学生。另外还有王实味的妻子及作家丁玲等人。前"专案组"做了大量外调，费尽心机，可以说挖地三尺，必欲把萧军打成"历史反革命"和"现行反革命"而后快。

等我接手后，只调查了塞克（音乐家，《二月里来好春光》一曲的作者，曾任中央歌剧院院长，反右后一落千丈，用他自己的话说"唯一的职务是废话协会主席"）及作家罗烽等人。

总之，萧军的老家、东北讲武堂、哈尔滨、青岛、上海、重庆、延安各个历史时期都有人写出证明材料，有的是亲历，有的是耳闻，千奇百怪，可读性很强。这部分外调材料以我的看法，应该是《新文学史料》收集的对象。据我所知，这些材料最早归首都工人、中国人民解放军驻旧北京市直机关毛泽东思想宣传队总指挥部第一分指挥部专案组（当时的总指挥是卫戍区副司令员潘永堤，第一分指挥部政委韩清泉）。陈伯达、林彪事件后，"工、军宣队"名义取消，改称"旧北京市直机关第二学习班"，韩清泉（华）任班主任，此材料移归第二学习班"专案组"。江青被抓后，"第二学习班"取消，变成北京市委老干部局，韩清泉（华）任副局长，他原是第二炮兵学校政委，这些材料最终并未交还萧军，是否销毁，不得而知。

前"萧军专案组"有两份材料说，萧红在哈尔滨被大水围困时生下的孩子，是被萧军扔在松花江淹死的，因此下功夫找证据，证明萧军当年就有"人命案"。我问萧军"是怎么回事"，他不正面回答，哈哈一笑说："这就看你'葛代主任'的德行和常识了。"我找罗烽即为此事。

我当了5年的"萧军专案组"组长，关于萧军的定案结论报告，三易其稿，最后的结论是"萧自东北被批判后，经内查外调，没有发现新问题，建议仍维持原东北局的定性结论，即'反苏、反共、反人民'，因为这个结论是经过毛主席和党中央批准的。"

萧军虽有缺点错误，但总体上、大节上是正确的。历史是公正的。

1983年前后，北京市文联为庆祝萧军从事文学生涯50周年，在民族文化宫举行盛大的招待会，萧军让他女儿和作协秘书请我参加，当时我已买好车票，准备去山东访问，萧军打电话说："退票，参加完庆祝会后，我掏钱请文联办公室给阁下买软卧如何？"第三天，我准时到民族宫赴会。今日的萧军已非昔日的萧军，在他身旁的一边是周扬，一边是胡风，其余都是复出的文坛名人。萧军指着我对周扬和胡风说："这是葛献挺，我的新朋友。"周扬可能没听明白，只啊啊地点头，我对周扬同志大声说："周扬同志，我是萧军的'专案组'组长！"周扬听明白后说："噢，你好厉害哟！"其他人听完哈哈大笑。我的上级，时任文联副秘书长王松声同志，轻轻拉了我的衣裳，小声说："在这种场合，你没必要谈'专案组'。"我说："松声同志，你看周扬整萧军，整胡风，整了几十年，今天不都欢坐一堂，握手言欢吗？同他们相比，我整萧军，是上命差遣，概不由己，我能够做到'法外开恩'，同他们相比，只是小巫见大巫！"散会后，松声对我说："你说的小巫见大巫的话，还真是这么回事。"告别萧军时，我对他说："萧军，不，刘蔚天先生，今天你是真正的赢家！"萧军来了一句："贵党有好人，仍然是伟大的，有希望的！"

时过不久，难产的《中国戏曲志》北京卷，在换了3个主编之后，终于上马。前中国评剧院院长胡沙任主编，我奉命筹办北京卷编辑部，同时参加编委会成员的提名讨论工作。

文化局副局长刘有宽同志提出"为保证北京卷的质量，经得起历史的考验，要搞大，北京、中央驻京部队的专家、学者，能聘请的应尽量聘请进来，请他们为北京卷把关"。胡沙提出拟聘请刚刚复出的作家萧军为北京卷顾问，多数人支持。我说："萧军是作家，对戏曲他是门外汉，他虽在北京戏研所待过，那是因为政治上遭贬，不得已在这里隐身谋生，开大会时，如果请他来助阵，我看就可以了，顾问这一头衔，我看应给马少波或张梦庚同志。"胡沙又说："总得给萧军个名义，不然怎么请呢?"我说："萧军是个大起大落的人，对这些虚名，不会介意，如果真想请他光临成立大会，我可以打电话约他，我想他不会拒绝。"胡沙等人用迟疑的眼光看我，总支书记李馀秀打破冷场："老葛如果请萧军，萧军会给面子的。"于是我拿起电话机叫通银锭桥西海北楼萧军家的电话，正好是萧军接电话，我把请他光临的话一说，萧军痛快地说："葛代主任要唱正戏，老朽一定捧场!"这也是萧军生前，我同他最后一次交往。

载于2012年第2期

我与端木三十六年

钟耀群

　　按：这是我妈妈生前的部分回忆。新时期以来，海内外学者、记者、亲友采访我妈妈，请她讲述我爸爸创作、生活方面的情况以及他们过去的种种经历。其中，赵淑敏女士、孔海立先生和孙一寒先生都做过一连几天的连续采访。在爸爸诞辰百年的时候，我根据他们的采访和母亲其他相关回忆，整理成文，交《新文学史料》发表，表达对我父母的深切怀念。

　　　　　　　　　　　　　　　　　　　　——钟蕻

一、与端木相识的机缘

　　1959年6月，我随昆明军区文工团到北京参加全军会演，其间去看望我的老朋友刘玲和她的丈夫贺尚华。刘玲十几岁参加革命，给董必武当过通信员，与小说《红岩》中的人物原型"双枪老太婆"在一起打过游击，她和我是抗战时期的朋友。我们一见面，他们夫妻就问我结婚没有，我告诉他们："还没有对象呢。"他们可急了。

　　这时，我已经30多岁了，我们部队也很关心我的婚事。我所在的昆明军区司令员秦基伟多次和文工团的领导说："不能光让钟耀群演戏，要给她机会找对象，一个月不行，两个月，给她长长的假，让她找。应该关心她，不能耽误了婚姻。"我们文工团怕我在外地找对象调走，就想让我在团里找。可团里没有让我动心的。文工团的首长就把我们军区丧偶的和没有结婚的首长的照片拿来，让我看，随我挑。我觉得和这些首长很难生活在一起，不是他们人不好，而是和他们在一起没有共同语言。那时有的文工团员找对象就想找有地位的。团里有一个女队员50年代就公开说："要找，就找一个屁股上冒烟的（小汽车）。"我从来没有想高攀大官，我一直想找个有才的。就我个人来说，若没有合适的，我决不勉强。可是我又特别喜欢孩子，我很想要个孩子，所以还得结婚。

部队首长对我是非常好的，不仅是个人问题，就是在生活小事上，也十分体贴我。记得我刚参军，早上按部队的作息时间起不来，我和文工团的领导说："觉睡不够哇！"团领导把我的话告诉了当时的军区司令员陈赓将军。陈司令员听了说："让她们睡，让她们睡，不要惊动！"那时我们睡的是大厅，铺挨铺，人挨人，各自盖的被子都是自己从家里带来的，五颜六色的，我和妹妹钟耀美的被子就是妈妈给做的绣花被，我到文工团居然没有盖过部队发的军用被。我给战士演《白毛女》时，我演"黄母"，陈赓把他自己的床借给我们当道具用。陈赓将军对我的关怀，如今还历历在目。

这次到北京，刘玲夫妇听说我还是独身，给我介绍了一位在新华书店工作的同志。那人长得确实不错，可是简单交往后觉得不对味，便结束了联系。

再次到北京，刘玲对我说："这次我给你介绍一个，他是作家，叫端木蕻良。"我听了一惊，说："什么？他得多大岁数了呀?!"端木蕻良在我的想象中是很大年纪的人了，因为我当年看他的《科尔沁旗草原》时才16岁。刘玲说："这个人40多岁。"我说："瞎说了，不止吧?"刘玲说："这怎么会假呢！他发表小说的时候年轻，你才误以为他老。"听说端木蕻良的年纪不像我想象的那么大，我倒有些动心了。我是很早就知道有端木蕻良这个人的。1939年我考入在长沙的第九战区流动宣传队，一入队，就唱过端木作词贺绿汀作曲的反映东北沦陷的歌曲《嘉陵江上》：那一天/敌人打到了我的家乡/我便失去了我的田舍、家人和牛羊/如今我徘徊在嘉陵江上/我仿佛闻到故乡泥土的芳香/一样的流水/一样的月亮/我已失去一切欢笑和梦想……这首歌我现在还能唱，但那时对端木这个名字的认识，仅限于歌词里背井离乡的意境。后来读了他的《科尔沁旗草原》，在我的心中留下很深的印象。1940年冬，在第九战区流动宣传队，我们这些年轻的姑娘和小伙子个个喜欢读书，每逢假日便到长沙市去逛书店。那时书店的书随便看，大家一看就是小半天，好书太多，买不起，人家又不借，我们就偷。其实，那些书店都是中共地下党办的，目的就是用各种方式宣传进步思想，培养青年。人家不是不知道我们偷书，而是故意让我们这些追求进步的青年人有机会看到这些书。这个阶段，我们偷来的书有鲁迅的书、茅盾的《子夜》、巴金的《家》、曹禺的《雷雨》，还有端木的《科尔沁旗草原》及世界名著等，那个时期看到《科尔沁旗草原》，就很喜欢这本书。它有故事，有人物，有情节。读了它，我才知道东北有广阔的草原，有望不到边的田野，有勤劳悍勇的人民。当时，我想象中的作者是个与鲁迅齐名的大作家，爱慕之情便埋在了心底。那时以为他是一个长着满脸络腮胡子的彪形大汉，我渴望有一天去东北看一看像书中所描绘的科尔沁旗草原。没有想到二十几年后，我与端木走到了一起，而媒人正是这家书店的经理、刘玲的丈夫贺尚华。看了这些进步的书籍，思想有了是非的标准，渐渐地明白了哪些是对的，哪些是不对的，对共产党一天比一天有好感，对沦陷在日寇铁蹄下的人民和因此而流浪的同胞有了深深的理解，这对于我们的演出有很大的帮助。

于是，我同意和端木蕻良见面，但我先要向组织汇报。回到团里一说，团领导说："端木蕻良？他快八十了吧？"我说哪里呀，玩笑了。领导看我认真对待这件事，说："这样吧，你可以到北京军事学院做采访，收集素材写剧本，给你一个月假。"

10月，昆明军区话剧团要我带着尚未定稿的话剧剧本《沁源人》到北京参加八一厂召开的文艺创作会议后，再到山西沁源收集意见进行修改。我坐飞机到了北京，一下飞机，刘玲和贺尚华带着端木来接我。我原来想象中的端木蕻良是粗犷的、头发卷曲，和他小说里形容的森林一样；一见面却与我想象的相反：他白白的，清瘦，背略略有点驼，穿着中山装，一副文人书生相。我穿着军装，个子也高，戴着肩章，很是威武，和端木形成了鲜明的对比。见到他，我很自然地想起了他描绘的草原的那诗与哲理融为一体的语句："大地不平，是因为大地总有流不完的眼泪。"那语言多好哇！"流动着的江河湖泊，那是大地为人世上不平而流动着的眼泪。"这不仅是想象的艺术，也是作家阅历人间沧桑的感慨呀！总之，他和我想象的很不一样。

刘玲夫妇把我们相互介绍了一下就走了。我站在那儿还没来得及说话，就剩下我和端木两个人了……

端木倒显得很从容，含笑看着我说："我们先去吃饭吧，已经快1点了。"

我只能轻声说："好吧。"

端木要司机开到王府井和平餐厅，下车后，看到服务员对端木的态度，心想，他大概是这里的常客。

在边角上找了位子坐下，端木问我爱吃什么。我说："大虾、面包、一杯绿茶。"他要了一盘沙拉、两杯葡萄酒。我急忙说："我不会喝酒。"端木微笑着说："我喝。"我就不吭气了。他将绿茶放在我面前微笑着说："我看过你演的戏。"我奇怪地说："什么戏？"端木说："《陈圆圆》。"我更奇怪了："在哪儿？"他说："1944年，我在贵阳看的，你和贵阳话剧皇后林徽演的A、B角，我去买票的时候，观众都要买你演的，说你是真陈圆圆。"

我禁不住笑了起来说："那是1944年湘桂大撤退的时候，我肺病吐血，刚刚能起床活动，就和新中国剧社一起撤退到贵阳，沿途演出筹路费……"在贵阳我那时身体非常不好，常常吐血，人瘦成了条条，里边穿着旗袍，外边再穿上戏装都看不出来。

也就是这次在贵阳演《陈圆圆》，端木第一次看了我的戏。后来他对我说，他看我演戏时，脑子里曾闪过一个念头："这个人要能做我老婆就好了。"我也告诉他，我在16岁的时候就看了他的作品。那时，我们在湖南长沙九战区流动宣传队，大家都想看书，但又买不起，就到书店去偷，他的《科尔沁旗草原》就是从书店偷来看的。他笑了，我们很谈得来。

当时我看了看表，已下午3点了，还要赶去报到。端木急忙结了账，叫车送我到招待所，陪我定了房间就告辞了。

我报到后领了日程表，知道离开会还有两天，就稍稍休息一下即去西四刘玲家。没想到开门后，端木也在那里，微笑着看着我……

当晚他送我到军区招待所，说明天再来看我，这样我们就交往起来。

本来我与端木相识后还打算相处一段时间，这时，耀美一封来信促进了我们关系的进展。她告诉我：我们文工团政委的妻子不幸死亡了，如果我在北京找不到对象，可能军区领导要以组织决定的方式把我嫁给那个文工团的政委，我慌了，赶快去找当时在北京开会的我们军区宣传部长成壁同志，他表示："个人的问题由个人做主，组织不能包办婚姻。任何人也无权干涉。你如果看中了，我们支持，可以去调查。"我听了这话立刻写信给妹妹，让她向团首长报告，请组织派人来调查端木。团里来人调查后，说端木单位告诉，端木有一个疑点：左联时期有一个人的被捕，怀疑是端木向反动派告密的。这个问题说也说不清，查也查不明白。按理，团里发现这个问题是不应告诉我的，因为这是组织秘密，但他们讲给我听，目的是让我不要跟端木蕻良再处下去。没想到，我听了这事后反而放心了，心想这个问题都没弄清是真是假，有什么可担心的！端木1952年已经入党，如果有问题能入党吗？后来查明，那事果然与端木无关。团首长见我主意已定，便说："和端木蕻良结婚可以，但不能调走！"我答应了。

我和端木从认识到登记结婚，前后才5个多月。1960年3月，我们俩到西城区的街道登记，端木蕻良在"婚否"一栏中写：丧偶；我写：未婚。走到门外，端木蕻良自言自语："18年了。"我说："不简单，苦守寒窑18年哪！"我们到北京饭店要了一盘大虾、一杯酒，吃完了饭，我们就各走各的路：我乘当晚的火车去山西沁源采访，他去北京电影制片厂参加一场批判会。

1960年5月初，我从山西沁源回到了北京。端木的居室在东单三条，是一个木板楼，他的屋子乱得不得了，四周全是书，床上也是书。本来我们是登记就不举行仪式了，可是我们军区首长不答应。这样，趁军区首长集中在北京开会的空隙，我们准备举行一个婚礼仪式。我妹妹钟耀美赶来帮我布置新房，一看到这么多书，妹妹说："我姐姐嫁给书了！"妹妹买来一张新床，又用一块白布把所有的书都盖起来，只能把没处藏没处放的书这样装点一下了。案头摆放了鲜花，点燃了香。端木把屋中的灯泡换成红色的。经过装饰，我们简陋的小屋显得喜气洋洋。5月5日那一天，我们请在北京的军区首长吃饭，司令员秦基伟、政委金如柏和副司令员陈康、许志奋都来了。秦司令员为我们主持婚礼。端木的大哥曹京哲安排在鸿宾楼摆了两桌，要了3只北京烤鸭。那时是困难时期，烤鸭要60元1只。

为了不误团里的演出和创作，又能让我度蜜月，首长让我到北京香山的军事学院体验生活，写剧本，给我一个月的创作假。

新婚后的一天，端木和我一起上街，进了商店，他手里拿着一撮子钞票，对我说："你看要买什么？"我笑了，问他："你看，我需要吗？"言下之意：我是个军人，又有工资，你把钱收起来吧！我什么都不需要！其实端木手头也很拮据。婚前他就对我说："你知道吗？我的身后有一连人呢！"那时，端木要接济他大哥一家子、他三哥的孩子，老少一大帮，他自己还要生活，他还要买书。我不需要他为我花什么钱，可是结婚了，他非要给我买点什么做纪念，我也只好同意了，最后选了一根表带。其实这个我也不缺，就是为了满足端木的爱心，我才同意买的。一个月很快过去了，我不得不回部队。

二、难得的三口相聚

我回到部队不久，发现自己有点变化，去医院一检查，怀孕了。我本来就喜欢孩子，这下可高兴了，团里同志也为我高兴。写信给端木，告诉他有件大喜事，让他猜，他回信就猜着了。他当然也高兴啊！

1961年2月26日，我生下了我们唯一的女儿。

我给端木写信，让他猜我生的是儿子还是女儿，并征求他的意见：孩子姓什么好？如果姓他本名的曹姓，谁知道这个孩子是他的孩子？我说我们孩子的姓名应该有我们两个人的成分，姓名各占我们两个的百分之五十。端木是很开明的，在这个问题上，一点也不固执，回信告诉我说："孩子的姓氏由你定；如果是男孩儿，叫良；如果是女孩儿，就叫蕻。"我就给女儿起了一个各占我们姓名百分之五十的名字——钟蕻。

女儿满月了，我把孩子的照片寄给他。那时，他也在运动中，也没来看我和孩子。端木患了高血压，也没有告诉我。我真有点火了，写信发了一顿牢骚。到了1962年春节，我去探亲，团里同时派我参加全军文艺创作会议，可以在北京住3个月。带不带孩子呢？我在信中与端木商量。那时是困难时期，北京牛奶要有户口才能订，女儿户口在昆明，到了北京订不到牛奶，吃什么？保姆也不能带，最后我只好把孩子留在昆明。

直到1962年8月，孩子都1岁半了，他才来探亲。那一天，我带着女儿去机场接他。端木一下飞机，远远地我就看到他了。我抱着钟蕻向他走去，冲着端木我小声地告诉孩子叫"爸爸"。到了跟前，女儿果然张开两只小手，一边往他身上挣，一边喊："爸爸。"把他高兴得心花怒放，他一把将孩子搂进怀里，亲得不得了。端木人生坎坷，这么大岁数了才有了孩子，心情是多么的激动啊！为此，他还专门写了一篇散文。

端木在昆明的时候，有一天，我正在排戏，突然邻居有人来电话，让我快回家，说端木在家里不知为了什么大发雷霆。我结婚后，端木头一次来探亲，人们对他不熟，别人没法过去。我匆匆地赶回去。原来是为了女儿。我们请了一个保姆，那保姆看孩子时，不知怎么搞的，哄孩子竟把辣椒给她玩。孩子玩来玩去的，辣椒碰到了眼睛，可能辣着了，顿时大哭大叫起来。端木正在房里写东西，听见他的宝贝女儿突然大哭，赶紧过来，一看女儿那么痛苦，受不了啦，本来血压高的人就爱急，他大发脾气，把左右邻居都惊动了，他们也不知我家出什么事了。我赶回来，哎呀，见他暴跳如雷，吵得家里边像塌了似的，我说干什么呀？也用不着这样啊！总算劝住他了。当然了，这是爱孩子，都是可以理解的。这是我一生中看到他唯一的一次发这么大火。

在我们住的大院里，端木天天带着宝贝在院中散步。他总爱背着手走路，宝贝也学爸爸的样子背着手跟在爸爸的身后边走。时间长了，人们觉得这父女俩在一起的情形太有意思了，也知道端木是很好接触的人，便与他在一起聊聊，并逗女儿说："你爸爸是老木头，你是小木头。"女儿总是回答说："爸爸不是'老木头'，我也不是'小木头'。"大人逗女儿说"你是人，我是狗"，让她学，以为她会跟着学。可女儿从不上当，总是说："我不是狗，是人！"

端木在我身边待了两个月，过了一段天伦之乐的家庭生活，可是他又想到边陲去一趟。他是作家，又从来对外地风土人情极其感兴趣，到了云南离边疆那么近了，这么难得的机会他绝不会放弃的！10月，他在左联时的老战友、当时省文化局局长陆万美安排下，由省文联主席王梅定和王松陪同到滇西旅游采访了一番。这一去，走了近两个月，他写信回来说边疆真是太美了，准备再采访10天就回来，让我放心。有人陪着，我也很放心。

三、端木大病在保山

1962年12月31日，我带着女儿从文化宫看放礼花回来，门卫把一封电报交给我，上面写着：端木病危速来。原来，端木在返昆的途中病在了滇西的保山。

听到这消息，我都蒙了，不知如何是好。我们文工团政委马上打电话联系当地部队去探听情况。两个小时后，也就是夜里3点钟，消息反馈回来说：端木患的是中风，正在抢救中，已脱离危险。政委非常理解我的心情，当即决定于次日安排飞机送我去保山。

我到了保山才知道：端木到保山后，文联安排他自己住一个单间，晚上他在屋里摔了一跤。这实际是中风的征兆，因为有了病才摔了，可他不知道，没有当回事。第二天上午，他们出去参观完，又乘车准备继续前进。同行的人见他脸色不好，问他怎么了，他说感觉全身发冷。人家便下车给他取了一个暖水袋，他已经拿不住，暖水袋从他的手中掉在了脚下，这才觉得不对，省文联的同志立即送他去医院检查。到地方医院，端木的左半部脸是木的，嘴也歪了，确定为"脑痉挛"，当即就被医院留下住院了，王梅定就马上给我拍了电报。接到电报第二天中午，我到了保山医院，看到他那模样，心里难过极了。他不能说话，想握我的手都握不住，我抓住他的手，软绵绵的，一点力气都没有。我难过，却不敢哭，还要笑着安慰他。医院大夫告诉我："这叫中风，没什么先进的药，只能用云南的草药来治。"接着一位农民模样的老大夫拿着生三七粉，兑上酒，让端木吃；又拿来一个土布包，打开一看，里面是一捆都是一尺多长带把的针，针约有筷子头那么粗，针也不消毒，顺手把针擦了擦，就从左边太阳穴扎进去，看到这么粗的针和这种不卫生的做法，我太吃惊了，可是我是部队的，这里是地方医院，怕影响军民关系，我什么也没说。大夫把针顺着端木的左侧，从太阳穴扎，一直扎到脚后跟，真是太吓人了！说来也真怪，一大包三七粉咽下去，两大捆针扎进去，到了第四天，端木就恢复过来了，眼睛也能睁了，嘴也不歪了，握我的手时我都有疼痛感了，甚至能下床大小便、到阳台散步了。真是奇迹！

端木在这里可以行走了，但是这里毕竟条件有限，他的疗效要回到昆明继续观察巩固。可他还不能坐飞机，怎么办？

可也真巧，作家刘澍德正带着阿尔巴尼亚的两位作家在保山采访，他们来的时候坐的是小车，回昆明时要乘飞机，我们正好坐他们的小车回昆明。在大理住宾馆时，还和当地的老乡谈火鸟的故事。回到了昆明，他住进了我们军区的43医院。这所医院不仅在西南，在全军也是当时最好的医院。端木住在了独间病房，床头挂着红布，这是病危的标志。我作为陪护，在他的病房里又安了张床，还把家里的收音机也搬去了，这在部队没有先例，军区司令也不行。这个规定，我当时不知道，是后来"文化大革命"中挨批斗才知道的。可见当时部队首长对我们是多么的关怀。我白天上班，晚上来陪他，病房成了我们的宿舍。在这里，端木身体一天比一天强，在医院里还写了一部以《红楼梦》人物为题材的中篇小说《霜红记》，约两万字。我每天帮他整理这部稿子。

端木在医院恢复了健康之后，军区又将他转到离昆明数十公里的安宁温泉疗养院。这里是一幢一幢的二层小楼，独自成院；幽雅寂静，鸟语花香。有一幢小楼是端木的，在这里可以每天洗温泉浴。而我就不可能每天都去了，按规定，只能星期天上午去。他在这里住了10个月，恢复了健康。

温泉疗养院附近有一座昙花寺，门口有两棵昙花树，开出来的花特别香，那花还没等开呢，好多好多的蜜蜂就飞来了，围着那树转。端木十分喜欢这两棵树，常常坐在昙花树下久久地沉思。他逛寺庙，逛公园，赏花阅草，在这里他还遇见了昔日的好友、清华大学的同学邱刚。邱刚是《解放军报》的副总编，也在这里疗养，他们经常结伴同行。在部队首长的关怀下，端木度过的时光是非常愉快的，也写下了一批散文。

这时，我们解放军总政治部主任萧华来昆明视察，要回北京时说："谁要回北京，可以坐我的飞机。"这个时候，端木已经恢复健康，乘飞机没问题了。我便去找陪同萧华的我们军区的鲁副司令员，想让端木坐萧华将军的飞机回北京。鲁副司令员说："可以呀，没问题，没问题。你去收拾东西吧！"这样，端木和萧华一同坐着飞机回了北京。我嘱咐他回北京即到医院去检查，他回京后来信告诉我，医生说他恢复得很好，不像得过脑血栓的病人，这我就放心了。端木来昆明时，秦基伟司令员知道了本想把端木留在云南的，这样我也就安心在云南了。不想云南地势高，不适合高血压病人，端木这么一场大病，留在昆明是不可能了。

四、他牵挂女儿的病

端木回北京不久，我女儿就病了，天天发烧。恰好，曾照看我妈妈的保姆来看我，她照看孩子是很有经验的，说像是出麻疹，要我这周不用送女儿去托儿所了，她来照顾几天。正巧当天晚上我们军区医院的大夫到家属区来巡诊，钟蕻果然是麻疹，坚持让我把孩子送医院。这样文工团马上派车来，由保姆陪着女儿住进了军区43医院。我们军区首长和43医院的人都认识我，特别是知道我这么大年龄才有了孩子，都对我很好。

当晚，我们在文化宫看电影，开演前，银幕上突然打出一行字："钟耀群，你的孩子病危，请速到43医院。"我一下子紧张起来，我妹妹也看到了字幕，我俩一人一辆自行车，急火火地赶到43医院。女儿已经烧得不省人事。大夫一见到我就对我说："来的时候就该拍X光片，当时没有拍，现在拍又晚了。孩子得了弥漫性肺炎，很危险。正常人每分钟呼吸二十几次，现在孩子每分钟呼吸已经是60多次了。"

我看着我的宝贝，身上插着管子，小胸脯就像拉风箱似的，急促地上下起伏，大口大口地拼命喘气，急得我直流眼泪，真想能代替她就好了。当晚我就守在她床边。突然，我听到她大声而又清楚地喊了一声："别压着我呀！"这一声听上去还挺有劲儿，我顿时觉得有希望，因为我从她的声音里感觉到小家伙的生命力还是很强的。

军区医院把青霉素、金霉素等"四大金刚"全用上了，孩子还是不退烧。当时正在搞"四清"，我白天参加运动，晚上来陪护孩子，昼夜睡不着觉，竟然也不困。凡是我们文工团有去43医院的人，我就托他们去看看我宝贝儿的烧退了没有，回来的人都告诉我"没有"。到了第五天的时候，大夫把我叫去，说："钟耀群哪，有个思想准备吧！"好不容易有了一个孩子呀，这可怎么办呢？我哭也挡不了孩子死呀，同志们和医生们都劝我。有些事真是不可思议，她入院的第七天，竟然退烧了！奇迹般缓了过来，能哭能笑也能吃了。

女儿出院了以后特别馋，我就给她做红烧肉吃，她吃得可香了。看她这么能吃，我可高兴了。她生病的事，我一直没敢告诉端木，现在女儿的病好了，也出院了，我才敢写信告诉给端木，特别提到"女儿特馋，我做红烧肉给她吃"。端木接到我的信立即打来电报，电文的意思是：孩子得的是麻疹，病好了绝对不能吃肉，此时吃肉容易得痢疾，麻疹后的痢疾是要死人的。吓得我立即停止给她肉吃。果然，紧接着钟蕖就拉肚子了，而且到后来完全是水泻。看着宝贝瘦得皮包骨，又患痢疾，可把我急坏了，我又抱着她到一家中医院去看病。那里的中医开了糖人参，让我喂她。我遵医嘱给孩子做了人参汤吃。这时，我又写信把给孩子做人参汤吃的事告诉给端木。端木又打来电报说：绝对不能给孩子吃人参；痢疾之后吃人参来补，也是要死人的。

端木是东北人，他的家是当地的地主，他们有这方面的经验，是他把孩子的病情告诉给了他的大哥大嫂，他的大哥大嫂一听，急得叫他赶快拍电报："孩子得痢疾后绝不能吃人参！"他的每次电报都惊得我一身身冷汗。当这最后一封电报发来时，女儿把人参渣都吃进去了。我想：这下子可完了，孩子的病好不容易抢救过来，又因为我不懂，害了她。我又赶紧去问医生，医生笑着说："吃那么点人参没关系！"回来后，我小心地观察了好几天，见女儿没事，我悬着的心才落下来。孩子终于大难不死，恢复了正常，回到了幼儿园。

五、"文革"中的我们

"文化大革命"开始后，我和我妹妹钟耀美都是文工团冲击的重点，罪状是"名、洋、古"。我穿戏装照的相是我演"名戏""洋戏""古戏"的罪证，所以破"四旧"时都被造反派烧掉了。太可惜了！我现在仅存的几张剧照还是吴枫冒着危险保存下来的。还有当年我与端木相识后，端木寄给他二哥二嫂的几张剧照幸存下来，知道我的剧照都毁掉了，二嫂又寄还了我。"文革"中，我妹妹被打成"反革命"下了狱，被折磨得精神失常。我被关了半年之久，紧接着就被开除了军籍，作为"反革命"下放到云南省昆明市的活塞环厂当工人。应当感谢的是活塞环厂的工人和领导，谁也没有拿我当反革命，他们都亲切地叫我"老钟"，在这里，我年年被评为先进工作者。

我从1950年参军，到1976年离开部队，扣去工厂下放劳动的那段时间，20多年的军旅生涯，我走遍了边疆，走遍了西南军营，到基层演出，到基层体验生活，到基层搜集先进人物的事迹。虽然我的一摞摞日记、笔记和无数的照片、信件都在"文革"中被抄、被毁，但是印在我的脑海中的是毁不掉的。

别人都说我们是书信夫妻，我一年只有一次探亲假。每年春节到了，恰恰是演出最多的时候，待忙过了春节我才能启程，那时要倒三次火车，三天三夜回北京与端木团聚，几乎年年如此。有一年我刚到北京进了家门，脚跟还没站稳呢，昆明就来电报，催我回去说有任务。1961年夏天我到北京参加全军创作会，可是端木却去了内蒙古，参观访问达两个月。我们就是这样过着牛郎织女的生活。

我们一年只能见面个把月，其他时间就是写信，几乎一周写一封。后来小女儿见我写信快，也学我的样子，在纸上乱画一气，我把它寄给了端木，结果让他大喜过望。

　　端木写的信多是毛笔的。"文革"时造反派检查信，拿起信封对着灯光看，"钟耀群，我的宝贝呀"几个字影绰可见，马上就上了大字报。

　　后期，邮局也"闹革命"了，信扔了一地，某天一位同事竟在邮局地上给我捡回好几封端木的来信。"文革"开始，端木在北京被批斗，我非常担心他的身体，怕他经受不了。那次孔庙他们挨打后，他给我寄来一封信，里面只有一枚毛主席像章，我就明白他还好，还活着。

　　到"文革"初期，几年下来，我们之间的书信不知有多少了，我看昆明也打砸抢烧，便趁"文革"前最后一次探亲，把书信带回北京。可惜，"文革"中怕抄家遭意外，大部分信件都被端木的大哥给烧了。

　　端木在"文革"中侥幸活了下来，可是自从1973年夏端木再次犯脑血栓后，他的病况经常发生。

　　那时，我还在昆明活塞环厂上班，1973年7月底的一天傍晚，突然接到北京市文化局的姚欣同志打来长途电话，说端木病了，让我尽快去北京。虽然电话中，他的语气并不急切，但我还是感到问题严重。和我妹夫一商量，决定马上买飞机票。可那几天，昆明一直在下大雨，飞机不飞，只好坐火车。刚好女儿考完试，我就跟厂里请了假，带着女儿匆匆赶到了北京。

　　一路上虽然我想到了各种可能的情况，但我一进家看到的情形还是有些出乎意料：7月底8月初，正是北京最热的时候，屋子里不仅非常闷热，还散发着异味。端木躺在床上，头发、胡子都老长了，而且一看就是好久没洗了。当时，端木的大哥、大嫂跟他住一起，都是70岁的老人了，自顾不暇，很无奈地陪在端木身边。端木一看到我和女儿，就努力地想抬起头，我和女儿赶紧走过去，他吃力地伸出手，我抓住他的手，坐到他床边，这我才知道屋里的异味是从他这儿来的。他说话很吃力，也很不清楚，我心里虽然很难过，但我得尽量装作轻松的样子赶紧安慰他，让他不要多说话。大哥、大嫂给我介绍了他的情况，我才知道，他这次犯病到现在已经有十来天了。本来文联的领导是要打电报给我的，但又怕吓着我，所以才打的长途。这十来天，想想看，两个老人加一个病人，也真够受的！为什么不送医院？他们说是端木不让。

虽然我们到家已经很晚了，又坐了三天三夜的火车，可看到这种状况，我的倦意全没了，赶紧打水开始给他擦洗，哎呀，他的背部已经有长褥疮的迹象了。也真够难为大哥、大嫂的，他们怎么弄得动他呢?！这十来天，他们能把端木侍候成这样，也真是不容易呀！第二天，我给端木理了发、刮了胡子，把衣服、被褥该换的换、该洗的洗，端木的精神状态一下好了很多，听大哥、大嫂说，吃东西也比前几天强了。

没想到，从那天起，他就离不开我了，我也没法回去上班了。其实，我们厂里的人对我可好了。听说端木病了，马上就准了我的假。我真没想到，会从此离开工厂、离开那些喜欢我的工人。直到现在，逢年过节，他们还会打电话，或者带东西给我，我对他们也一直很关心。他们和我以前团里的一些人不同，实实在在的。

料理了几天，端木的情况有了些好转，可是没过多长时间，他突然抽搐眼睛直往上翻。医生说这是局限性癫痫，是由脑梗，还有冠心病、心绞痛引起的，没有什么太好的治疗方法，只能靠药物和静养来缓解。那好了，我只能更加小心地侍候他。可是这个病是很要命的，因为它事先没有什么预兆，说犯就犯，厉害的时候，还会打挺，那就得有人搂住他，挺吓人的！

有一次，端木在左联时的战友、云南省文化局局长陆万美来看他。端木靠在床上接待他。两人谈着谈着，端木就有了困意，闭上眼睛，有一声无一声地哼着。我把万美请到外屋，再回到里屋时，端木已打起鼾，我还以为他是刚才说话说多了，累了，心想让他睡吧。过了一会儿，听着他动静不对：呼呼地喘，唤他，他像死人一样。我又赶紧喊来了大夫。大夫给他吃安眠药，端木这样胡睡到第三天，北大医学院来了一位朋友陈教授，看到端木在这所医院吃的药单，大吃一惊，原来安眠药剂量太大了，他还有心肌梗死，这样说过去就过去。吓得我们心惊肉跳。我们当时尽遇到好人了。听大夫说，像他这病也可以做手术，在脑部做。可万一呢？我们就没有同意做手术。

六、躲地震在哈尔滨续写《红楼梦》

1976年7月底，唐山发生大地震，刚好那天夜里，作家刘澍德的女儿从云南要去四平，路过北京，来我们家住几天。我妹妹钟耀美和她的女儿吴小亮来京探望我，也正住在我们家。我们那时住在虎坊路的"小白楼"，由于屋子窄，在外屋打了地铺。等把刘澍德的女儿接回来，大家洗完刚睡下，大约夜里3点钟，我也正要睡下的时候，忽然觉得窗外有强光在闪，正奇怪怎么回事，接着就感到房子在动，还抖了两下。我怕端木受惊，就小声说："好像地震了。"接着房子晃动得厉害起来，这时小亮冲到我们门口，问我怎么办，我说："你们快跑哇！"小亮马上就带着我妹妹她们往外跑，外面也传来了乱哄哄的声音。我赶紧把布票、粮票、存折塞进兜里，然后扶着端木慢腾腾地下楼。那时他因为1973年夏天得的那次中风还没完全恢复，身体状况还很差，在家挪步还得扶着墙呢！等我把他扶下楼，地早不震了。

从那儿以后，居委会就不许人们回屋里住。可地震之后，就下大雨，北京的马路上水流得像河一样。大家在马路边上搭起的抗震棚有的被风吹垮了、雨淋坏了，我们用来搭床的木板差点也被冲跑了。原来光明日报社社长穆欣一家见我们家没有壮劳力，而他有两个大儿子，就搭了一个大棚子，让我们和他们一起住，帮了我们不少忙。白天，我们轮流扶端木回家上厕所、洗一洗。晚上就只能和大家一起挤在地震棚里将就着，天气闷热，白天苍蝇，晚上蚊子，这可怎么办？这样的境况，我很担心端木的身体受不了。

端木的二哥、二嫂知道了地震的消息后，从哈尔滨拍来电报，询问我们的情况，并要我们去那里躲地震。看来短时间内，生活很难恢复正常。我们商量后，觉得端木去哈尔滨还是比较稳妥的。这样，小亮和她妈妈就去了桂林，我们全家三口去哈尔滨，并顺路把刘澍德的女儿送到了四平。

我和女儿在哈尔滨住了一个多月，北京的情况也基本平静了，端木被这一震，身体状况反而好了很多，基本可以自理了。我因为还要上班，女儿还要上学，我们就回北京了。

紧接着，"四人帮"倒台了。记得"四人帮"倒台时，消息还没有公开，我在部队的一个战友宋戈按捺不住激动的心情，跑到我们家，带着几分神秘地说："钟耀群，我告诉你一个天大的喜讯，你可不能往外说。江青、王洪文、张春桥、姚文元被抓起来了！现在只有部队里的一些老首长知道这个消息，把他们叫作'四人帮'。"我们听了，也按捺不住激动的心情，这可真是大快人心哪！这些年他们把个国家折腾得真够受的，国家都快被他们搞垮了。我赶紧写信给在哈尔滨的端木，用含蓄的比喻告诉他这个消息。那会儿，哈尔滨还没几个人知道"四人帮"倒台的消息。端木接到我的信才敢相信。

"四人帮"倒了，地震也过去了，端木的身体和心情也好多了，他在哈尔滨动笔创作起《续红楼梦》。端木续写《红楼梦》与周恩来总理的鼓励有关。

1954年10月19日，周恩来总理在北京饭店欢迎尼赫鲁的宴会前，在小客厅接见了部分作家，谈到对曹雪芹的评价问题。端木也在场。座谈中，端木也发了言，表示"曹雪芹的《红楼梦》没有写完，后半部续得又不好，应当有人重新续写"。当场就有人对端木说："那只有你，你能续。别人谁能啊？"对这个建议，端木也未置可否。总理听了他的发言，很赞赏他的观点，并鼓励他续写《红楼梦》。从此以后，端木续写《红楼梦》的想法更加坚定了。他后来写的《曹雪芹》，就是续写《红楼梦》的内在动力所致。

很快就写出几章来，并找人为他抄了，寄来给我。我看了一下，觉得这个工程太大，跟他说："你为什么现在续呢？曹雪芹留下的《红楼梦》，高鹗续了后四十回，褒贬不一，你也说他续得不对，你如果续，也难说能得到别人的认可。你还不如独辟一径，写《曹雪芹》呢?！这样你的想象不受拘束，可以自由驰骋。"端木认为我说得有道理，决定先放弃续写《红楼梦》的计划，动笔写《曹雪芹》。

七、病中创作《曹雪芹》

1977年9月，二哥陪着端木从哈尔滨回到了北京。一天，他在家里与二哥和漫画家方成在一起叙述他的创作计划，突然发生了癫痫，我们急得分头去找救护车。方成找来一辆，二哥也找来一辆，只好和人家说好话辞掉了一辆。到了医院，唯一的办法是让他休息，让大脑安静下来。端木就跟死人一样，躺在那里呼呼地睡，不省人事。等过了那一阵子又没事了。

这次癫痫发作是最后一次。他恢复以后，我就去找文化部副部长冯牧，他原来是我们军区的首长，希望他能帮我调到端木的单位。我到了北京以后，文联的同志一看端木的情况，知道我是没法离开了，所以等端木的病比较稳定了，就安排我去了北京市文物管理处上班。我向冯牧提出不在文管处干了，要他把我调到北京市文联，这样我就可以和端木在一个单位了，离家又近，能够照顾端木。他听了对我说："你干脆做端木的助手吧！端木不是在写《曹雪芹》吗？你让端木给北京市委写一个报告。这样，你就不用天天上班了，也不用把时间扔在路上了，帮他快点把《曹雪芹》写出来。"端木给北京的主管书记写了申请，要求把我的关系从北京市文管处调到北京市文联，在家里协助他写《曹雪芹》。申请很快批了下来。

1978年年底，我的调令下达的第二天，端木就动手写《曹雪芹》了。写了几章后，端木把尹瘦石、陈迩冬等老朋友请到家里，由我念，他们听，看看写得行不行。朋友们反应不错，特别是对康熙咽气那段的描写，都说非常精彩。端木有了朋友们的肯定，信心足了，很快就把第一卷写成了。

1979年4月1日，《曹雪芹》在香港《文汇报》小说栏开始连载。小说在报上一面世，可就热闹了，好几家出版社赶到北京来，都想要端木把书稿交给他们出版。巴金派《收获》的编辑到北京找我们，要出版这部书。一下来了这么多出版社，端木也不好办，只好请组织来协调。领导说："端木本来就是我们北京的作家，他的书理所当然地该由北京出版。"1980年1月，北京出版社出版了《曹雪芹》上卷。不到一年，这部书再版四次，印数达50万册。中卷于1983年交稿，1985年出版。

大约是1984年，珠江电影制片厂来人和我们商量要把《曹雪芹》改编成电影，而且他们已经组建改编电影的班子了。我们当时对他们表示上卷才出来，中卷还没有出，下卷还没有动笔，先不要急嘛！他们说："我们先改着，后边的你们先写着，先出着。"我们还是拒绝了他们这样的运作方式，因为那样会有很大压力，还容易草率应付。

当时香港的《文汇报》连载时，我们的中卷还没有弄出来，我就也对端木说："等上卷载完了，咱们就停停吧，不然，时间紧，咱们写不出来，那不是耽误人家连载吗？"于是，我们给当时的香港《文汇报》副主编曾敏之写了一封信，表达了我们的意思，那边停了下来。

1979年4月以《曹雪芹》在香港《文汇报》的连载为标志，端木的创作生命又恢复了。其间还写了一些稿子，台湾的报刊也来约稿。台湾的《联合报》登载了他的散文。后来我们还从一位美国朋友的信中得知，台湾的《中国时报》连载了《曹雪芹》。新中国建立以来，端木是第一个在台湾报刊上发表作品的作家。

八、端木蕻良醉心于红学

　　红学家周汝昌曾当着我面对端木说："曹公曹公，我在研究呢，你跟曹家有一定的关系唉。"凡开红学会，他遇到端木，就谈这个问题。周汝昌认为曹雪芹是河北丰润人，现在那里也有曹氏人。辽宁也有曹姓人。端木家族从什么地方迁到东北去的，端木也不知道。曹姓哪儿都有，也说明不了什么问题。周汝昌为什么萌生把端木和曹雪芹家族联系起来的想法呢？我不清楚；但是端木对曹雪芹有格外深的感情，对《红楼梦》有不同别人的理解，我是有体会的。如此，我想不外乎几个因素：一是端木姓曹，与曹雪芹有了一种天然的联系；二是他儿时已经对红学发生兴趣，并且，1933年端木21岁时写作的第一部长篇小说《科尔沁旗草原》受《红楼梦》的影响明显；三是端木很早就动手写《红楼梦》剧本。1943年31岁的时候，他已经将《红楼梦》包括自己后续的四十回情节写出全本的《红楼梦》话剧，广告在刊物上都登了出来，可惜因为战争，没有了下文。当时发表的话剧《红楼梦》（收入端木文集时改为《王熙凤》）、《林黛玉》《晴雯》等剧本，也不知是否属于这全本中的独立部分；此外还撰写了很多关于红学的文章；而且他还一直打算写完《曹雪芹》之后续写《红楼梦》，还因此得到了周恩来总理的赞赏。这诸多的原因便把他罩在了红学的影子中。

　　至于有人说端木生前曾对周汝昌等人说过他们自己曹家的家谱上有关于和曹雪芹一脉的记载。这个话，我还没有听见过。我也没有看到他在哪个刊物上发表过这个想法。也许讲过，我没太留意。

　　总之端木对红学的研究起因早就有了。端木认为《红楼梦》中的贾宝玉是作者曹雪芹的化身，或者说贾宝玉是曹雪芹的原型或叫初型吧。

20世纪80年代，我和端木好几次去北京的西山，那儿有间老屋的墙上发现了一些旧体诗，据说是曹雪芹题的，我们北京文管处都把那些诗拓去了。端木听了他们的介绍，觉得有一点道理，但就把这里说成是曹雪芹故居，他认为比较牵强。所以他从来没认为北京西山的那处老屋就是曹雪芹的故居，但他相信曹雪芹在那一带待过。他从樱桃沟下来，一边走一边琢磨：曹雪芹当年从这上边下来时思想会怎样呢？他对我说，曹雪芹把人间的"人情冷暖，世态炎凉"领会得很深、很透。并有心无意地对我说，将来他死了，就把他的骨灰撒在樱桃沟。可见在他心中对曹雪芹有着怎样的情感！

端木对高鹗续的《红楼梦》是不满意的。他对我说："高鹗把曹雪芹的思想拧了。拧得好像宝玉要荣华富贵，要当皇帝。不是！曹雪芹写的贾宝玉是叛逆，曹雪芹写的这个贾宝玉，让人看了不是要维护这个封建的制度，而是要推翻。"所以端木对我说他要重新续写这部书。他虽然没有写《续红楼梦》，但是他把《曹雪芹》中的曹雪芹是当作贾宝玉来写的。故事写得进展很慢，都写到中卷结尾了，曹雪芹还是个孩子呢。所以最要命的是下卷，在这卷里曹雪芹的形象才能真正体现出来呀！

《曹雪芹》上卷里没有戴震，中卷已有戴震了，下卷不能没有。怎么穿插戴震？端木很费脑筋。为了写准确这个人，他跟安徽教育界的洪静渊老先生取得了联系。洪静渊是研究戴震的，他说他有一本书叫《旧雨新尘录》。端木很想看到这本书，恰好北京故宫《文献》编辑来访，端木就对他说了这本书的事。据说这本《旧雨新尘录》是跟曹雪芹有关系的那个女的写的，这是一个新发现，且很少有人知道。于是《文献》的编辑到安徽去追查。去了之后，洪先生说借出去了，又去追，最后没有了下落。那么这个《旧雨新尘录》到底是有还是没有？到现在成了一个谜案。若是没有，洪先生怎么会突然冒出这个说法来呢？要是有，书怎么没了呢？这样，端木写下卷中的戴震，没有看到《旧雨新尘录》，就很遗憾了！

写《曹雪芹》的过程中，还有一件事。20世纪70年代，通县那边有个人说他发现了曹霑的墓，说他在挖田时，挖出了一具尸骨，还有一块写着"曹霑之墓"的石碑，但没有棺木。曹霑，不就是曹雪芹吗？据说发现了这个墓，当时没有公开，而是又悄悄地把它埋上了，晚上把这块石碑和尸骨偷偷挖走，理由是当时还是"文革"时期，怕挨批判。好像是1995年盛夏，这个事传出来了，当地人找到我们去辨认，端木和我认为这事不知是真是假，我马上打电话给中国红学会会长冯其庸。冯其庸很感兴趣，之后我和冯其庸，还有一个编刊的同志去找当事人。那位当事人是一个中年男子，告诉我们说，石碑已到了当地乡政府。我们赶到乡政府，看到了石碑，也照了相。我和端木认为是假的，不管在哪儿挖出来的，都绝对不会是曹雪芹的。因为一是曹雪芹的尸骨怎么会跑到通县去呢？把他运到通县去，那么远，那是什么地方啊？是曹家的祖坟地还可以，但又不是嘛！二是这种裸葬也不符合曹雪芹的身份。说他穷，他穷怎么能刻得起石碑？三是说当年是在"文化大革命"中发现的这个曹雪芹墓就没有公开，是怕"四人帮"捣乱，这就更不符合事实了。"文化大革命"再怎么反，也没有反《红楼梦》啊！毛主席一直推崇《红楼梦》的，江青也是一直拿《红楼梦》打比喻。若是发现了曹雪芹墓，那还得了哇！这件事传出来后，报刊上发表了不少的文章，还展开了论争，打过笔仗。我们没有参与。

端木醉心于红学，他在红学上的贡献主要是创作了小说《曹雪芹》，在他之前好像没有人写，是他开了先河。他以对《红楼梦》的认识来理解曹雪芹、塑造曹雪芹，但是遗憾的是他没有把下卷奉献给读者就离开了人世。

九、为了他能创作，我和他"约法三章"

他的身体本来就一直不太好。从云南得了那场病后，每天得吃药，而生活中他很健忘，我不安排，他就不会自己想着吃。为了他的身体，我天天把药放在他的写字台上，就这样他还想不起来吃呢，常常写完东西就走，等我下班回来，才发现药还放在原处。后来我把药准备好，让小保姆盯着他到点儿吃。这样一来，他吃药才有了保障。

他病后，行走不便了，但是我想生命在于运动，每天让他到室外去走一走，把他扶下楼，让小保姆推着轮椅，他坐在上边。有时，他也拄着拐棍自己锻炼着走。外出参加活动时，一般有车来接他。

他的写作一般都在上午，以前，他有开夜车的习惯，我认为这不好，劝他改成每天白天写作。他的睡眠也不好。其实，睡眠不好也得睡的人是很累的，他本来就有高血压，睡眠不好就更容易引起血压不稳，所以我买了血压计，每天给他量血压。

20世纪80年代初，我在昆明认识的一些医学界的朋友，向我介绍日本人的发现，说是云南生长的一种植物叫"灯盏花"，从中提炼出一种治疗心血管疾病的针水叫灯盏素，治疗心血管病的效果不错。我便托人打听，果然有这东西。钟蕤在昆明上学时的班主任的女儿到北京出差，就给我送来了一个疗程的灯盏素药水，让我们试用。由于得天天打，我便学会了肌肉注射。征得医生的同意，我便给端木早一针晚一针，肌肉注射。一个疗程3个月，我给端木整整注射了半年，效果不错。

经过这些治疗和护理，端木的身体状况明显地好了起来，不仅创作量大增，社会活动也日渐频繁，每天从各地来访的朋友不断，除了与他们高谈阔论外，还经常应来访者的要求写字、作画，真可以说是焕发了创作的青春。可《曹雪芹》的创作就大受影响了。这期间，我多次因他不务"正业"而与他争执，甚至要"罢工"。20世纪80年代中期，他参加各种学术活动，对各地的报刊约稿也有求必应，几乎占据了他的全部时间，《曹雪芹》下卷的写作由此被耽搁了。因此，我和他争论多次，我们俩很少为生活上的事争吵，这回我却为他不专心写《曹雪芹》而对他提出"警告"：如果再写其他类的稿子，我就不再帮他整理了。

端木写小说，无论长篇和短篇，事先没有完整的结构，全凭脑子和手，当文思涌来的时候，饭不吃，觉不睡，下笔如流。二哥曾告诉我说：1933年，端木在天津二哥家楼下的小屋写《科尔沁旗草原》时，满床满地都是他写满字的稿纸，二哥每天为他收拾，同时也是他首部长篇小说的第一个读者。端木写完《科尔沁旗草原》后就大病一场。那时年轻，休息了一段就缓过来了。

可是写《曹雪芹》下卷就不同了，他的年纪已近八十，而且得过脑血栓、冠心病、心梗、局限性癫痫。为了让他顺利地写完《曹雪芹》，我和他约法三章：生活必须有规律，一日四餐。一般早饭后，让他到阳台上看看花，活动活动，然后，他就到书房里去干活了；他在书房窗前的书桌旁坐下，稿纸铺在桌上，参考书摆在他身边一圈，伸手就可以拿到他需要的书。我进来为他泡茶、加水，都悄悄地，怕打扰他的文思。有电话也不让他接，大部分的信件都由我来回复。有时，他的目光常久久地注视着窗外，在沉思，在想象；午饭后睡午觉，起来洗澡，到晚饭前就随他了；晚饭后看电视、听音乐，因为他睡眠不好，晚上不许写作，12点前必须上床。不过，这种规律经常被打乱，因为各地来拜访他的人太多，我们家经常可以用"门庭若市"来形容。这些不仅影响到他的创作，也影响了他的休息。所以我不得不在门外贴了张纸条，写上"请3点后来"。这样一来，午睡倒是基本能保障了，却让有些客人在门外久等。遇到这种情况，我们心里很过意不去。可为了保障端木的健康和创作，也只好如此了。

当他午休时，我便到他的书桌前看他到底写了些什么。结果常常发现他写的是报刊约的稿。这些草稿都得经我整理完念给他听后，然后再誊清发出去。我见他屡教不改，对他发誓说："除了《曹雪芹》下卷，我什么稿子也不帮你整理了。"可说归说，到了逢年过节或什么纪念性的日子，报刊来约稿，我还得为他整理发出。这时，端木也不好意思，总是对我像下保证似的说："耀群，我今年一定把下卷写出来，你放心好了。"为了督促他写下卷，我要求他把写出来的章节交给我，他却总是笑着说："还不到时候。"结果，他的下卷永远地埋在了他的心里。

如今，社会上流行一句话，说："丈夫的成功有妻子的一半。"我不说端木的写作中凝结了我的心血，可是我也确实为他牺牲了我的许多。我本来是一个演员，但为了照顾他，我从云南调到北京，放弃了我从小就热爱并小有所成的戏剧事业，从此甘心默默无闻地陪伴在他的身边。

十、33年后回故乡

到1983年我们先后完成了上卷、中卷，同时，端木还发表了700多篇文学作品。这鼓舞了我们，也使重病在身的端木身心太疲惫了，他想歇一段时间，同时也想听听头两卷的反响再重鼓精力攻下卷。这样我陪着他开始接受一些社会活动和应酬，并循曹雪芹的踪迹几次下江南考察。

1986年我陪端木回东北参加了在哈尔滨举行的第二届国际红学会，其间，我们特地去呼兰县临谒了萧红故居。会后又到沈阳参加明清小说研讨会，之后，铁岭的文联主席王国兴和沈阳的好友单复夫妇陪我们回到端木的老家昌图。端木一别家乡就是33年！到了昌图，那是个夏天，见到鸳鸯湖里的滩渚上正站着鸳鸯，端木不顾一切便扑过去，我赶快下去扶他。他告诉我，那鸟叫缩脖老等。端木早年写的小说《鸳鸯湖的忧郁》是他的成名作，我于是说，不再是忧郁的鸳鸯湖了，你看缩脖老等来的是欢乐……这里他小时候是多个小水泡子，现在成了人工湖了，镇长表示要将此地建成旅游区。他多年没有回家了，所以一见到老家的山山水水，特别激动。我们还去了鸳鸯湖中心小学，受到师生夹道欢迎，那个场面很是感人的。

十一、端木与未完成的《曹雪芹》下卷

端木的一生有许多写作计划没有完成，明显的是《科尔沁旗草原》没有下卷，《续红楼梦》没有写，《曹雪芹》只完成了上、中卷，下卷写了一些，还没整理，至今锁在抽屉里。他发表的好多稿子也都没有归类，如散文、小说、诗、词、给别人写的序，还有文史等方面的，凡是刊物上登了的，我都准备把它整理出来。现在陆续整理编辑出版了端木几部散文集，如有《车轮草》《化为桃林》《黎明的眼睛》。他的一些作品还被选用到中小学的辅助教材，如散文《背影》《鞋匠》。

端木的文思是很敏捷的。打倒"四人帮"后，20世纪80年代北京市文联组织大家去一个地方参观，有一座养鱼池，那鱼呀，在水中欢蹦乱跳的，多得很，人工饲养，解决了捕捞难，吃鱼太没问题了。看了真让人喜悦。我们参观完了，大家回京后也就过去了。可端木回来后，就写了一篇散文——《鱼》。发表后，大家都说把鱼写活了！大家说我们一同去的，怎么就没有那种感觉呢！这篇文章后来获了散文奖。

他的诗词也写得很快，只要不是受命的文字，他不仅写得快，而且也有色彩。常常有人来向他求字或画，他就即兴作诗、词题在上面。有一次于毅夫的女儿来我们家向端木要一条幅，端木让她等一等，片刻，就给她作了一首诗，题在了条幅上。于的女儿很惊讶，说："太快了！"

那么，他这么敏捷的文思，却为什么没有完成几部本应早就完成的作品呢？有些事情是身不由己的。就拿《曹雪芹》来说吧，上卷出来后，我们就在1983年把中卷交给北京出版社了，结果到了1986年才给出版。当时，我们本来是想交完稿快点出版，然后好听一听读者的反映，以便写下卷，可是事与愿违。原因嘛，责任编辑病了，还有

一个编辑调走了。至于是不是还有其他原因，我也不清楚。1978年上卷写出来时，国内和海外一些出版社都来争这部稿子，考虑我们是北京市文联的人，才把稿子交给北京出版社出版。中卷拖了好几年，我们写作的那种气势也就淡了下来，写下卷时，端木就没有那种紧迫感了。

这是我从主观上说。客观上讲，有好多事推不开，端木的会太多了。红学会在南京开、锦州开、哈尔滨开、安徽开、上海开，光上海就开了两次，这些地方的大学都开，此外还有黄鹤楼笔会、鸭绿江笔会等，耗费了许多时间。人家来请了，不去不好。另外我和端木也有一个思想：哪些地方没去过，也顺便去看看，如到安徽开红学会我们就去了黄山，这些耗去了我们许多精力。而只要出去一趟，回到家中，看吧，约稿信一大堆。有一些报纸总来约稿，如香港的、河北的、天津的、广州的、上海的，他碍于情面，也不能不写。小稿子端木能写，大稿子就只好谢绝了。那时，我也有一个思想：端木要是大稿不写，小稿也不写，就什么都留不下来了，小东西写写就写写吧！有些小稿子有火花，可作为一篇散文觉得还不够，不够呢，就需要增加、调整；有些个火花不明显，也就是说我觉得那个文章不怎么好，在我这儿通不过。以前要是通不过呢，我还可以用我的想法去给他"通"。这就费我的脑子，我就不想费，就得和他商量、讨论，这不都耽误时间吗？为此也吵了好多次。我说："你还写不写《曹雪芹》下卷了？我们俩人的时间都泡在这个上头，你《曹雪芹》下卷怎么办哪？"我对他下"通牒"说："以后我不接你的小文章了！"在我的这种"压力"下，端木才不写小文章了。他在写《曹雪芹》下卷时接的小文章也可以出几本书了。另外，他的草稿太多了！

还有一件事也是躲不开的，就是找他要字和画的人太多太多了。为了给他一个写字画画的空间，我当时在女儿的屋里放上一张桌子，女儿和女婿不在家时就在那个屋里写呀画呀，他们回来了，就到书房里。我要给他铺好纸，准备好墨。因为他的体力也不够，但有什么法子呢？人家求一回，不能不满足要求。

再有，来了客人，一聊天，时间就不知不觉地过去了。

端木每天还要去散步。天气好的时候，小保姆把他的轮椅车搬到楼下，他自己慢慢下楼，由小保姆推着走一走。没人跟着是不行的。在西坝河时，他的身体比在这里时强，离了人还出过事呢。一次他挂着拐棍在马路上散步，过了一个车，他一紧张，一脚没踩稳，摔倒在地上。那会儿画家尹瘦石住在我们对面的楼上，从窗户里看到他摔了，慌忙从楼上下来把他扶回来。你说有多悬哪！写作当然也要有劳有逸，端木每天还要听听新闻、听听歌曲、看看花呀草哇，逗逗他的宝贝猫哇。

1998年1月，我女儿去了澳大利亚。女儿刚走没几天，端木再次突发脑血栓、心脏病。我们赶快把他送到离家最近的中日友好医院。这一年里，他又两次犯病，这下子，他的精力、体力可就大不如从前了，说话也没从前清楚了，在家走路都得扶着把椅子。也就从那年以后，我哪还敢给他压力呀！能写什么就写什么吧！

其实《曹雪芹》下卷他还是在写，但他写出来的，一直没有交给我。在他那个桌子的抽屉里锁着。我向他要，他总说现在还不是时候，不能给。他不给就不给呗，我也不敢催他。他病逝以后，我妹妹的女儿吴小亮，她是云南大学历史系的教授，来帮我清理端木的书稿，他的遗稿不少。我打开他的抽屉，那个乱哪！有石头，有图章，有砚台，还有蚌壳，杂七杂八的，什么都有！有一个抽屉里放着书稿，他买白布就是包这个用的。《曹雪芹》下卷就包在里面，薄薄的，我翻了一下，还没有接触曹雪芹的实质问题。看来我如果整理、续写，那工程量会是很大的。另外，我不懂古诗词，没有古文学的底子。我就会编故事，就有这个本事。他的《曹雪芹》只要写出部分章节，我就对他说："管你写什么样呢，你就都交来吧！"可写下卷时，他就是不交。总是说："你别急，我写到一定程度自然会交给你的。"他当时肯定是因为没写多少，怕我数落他，所以才迟迟不交给我。

我没再动下卷书稿的另一个原因是，我一翻，心里就有点不舒服。再说，我动了就得陷到那里头去。而我那时就整理、续写《曹雪芹》下卷，他的文集就完了，他所有的文章也就完了，他的好多文章人家就都不知道了。所以我下决心先把他别的作品搞出来，然后再整理、续写《曹雪芹》下卷。反正上卷、中卷出来了，能不能续写、整理出来下卷，就看我的寿命了。如果我的寿命长嘛，说句良心话，就可能整出来。要是整理一半就"拜拜"了，那这部书稿也就可能永远见不到读者了。

　　《曹雪芹》计划三卷，总字数约100万。上卷28万字，中卷40万字，下卷计划30万字。为了写《曹雪芹》，我们那两个书架子上摆的全是写作资料。当年端木写作时，我就制了一个表，把涉及的人物都捋了一下，每个人从生到死，中间都有什么事，我都标下来，不能把人物和事写丢了。要整理下卷，我就得把端木的遗稿翻出来，按表对照。看看哪些能用，能接上的就用，接不上的就得再写。我们的这部书的计划是写到曹雪芹泪尽而逝。

　　我是这样想的：要写《曹雪芹》，其实就是在写《红楼梦》。为什么呢？曹雪芹他为什么能写《红楼梦》？就是因为曹雪芹他生活在《红楼梦》的那种环境中；他有这样的环境，有这样的生活，他才能写出不朽之作《红楼梦》来。那么要写《曹雪芹》，你不就得熟悉《红楼梦》的环境吗？你不就得设身处地去体现曹雪芹吗？他对人生，他对社会，他对这个世界，都有自己的看法。这些看法在他的《红楼梦》中都流露出来。在这个意义上来说，写《曹雪芹》就是在写《红楼梦》。我们《曹雪芹》书中的大妞和二妞，已经有了原型嘛，她们就是来自《红楼梦》里的尤二姐、尤三姐等等。

　　我对《红楼梦》也是挺喜欢的，11岁我就看了这部书。当时看到林黛玉死了，哭得哇哇的，妈妈吓坏了，问我怎么回事，我一说，她乐得擦着我的泪说："傻伢子！那是假吧的唉！（湖南话）"女孩子对感情上的事理解得深一点。端木也是很小就读《红楼梦》

的，也受了书的影响，也许是性格的关系，从小就喜欢和女孩子在一起，也善于同情女孩子。在家就爱和女孩儿玩，在南开中学，他曾写了一首情诗叫《躲》，很有情趣，至于有没有远来的一位小姑娘就不知道了。

现在中卷才写到曹雪芹十几岁，没有接触到他的实质性东西。中间得跳，不跳，那得写多长啊？我的想法是等到曹雪芹的表妹玥儿一死，曹雪芹这个人物就跳了，实际到这儿也该跳了。玥儿一死，曹雪芹痛不欲生啊！这以后，这个人就像变成了另外一个人。因为，一个人遭遇到大的刺激以后，都有一个变化，一个人生的转折，这种变是明显的，往哪儿变，就看具体情况了。我的人生经历和所读的中外名著，特别是外国的名著，明显地证实了这一点。实事求是地说，我对中国古典小说是不大看的，许多书我是挑着看的，如《三国演义》，对哪儿有兴趣，就细看哪儿。看中国的名著，我根本就没看全。只有《红楼梦》我看全了，也看进去了。而我看外国的小说，凡是大部头的名著，我都从头到尾看。我受我大姐的影响，从小我接受的是西洋文学。由于我的中国古文学底子不厚，在整理中就出现了一定的困难。比如我们在中卷中安了个扣子：玥儿写了一首诗。这首诗，我们没有让她写完，只写了前两句，有意地留着到后来曹雪芹看到这首诗时来续上。前后呼应是一个很好的情节。当时，我不知多少次想让端木把这首诗续上，可是一有这个想法我就怕：怕端木一续上这首诗，他就会死去。那时他正在病中，我就一直没有让他续。这个感觉让我耽误了这首诗的完成。一个扣子，一个情节，很有感情，我没有诗词知识，中国古文学底子又没有，端木生前要续上就好了。

十二、 端木最后的日子

1996年9月12日，我女婿慕良护理完钟蕻生孩子，从澳大利亚悉尼回国。当晚，我要保姆包饺子，迎接当了爸爸的女婿归来。慕良发现端木的脸色发红，有点不对劲儿。我一摸他的头，觉得有点热，拿体温表给他量已是39℃。马上拨通急救中心的电话，请大夫来家。大夫提议还是住院好。因急救中心在我们家隔壁，慕良和保姆就用轮椅把端木送到急救中心，全面检查后确诊为肺部感染，得住院治疗，要我们送端木到同仁医院。我一想到同仁医院急诊室就发怵，问医生能否住在急救中心。医生说"不能报销"。我即回来到文联领导赵金九家，告诉他端木病了，住急救中心，问他是否能报销。他说："可以。"于是端木在急救中心住到18日，由于治疗的需要，还是转到了同仁医院高干病房。这时他已不能进食，医院为他插上鼻饲，从食道直接喂到胃里去。

9月20日上午，北京市文联的领导到同仁医院看望端木，院方对他们谈了端木病情危急，年龄大，病太多，需要有思想准备。领导说要"向市委宣传部汇报"，并说要解决特护问题。

23日，新华社记者闻捷来电话问端木的病况，我告诉她"不好"。她征求我意见：是否往海外发"端木病重"的消息？我说："最好不要发。"她说："海内外对端木都很关心。"我也没同意她发。她让我随时告诉她关于端木的消息。

24日，单复从深圳来电话，他看到香港《大公报》上登了"端木高烧39℃住院"的消息，急问端木的病情。

28日，我们为端木订了大蛋糕，祝他85岁大寿。钟蕻还从澳大利亚打来长途祝贺。端木从电话中听到了小宝贝儿的"咿咿呀呀"声，激动得直流眼泪。我们将蛋糕切了分给前来祝贺的医生和护士。

端木住同仁医院后，只要不用药，体温就升至38℃至39℃。天气热，随时得为端木翻身散热，又买来气垫给端木垫上。

我在电梯内遇到陈建功，他告诉我，11月5日召开全国作代会五次会议。我告诉他："端木肯定去不了。"

10月1日，端木由于突发急性肺炎并发心肌梗死，导致休克，经过三天三夜的抢救，10月3日，端木从休克的状态中醒来，他可能意识到了自己即将走到生命的尽头，非常吃力地要求凡来看望他的亲友和他一一拥抱，这是以前从来没有过的事，大家都感到意外，又非常伤感。接着他在纸上写下了6个字："我支持不了啦。"10月5日中午，他再一次和我拥抱，眼里充满了泪水，然后安然地躺回枕上，闭上了眼睛，走了。

我们的女儿在澳大利亚刚刚生下孩子，她听说爸爸病危，不顾一切地要赶回来，端木知道了，坚决表示要女儿带好孩子，千万不要回来。因此，端木去世的消息我们没有马上告诉钟蕖。

但没过两天，海外一些报纸就登出了消息。女儿得知实情，说什么也要回来。亲戚、朋友们都在电话里劝。最后是我骗她说：爸爸最后的遗言就说了一句："不要回来！"意思就是要带好宝贝儿。孩子那么小，绝对不能断奶，而你就算赶回来，也见不到爸爸了。钟蕖虽然将信将疑，最终为了孩子没有赶回来。

我们从来对那种繁缛的葬礼感到反感，遵照端木的遗嘱，没有举行大礼，10月12日，遗体在北京火化，除了北京的亲属和知道赶来的朋友外，昌图县有关领导也来为他送行。

根据端木生前的经历和遗愿，我将端木骨灰分成四处安放：1. 安放在辽宁省昌图县他的故乡；2. 分撒在香港圣士提反女校校园旧址（萧红部分骨灰安葬处）；3. 分撒在北京西山樱桃沟（传说是曹雪芹待过的地方）；4. 最后一部分骨灰留在北京的寓所，继续陪伴着家人。

我每天并不觉得孤独，家中有端木的画像，有端木的遗骨、遗物，有端木的书稿，有他未竟的事业要我干，就像他还在陪伴着我。

载于2013年第1期

雷加：永远年轻的心

邵济安

55 年前，即 1960 年夏，我在北戴河认识了雷加叔叔和他的女儿甘栗，推算起来当年的叔叔只有 45 岁，我不到 20 岁，是北大一年级的学生。我们两家住在一栋楼里，晚上聊天的机会比较多，他非常热情、健谈，洪亮的嗓门儿，开怀的大笑。但给我印象最深的，还是在沙滩上，阳光下，海风吹乱了他微微卷曲的黑发，魁梧的个子，浑身的力量，真帅呀！我总觉得他和我熟悉的其他作家不一样，后来，看了他的书明白了，当年的他不正是从"蓝色的青冈林"造纸厂走来的雷加吗？

一、亲近青年，憧憬未来

1963 年春，雷加叔叔想写大学生的生活，通过我与我们年级自然地理专业取得了联系，他参加了他们的综合自然地理实习。这次实习安排在北京西山清水乡，土城门楼子前他背着相机，和同学们留下了一张珍贵的合影。

每天他和同学们一起上东灵山采集植物和土壤标本，毫不含糊，有一次他还骑上毛驴过了清水涧。夜晚，他和同学们促膝长谈。当年的同学现今也是 70 多岁的老人了，但大家对雷加的印象是一致的：他待人亲近，是朋友，没有一点大作家的架子。

3年后的"文革"，文艺界首当其冲受到冲击，同学们也自然挂念他们的作家朋友雷加的命运。就在那个年月，郑芬同学一封大胆的问候信，从遥远的地方飞到了北京，却没有留下地址。于是才有了后来《雷加日记书信选》中这封"致郑芬"的信，这是1981年12月初雷加从我这里得知郑芬新地址后才写的，这是一封迟到10多年的回信。

写这封信，使我想起多少年前，我同北大地质系同学一起登上北京百花山的日子，但是过去的年月一去不复返了。那几天，爬到山上，天光耀眼，以致照相机的聚焦也失去控制，而夜晚又凉风习习，我们的闲谈也有了诗意。

可能因为这个，你在"文革"初期，才那么大胆给我写过一封慰问的信。当然也不过是一封普通的信，但其勇气，其强度一直延伸到现在，以至永远。

为此，我曾多方打听过你的行迹，你到过黄土高原，可又离开了黄土高原，所以在我保存的通信录中已经没有你了。

信的末尾是这样写的：

你又回到了福建，想必是你挑着两只小桶离开故乡，现在又挑着两只小桶回去了。这两只小桶，给你带来了美满的家庭，也带来了为四化建设理想的工作岗位，这是再好也没有了。

看来你也是凭着那两只乡土气味的小桶，才有胆量给我写那封信的，谢谢你。

我很好，虽然老了，仍在努力工作。

问全家好！

1981.12.21

多么真切、多么质朴的情感！经历"文革"浩劫的人们知道，在那个人性扭曲的年月，郑芬写这封信是需要极大勇气的，雷加深情地点出，胆量来自"那两只乡土气味的小桶"，感慨地写道"其勇气，其强度一直延伸到现在，以至永远"。我想这"勇气"指的是雷加从年轻人身上看到的正义感，这"强度"正是雷加从这种"勇气"中受到的触动和激励。细细品味这封信，忽然想到，这不正是雷加要写的书吗？不正是他要挖掘的人性和良知，展示的民族希望吗？

二、鲜明的爱和憎

1979年，我父亲邵荃麟的追悼会后，我想写一篇纪念父亲坎坷一生的文章。因为我对父亲一生了解得并不很多，我希望得到父辈朋友的补充和指点。我将初稿寄给了雷加叔叔，很快收到了回信。信中他回忆了和我父亲交往的几件事，把我父亲与他那个老中医父亲做了深情的比较，"比我父亲还清瘦，比我父亲更加和善，印象也最深"，对于刚经历了"文革"、痛失父亲的我来说，这短短几句暖心窝的话怎能不催人落泪呢？

1990年春，骆宾基叔叔第二次中风，我曾到北大医院去看他。5月他出院，我应邀去他家聚会，没想到参加聚会的还有雷加和古立高夫妇，都是熟人，聚会是非常愉快的，骆宾基夫人邹民才为这次聚会留下了值得纪念的合影。骆宾基、雷加、古立高是一群志同道合的朋友，是一群敢于作为的人。

雷加写的《生活奖章——纪念骆宾基》一文，饱蘸深情的文字写出了骆宾基的坚忍和正气："他从不低头，从不认罪，当造反派强迫他对'文艺黑线'表态时，他敞开嗓子喊出来：邵荃麟是好人，冯雪峰更高尚。"像是对天盟誓一样，他就是这样一副傲骨。雷加赞扬骆宾基，同时也就表达了他自己鲜明的爱和憎。

1983 年年底雷加在给林默涵的信中尖锐地问道："建国几十年来，为什么写不出一部近代（当代）文学史，党史都有了两次历史决议，而文学史竟在院校之中，两派意见对立，仍然争议不休，看来只好引来外鬼（或请来）——由外国人来写中国文学史了。"

三、大自然的情结

1995 年年初，我送走了妈妈。我去右安门看望雷加叔叔，并告诉了他这个消息。隔了一个多月，在夏衍遗体告别会上我又见到了雷加叔叔，当时的他虽已八十高龄，但身体仍然硬朗，在那次告别会上，他触景生情，又想到了雪峰和我父亲，感慨万千。我清楚知道他心里想的是什么。

匆匆忙忙又过了几年，2006 年 11 月，我接到了雷加叔叔的电话，他希望我去看看他，聊聊天。当我匆匆走进房间，看到的是坐在轮椅中满头白发的雷叔叔，岁月真是不饶人，他已经 91 岁了，我也是退休之人了。叔叔从我眼睛里敏感地感到些什么，他大声笑着说："你看这不是很好嘛！"叔叔希望我给他讲讲野外地质调查的故事，我讲了我怎么带着学生住在草原蒙古包，捡牛粪烧火做饭；在俄罗斯远东锡霍特阿林原始森林中安营扎寨，辨认野兽的足印。我讲的是我心中珍藏的那片绿，从叔叔的眼光中，我看到一种心灵的共鸣，直觉告诉我，那是只有共同经历过的人才会有的共鸣。一生都在不停探索真、善、美的雷加和祖国山山水水结下了终生缘分。

这次小小的聚会后，他送了我 3 本事前签好字的书，扉页上写的是"送济安同志"，这是他第一次称呼我的大名，而且还用了"同志"二字，如此郑重其事。现在我明白了，在大自然面前我们是同志，我们都是大地的儿女。正如他在书中写的，"美的满分是绿色，向绿色进军"，他那么真切地描绘了鄂尔多斯的草原和白云，弓箭、帐篷、羊群，胜利油田的孤东"一棵树"，毛乌素沙漠盘根错节的沙柳。

有人回忆，他在八十大寿那一年，不要北京作协给他祝寿的宴席、蛋糕和花篮，却执意要去西山龙门涧，在崎岖的山路间寻觅1945年东北干部队行军的旧踪，穿越历史，他想到了什么？他又有什么未了的心愿？我看了他留下的大量文字，我知道，他还有很多话没说完。

我认识的雷加叔叔，从海风吹乱了满头黑发的他到轮椅中双鬓斑白的他，过去了半个世纪，唯独不变的是他那颗永远年轻的心。

2014年11月25日

载于2015年第3期

新发现的萧红佚文《小事》

杨新宇

2014年北京燕山出版社出版的《萧红全集》，由萧红研究专家章海宁先生编纂，收录了近年来新发现的萧红佚文，具有很高的版本价值。但可能也延续了前几版《萧红全集》的一些问题，比如全集中收录的散文《女子装饰的心理》，是否真是萧红作品，就是值得商榷的。

萧红的散文与其他作家的散文有很大的差别，几乎都是记事散文。《女子装饰的心理》跟萧红其他散文作品非常不一样。但《女子装饰的心理》这篇散文不仅被收入全集，而且颇受学者重视，被收入不少选本。2010年人民文学出版社出版的林贤治先生编选的《萧红作品新编》，就收入了它。《女子装饰的心理》篇后，林贤治在注释中说："一篇小小的装饰史。闲说文化，这在萧红的散文中是仅有的。"显然，熟悉萧红作品的林贤治也敏锐地感觉到《女子装饰的心理》与萧红散文存在着极大的差别。《女子装饰的心理》之所以没有引起学者的怀疑，可能是其中的女性观念与萧红有相合之处，林贤治的注释中还有这样的话："她从性别的社会文化心理看装饰，说在所谓的文明社会中，社会上一切法律权利掌握在男子手中，女子居于被支配的地位，所以女性的装饰大都是为了取悦男性，实际上是屈辱的标志。结尾作者以进化的观点看，说女子装饰将随社会习惯的变迁而改变，于是随之举出'一班新进的女子'的新式装饰为例，显示出希望的亮色来。"同样，商务印书馆香港有限公司2014年版《萧红小说散文精选》也收入了《女子装饰的心理》，其序言中也提到《女子装饰的心理》，"从比较远古时代男女身体修饰文化的差异和演变，勾勒女性逐渐被男人宰制的过程"。

《女子装饰的心理》最初发表于1936年的《大沪晚报》，《萧红全集》中收录的另一篇散文《长白山的血迹》以及小说《亚丽》，也刊载于1936年的《大沪晚报》。林贤治编选的《萧红作品新编》也收入了小说《亚丽》（海上文学百家文库的《萧红卷》则将《亚丽》作为散文收录）。《长白山的血迹》是为纪念九一八事变所写，而《亚丽》又写的是朝鲜女青年对故国的情感，就这两篇作品的题材来说，也确实切合萧红东北流亡作家的身份。然而《大沪晚报》是一张很不地道的报纸。该报在当年9月8日曾刊登牧之的《现阶段的戏剧》，结果袁牧之于9月13日，在上海《大公报》副刊《戏剧与电影》第5期刊登《袁牧之启事》："九月八日本埠大沪晚报副刊载有署名'牧之'之《现阶段的戏剧》一文，并非拙作，未敢掠美，特此声明。"当年10月29日该报又刊有蓝苹的《期待》，结果蓝苹于11月8日，也在上海《大公报》刊登《蓝苹启事》："十月二十九日本埠大沪晚报副刊载有署名'蓝苹'之《期待》一文，并非拙作，未敢掠美，特此声明。"但11月17日该报又刊发了署名"蓝苹"的《家庭里的事》。更有甚者，该报在9月15日甚至刊有署名"鲁迅"的《非常参观》，《非常参观》并未收入《鲁迅全集》。《大沪晚报》还刊登过黑婴等海派作家的作品，如黑婴的《都会双曲线》，在《大沪晚报》筹备创刊之时，《时代日报》等报纸上就曾做过预告。因此，《大沪晚报》在刊登海派作家作品方面还是比较可靠的，但是它上面刊登的左翼作家的作品，那就相当的不靠谱，虽然尚没有百分之百的证据证明萧红这3篇作品是冒名伪作，但很明显，它们是真正萧红作品的可能性是比较小的。

相比较而言，笔者近期在《时事新报》上发现的署名"悄吟"的《小事》，应当毫无疑问是萧红的散文。《时事新报》上尚有署名"悄吟"的《祖父死的时候》（1935年7月16日和17日连载）、《雪天》（刊于1935年8月31日），其中《雪天》曾收入萧红的散文集《商市街》，而《祖父死的时候》，改题《祖父死了的时候》，又刊于1935年7月28日的《大同报》。而且《小事》也是典型的萧红散文风格，一个老头因为只穿了草鞋没有穿袜子，他带的小孩儿也没穿袜子，守公园门的巡捕就以"外国人看到不许"为由，禁止他进入，然而公园里不穿袜子的外国人却大有人在，《小事》就是对这样一件小事的记录，其间夹杂了作者的感叹和议论，体现了萧红的底层立场。

附：

小　事

公园门口站着一个笑吟吟的老头，正是黄昏时候，夕阳在树梢闪着光辉，夕阳照满园里园外，拿着"派司"，推着小车的孩子大人都是从那个转门进去。里面睡着孩子的小推车是从旁边那个宽门口进去的。

同样，那老头也是拿着"派司"，可是就不同了，他仍是站在门外笑，并不进来。

我们进了园门回头看时，他为什么笑呢？守园门的巡捕用一根竹竿点着孩子的脚，那孩子大概是老头的孙儿。

"哼！你就穿这个鞋子，你不穿袜子，外国人看到不许。"那巡捕还做了个鬼脸，把嘴唇向上一兜，把眼球向上一翻，我们站得近，所以那巡捕翻眼球翻到发白的程度，我们都看见。

我从前还不知道这个，我问我的同伴：

"怎么！外国人还管到穿袜子不穿袜子？"

"不行啊！不穿袜子就不让进的。"同伴答我。

我根据这话马上就找到例证：推车的保姆不穿袜子，外国孩子不穿袜子，漂亮女人不穿袜子。

"这不是吗？这不是都没穿袜子吗？"我就指着树下穿高跟鞋的女人。

"嗳！穿袜子，不穿袜子不是这样说。"

"那么怎样说呢？"

"'不平'，这就叫'不平'。"

再回头看时，那老头仍站在园门外，还是站得那样近，只要伸手推转一下转门就可以进来，就可以连孙儿也带进来。

老头看一看自己是不是拿着和别人一样的那么一个长方浅蓝色的纸片！大概他自己不相信这护照是好用的，他仔细地摸一摸，那是和别人一样，外面套了一片硬壳。

"好用的，好用的。"他把"派司"又放进衣袋去。

但是他仍不能进来，同时被夕阳拖长的连孙儿的影子也进了园门，那光着脚的，推着车子的保姆就踏着老头的影子走进园门。和孙儿一般高的外国孩子也光着脚，踏着孙儿的影子跑进去。巡捕没有去问其余的孩子，也不用竹竿去敲打其余的孩子们赤光的脚。

老头，他微微地露着笑脸，挟着羞容，望着这有趣而不得见的公园，他更加憧憬了吧！和孩子一般地，听说里面有水池，满池的金鱼呢！

孙儿站在身边，并不像别的孩子一般遇了不满意的事就闹起来，他看一看公公，再看一看巡捕。

我们走得远了，再回头看时，那老头已不见了。

再走几步，草地上摆着藤椅，也是老头，戴着眼镜，就坐在藤椅上喝汽水。

"这边就喝汽水，也是老头，站在园门外的也是老头……"

我的同伴说:"老头与老头之间不同如是。"

"哎呀!"我叹息出来。

"进不了公园这是小事,没饭吃的,被杀的……"

"杀是听说惯了,一个公园看看就不许……"

"就要的是这股'劲'吗?穿草鞋进公园有多么不体面,阔人和外国人不愿意看。"我的同伴说。

我想了又想,并不是因为那老头赤脚,假若他穿一双用金丝绞成的"草鞋",那么也可以进的?他的鞋是用草做的,是用不值钱的东西做的。

同时证明那老头也是不值钱,不值钱的人,逛公园也罢,不逛公园也罢!

小事,这就是小事。

《时事新报》1935年8月4日

载于2017年第2期

我所知道的穆木天

楚泽涵

穆木天（1900—1971，原籍吉林伊通）是我妈妈彭淑端二妹彭涟清（1907—1968，湖南长沙人）的丈夫，也就是我的二姨父，我们习惯叫他穆伯伯。

一

我父亲楚图南早年（1926—1934）在东北从事党所委托的工作时，就认识穆木天，知道他是吉林的"四大天"中的一个。"四大天"就是4个名字中都有"天"字的曾经留学日本的吉林籍的文化人，其中王希天（1896—1923，吉林长春人），留学日本期间是在日本的学生中的活跃分子，华工领袖，1923年9月1日，日本关东大地震后，为维护华工和留学生的权益，被日本军阀政府逮捕，并被日本法西斯分子某"剑道"高手，在押送途中用刀挑死，后来被追认为烈士；第二个"天"是李祝天，当年和王希天一起工作，对其生平我所知甚少；第三个"天"是谢雨天（1897—?，吉林舒兰人），留学日本回国后，一直在吉林从事进步的文化教育事业，在任长春第二师范学校校长期间，除了帮助和安排大革命期间到东北工作的父亲外，还掩护过大革命失败后流亡到东北的革命者和进步人士，1930年，又因东

227

北军阀政府所炮制的"共党要案"和父亲同案同监，与父亲是同志和朋友，更是战友和难友。最年少的"天"——穆木天则是在留学日本回国后在吉林从事文学（主要是诗歌）创作，因为都是从事进步的文化教育事业，因此和我父亲认识，但是并无深交。

20世纪30年代，我母亲彭淑端（1905—1979，湖南长沙人）在上海为掩护从莫斯科中山大学回国从事党的工作的二妹彭涟清（当时改名叫彭慧）和三妹彭三让（1909—1984，湖南长沙人，此时改名为彭玲，当时以师从瞿秋白学习俄文的名义协助瞿秋白工作，瞿秋白翻译的普希金的长诗《茨冈》，就是由她抄录保存最早发表的）。此时，二姨彭慧和同在左联工作的穆木天结婚，那时穆木天还带有前妻所生的儿子，名字叫穆路易；不久，彭慧生了个女儿，起名叫穆立立。

1937年1月，彭淑端在3个妹妹都长大结婚嫁人后和楚图南结缡，次年12月，在南京沦陷于日本侵略者前，带着出生不久的我的姐姐（乳名吉明，约1岁后夭折）和楚图南与前妻所生的泽清回到故乡云南昆明。1939年5月我出生在昆明后不久，妈妈的两个妹妹彭慧和彭玲带着孩子也先后到了昆明，开始就暂住在我们家，我母亲姐妹四人中的三个，住在并不宽裕的我家（地名是大梅园巷，不知道现在还有没有这个地方），虽然战时生活艰苦，在大后方相对安全，由于是国共合作抗战时期，也没有做地下工作的紧张和危险，姐妹相聚，有时还一起唱儿时的歌曲，最经常唱的，是她们的湖南长沙同乡、周南女校小师妹王人美主演的电影里的那首风靡一时的《渔光曲》（我就是从那时起，听会的）：

> 云儿飘在海空，鱼儿游在水中；
> 早晨太阳里晒渔网，迎面吹过来大海风。

后来这两个姨妈都记得我这个当时还很小的孩子，说我有点淘，但不招人讨厌，我成年后还给我讲过我幼年的故事，可惜那时我还不记事。不久穆木天也到了昆明，还是热心地从事抗战文艺工作，用编辑诗歌等文艺作品，怀念东北的黑土地和父老乡亲；他曾和父亲一起当选为文艺界抗敌协会昆明分会的理事。后来他和彭慧去了广西，任职于迁到桂林的中山大学（原来在广州）。抗战胜利后，穆木天和彭慧带着孩子到了上海，任教于同济大学。

1946年7月，昆明发生了李公朴、闻一多被特务刺杀事件，父亲参与了整个事件的后事处理，此后，按和当时云南地方当局所达成的谅解，离开了昆明，也到了上海，由沈钧儒先生介绍，任教于上海法学院。1947年，父亲在宋庆龄主持的福利基金会的协助下，安排了住所，妈妈带着在昆明出生的3个孩子，也到了上海。我们家住所（闸北的西宝兴路）和穆木天、彭慧的住所（四川北路大陆里）相去不远，因此两家时有走动，有亲戚间的互动，更有交换对时局的看法和对策。那时，我父亲经常能够得到从解放区来的一些图书资料，是来自名称是"上海书报联合发行所"（其主持人是父亲早年的学生刘执之及一个具体经办人贺尚华）的专门在上海和解放区传递书报资料的机构传递的，我最早就是在那时似懂非懂地看过"绣像本"的《吕梁英雄传》。所得到的书刊，父亲都会给穆木天和彭慧送去。那时，是两家来往最密切的时期，几乎每周都在周末来往，一起在家吃饭，然后去附近的虹口公园，孩子们一起玩，大人则说各种"悄悄话"。

1948年年底，父亲取道香港和天津后，从陆路到了河北平山的老解放区，随即和先后到达的各民主党派的同志、朋友一起，在1949年2月到达和平解放后的北平。1949年5月，上海解放后，先是二姨参加文代会（全名是"中华全国文艺工作者代表大会"）的筹备工作，全家到了北平，随后，专程从北平到上海的大哥（当时已经改名楚庄）把我妈妈和我们3个孩子接到北平。当时父亲作为民盟的代表，参加新政协和新中国的有关筹备工作。新中国成立后，父母亲到重庆参加西南军政委员会的文化教育工作；穆伯伯和二姨带着穆立立到长春，在东北人民大学任教。我被送进了当时的干部子弟学校——华北育才小学（现在的北京育才学校），1951年考进也是干部子弟学校的北京师大附中二部，后来改称北京师范大学第二附属中学，因此我的初中毕业证书上还盖有北京师范大学校长陈垣的印章，我考上高中后，为了纠正"干部子弟"的"特殊化"，改名为北京101中学。当时在北京，我没有任何亲属，寒暑假就在学校里度过。

二

1951年暑假前后，二姨彭慧调到北京师范大学中文系任教，随即在宣武门内的石驸马大街的一所大院里（当时的教职工宿舍）安排了两间不大的房子，穆立立也随之到了北京，先在北京女一中上学，后来考进北京俄文专修学校（当时简称"俄专"）。此时，受我母亲之托，在北京的二姨彭慧成了我上学的监护人，我每逢周末和寒暑假都在二姨家度过。过了不久，穆木天也调到北师大。这时，家里就有穆伯伯、二姨、立立姐和我4个人。

穆伯伯前妻所生的表哥穆路易则留在上海，从事青年团的工作。我成年以后，从《鲁迅全集》的注释中知道了这个路易表哥就是鲁迅1932年所作的诗《赠蓬子》（蓦地飞仙降碧空，云车双辆挈灵童。可怜蓬子非天子，逃去逃来吸北风）中提到的，穆木天与前妻麦广德所生的"灵童"，也知道穆木天早年和姚蓬子熟悉。穆路易年纪比我大约10岁，上海解放前就参加过抗战救亡工作，后来考进同济大学，新中国成立后，积极投身青年团的工作，大概是团校的青年干部。新中国成立前，穆路易也因为抗战需要，参加过国民党系统的"三青团"活动，还留下过一张照片。说来也巧，我的三姨彭玲当时清理家里的照片，发现了这张照片，认为是穆路易少年时期的纪念品，因此，把照片寄给了穆路易，地址当然是穆路易当时的所在单位。此时，正值该机关在进行肃反，信被检查，居然是身着"三青团"制服的穆路易。当事人穆路易绝对没有想到，连他自己都已经忘记的照片，居然会被寄到他所在单位，而且落到肃反领导小组手里，成了"隐瞒反动历史"的证据！而且他也没有想到，这张照片是三姨寄来的！他因此被开除了团籍和公职，被"送"去劳改，据说后来在劳改农场病死。据说，后来由于三姨孩子彭小明的努力，在20世纪80年代得到平反。

石驸马大街的那所大院，有几个院子，但是只有一座茅房，还是男左女右蹲坑的旱厕，所以和我一起蹲过茅坑的都是学富五车的专家、学者，就我知道和认识的就有黄药眠、白寿彝、钟敬文等。

每逢节假日和寒暑假，我就在二姨家和穆木天伯伯、立立姐一起生活，一直到1953年春季，父母亲调回北京工作为止。应该说这段日子还是值得记忆的，穆伯伯没有把我当外人，起居饮食待我和家人一样。但是，我现在回想起来，至少有几点值得说说。

第一，穆伯伯从来不对我"管教"，不像二姨作为监护人，要过问我的功课、寒暑假作业、身体健康、老师的评价等，穆伯伯从来不闻不问，而且好像对他的亲生女儿穆立立也是这样。甚至，穆立立高中毕业考大学、填报志愿，他也是无可无不可的态度：立立姐想学外语，穆伯伯说，好哇，家里有的是外文书，够你看；当时提出要建设工业化国家，立立姐也曾经考虑学工科，而且认为学轻工业适合女孩子，穆伯伯说，好哇，学食品工业，"给爸爸做点好吃的"。在家里，吃饭穿衣，家务等，他也一概不问。

第二，穆伯伯每天除了上课，在家里，就是戴着高度近视眼镜，几乎把鼻子贴到稿纸上，不停不息，没完没了地写！写！写！写啥，他也从来不说，反正是他在备课，写教案和计划。所以，我后来领悟到，要做成点事情，必须勤奋。除了写作，他唯一的爱好，就是周日领我去王府井国际书店（现在这个地方还在，但是改名为外文书店了）。因为去的次数多了，书店的店员，大概都对他比较熟悉，这位老学究喜欢哪类书刊，他每次去，都要推荐一些新书。当时买俄文书刊的苏联卢布和人民币的比价很低，所以，每次去，他新买的书多是苏联出版的俄罗斯和欧洲文学的著作，特别是苏联的儿童文学作品，每次都是一大包，由我帮着提回家。有一种图文并茂的儿童文学期刊（记得叫"木洛其尔加"МУРОЗИЛКА——好像是"顽皮孩子"的意思），有点像《三毛流浪记》，穆伯伯有时也给我讲几段，问问我"懂不懂"。有一次，时近中午，穆老夫子指着一堆挑好的书，对店员说："待会儿再来！"并急匆匆拉着我到书店门口，招呼一辆三轮（那时还没有出租车）拉我上车后，说一句："校尉胡同，快！"我还没明白怎么回事，仅一里多地的校尉胡同到了，我这就明白了：胡同口有座公厕，车就停在厕所门口，老先生发话："等会儿！"——几分钟后，原车又拉到书店门口，老先生掏出一把零钱，塞过去："不用找！"据说，有人认为穆木天生活、为人"无趣"，我或可据此为其一辩。

第三，穆伯伯不像二姨彭慧有很多朋友，经常有朋友走动，例如有在莫斯科中山大学时的同学李慧，有在左联时期的老朋友杜谈（就是写电影剧本《翠岗红旗》出了名的杜谈），有笔名"紫墟"的女作家宋元……二姨生性活泼，好说好动，朋友聚会，有说有唱，嘻嘻哈哈，热热闹闹。穆伯伯则除了住同院的我的同学钟少华的父亲钟敬文伯伯，是他早年在中山大学的同事和朋友外，几乎没人和他交往。

第四，新中国成立初期，政治运动频繁，今天批这个，明天批那个，教授们基本上都要发言、表态。二姨彭慧除了教书，还是北师大中文系的党支部书记，社会活动多，当然不能例外，但是穆伯伯则很少与闻。他是1952年最早的中国作家协会会员，可是很少见他参加活动，也很少说话。穆伯伯通悉日文、俄文，还懂法文和英文，对德文也拿得起来，二姨翻译俄文中遇到外文方面的问题，他看看就替二姨补充改正了。他所熟悉的法国巴尔扎克的作品，当时被认为是资产阶级的文化，因此穆木天也与之渐行渐远。对当时非常热门的，而且二姨非常热衷的"苏联爱国主义"文学作品，似乎没有兴趣，除了《静静的顿河》，他有时还提及，认为是延续了俄罗斯文学的传统，而此书的中文译者金人（原名叫张少岩）是过去熟悉的朋友；后来听说，金人有"自首变节"行为，这样，《静静的顿河》话题不再被提起，原来书架放着的《静静的顿河》三卷本（后来流行的四卷本的第四卷是后补的）也被束之高阁了。穆木天除了讲课，其余的时间是在阅读翻译苏联的儿童文学作品，特别是原来苏联各加盟共和国，非俄罗斯民族（二姨称之为"小俄罗斯人"）的儿童文学作品。后来出版过的《琴瑟》（忘记原作者是苏联的哪个少数民族了，作者是库列朔夫，穆伯伯签名送给我，好像是祝贺我在北京101中初中毕业，经过考试升入高中）。到我成年后，我懂了，穆伯伯做学问，坐得起冷板凳，耐得住寂寞；在当时的环境下，尽量远离政治。这是我们当时还理解不到的。穆木天有时也有几句奇谈怪论，我记得，一次饭后，老先生突然来了一句："哎，还是用筷子的比用刀叉的好哇！"我那时还刚小学毕业，考进了师大附中二部，于是与之辩论起来：蒋介石算用筷子的吧，斯大林算用刀叉的吧；能说蒋介石好，斯大林坏吗！老先生似乎也没有生气，只是来了一句："你还不懂。"到了我也差不多和穆木天当时说这个话的年纪，我似乎明白了，老先生这是在对东西方的文化进行比较和思考。

三

说来也怪，1957年春季，"知识分子的早春天气"，穆木天在北师大的一次座谈会上突然"放了个响屁"，质问北师大党委：毛主席温暖的阳光何时能够照到北师大这些老知识分子心里！随即穆木天、彭慧被定为北师大最著名的夫妻右派——后来据说是康生咬牙切齿钦定的，而且要"新账老账一起算"——彭慧当年在莫斯科中山大学时，反对过王明（称其为"矮子鬼"），对跟在王明后面的康某后来为江青保媒，也颇多不敬。对穆木天则要追讨其30年代的自首变节问题。《鲁迅全集》当时的注释里，把穆木天列为"转向文人"，显然，所谓转向者，轻者可算"自首变节"，重者按"叛徒"定谳。

其实新中国成立初期，穆木天和彭慧的历史都已经审查清楚，彭慧办理重新入党手续；穆木天也按一般历史问题有过结论。1957年的"阳谋"以后，穆木天和彭慧就在没有阳的阴影下度过余生。所幸，两人因为年事高，又确实学有所长，没有被下放，还在北师大新校址内保留了一套还算宽敞的住房，也还给点资料文献等事情做。二姨也有机会来看看我母亲和孩子们，二姨还和我妈妈讨论过她要写小说的设想，妈妈也认真地和她讨论这些问题，甚至竟日。我也会在寒暑假、春节去看望他们。穆木天和彭慧也还在等待：希望有一天云过天青……可惜从1966年开始，没完没了的批斗、抄家……1968年初冬，彭慧死于北师大操场边上一间堆放体育器材的漏风的棚子里；穆木天则死于1971年，两老临终，身边并无任何亲属！

对穆木天全部历史，我作为晚辈和个人，没有条件和能力说清楚和讲明白，更不是这篇短文的目的。我记得这样一件事情：大约是1952年镇压反革命运动期间，穆木天接到过一封函调材料，大约是要穆木天说明当年国民党某个人的情况，那天，他在吃饭时，说了几句，意思是说30年代他被国民党逮捕过，他所写材料要说的人，好像是审讯过他的法官，要穆木天写材料是为了给那个人定罪。大概在左联时期，穆木天被出卖被捕，此后，共产党方面当时负责政治保卫的邓发，通过关系，带来通知：可以办个"悔过"手续，争取出来。于是穆木天写过一份自己不懂政治，以后出去，将从事法国巴尔扎克作品的翻译工作，不会再参与任何党派和政治活动的文字。不久他就在抗战的烽烟中被放了出来。

早年，穆木天在日本怀念故乡时写过：

> 不要忘我们的水沟，
> 不要忘我们的桥头，
> 不要忘田边，水上，拴着的我们的老牛。

我相信这是真话。抗战期间，穆木天呐喊过：

> 四万万五千万人的战歌，
> 今后要震碎了强敌！

我也相信这是穆木天内心的声音；青壮年时期他追随过为民族解放和社会进步而奋斗的共产党，我相信，这也是真实的。后来被国民党当作"共党分子"捉了，这是真的；共产党方面告诉他，可以履行一个"悔过"手续，争取出来继续工作，穆木天也真做了，而且他确实是按"悔过书"上写的：从此不再参与政治，潜心从事外国文学翻译，他确实是这么做的，这样，穆木天把要求他做的假戏做真了——这也许导致了他晚年的悲剧结局。

附注：

看过此文初稿的老同学、钟敬文先生的公子钟少华告：他大约在穆木天去世前两个月，即1971年秋季，在王府井外文书店偶遇穆木天，其时穆木天正在翻阅某个当时发行的重要文献（"两报一刊"文章之类），见到钟少华，穆木天看见多日未见的熟人，立即拉着钟少华的手，另外一只手则指出，某文献上对马克思说过的某句话的中文翻译是错误的，一再说："这，这，怎么可以是这样！"钟少华只能劝其打住，并将穆木天送到回家的公交车车站。——这就是我所知道的穆木天生命的最后岁月的信息。

载于2019年第3期